砂の家

堂場瞬一

角川文庫
22539

目次

21年前

「正俊《まさとし》！」パパが怒鳴る。

でも、正俊は見つからないだろうな。工場の隅、大きな機械の陰に僕と二人、隠れてるんだから。怒られるのは分かってたから、正俊を押しこんだんだ。

「冷蔵庫の中のもの、勝手に飲んじゃ駄目だよ」

「喉《のど》渇いてたの！」正俊が頬を膨らませる。

「水でいいじゃないか」

「甘いの！」

正俊はまだ子ども……いや、赤ん坊みたいなものだ。何を言っても一言二言しか返ってこないから、話にならない。

僕はすぐに気持ち悪くなってきた。家の一階にある工場は、いつも油臭い。こういうの、苦手なんだよな……でも、家の中には隠れる場所がないからしょうがない。まあ、いいか。パパは最近機嫌が悪い。どうしてかは分からないけど、とにかく怒らせないのが一番だ。怒らせてしまったら、とにかく逃げる。どこかに隠れてしばらく待っていれば、落ち着くから。

前は、パパはこんなに怒りっぽくなかった。本当にこの一年ぐらい……僕が三年生になってから、機嫌が悪くなることが多くなった。ママと喧嘩《けんか》することもあるし、家にいても、一階の工場で怒鳴っているのが聞こえることもある。

僕もビンタされた。何でだったか忘れたけど、急に怒り始めて殴られたんだ。そんなこと初めてだったからショックだったけど、そんなことがあったのは一度だけだったから、気にしないようにしようと思う。だってパパは、本当は静かで優しい人だから。

パパの足音が聞こえる。「正俊！」と怒鳴る声も。僕は思わず身を固くした。今日は何だか、ちょっと怖い……僕まで殴られるかもしれない。

パパはどうして変わっちゃったんだろう？

現在

「弁護士さん、ですか」俺は思わず、スマートフォンを握る手に力を入れた。

「そうです。浅野《あさの》健人《けんと》さんで間違いないですね？」

「ええ」否定するわけにもいかず、俺は椅子から腰を浮かした。会社の自席では話しにくい……すぐに廊下に出た。

「もしもし？」鈴井《すずい》と名乗った弁護士の鋭い声が耳に突き刺さる。

「失礼しました……弁護士さんが、どういったご用件でしょうか」

「少々ややこしい話なので、直接お会いしたいのですが……」

俺は左腕を持ち上げて腕時計を見た。午後五時。勤務時間は間もなく終わるから会える。鈴井という弁護士が東京の人間ならば、だが。「直接お会いした方がいいんですね？」俺は念押しした。

「そうですね。できれば……」

いきなりかかってきた電話を信用していいのだろうか。詐欺か何かではないか？　もっとも、会ったからといってすぐに、身ぐるみ剝《は》がれるわけではあるまい。

そもそも俺には一つの予感があった。その予感が正しければ――この弁護士には会っておいた方がいい。会わねばならない。

「もしかしたら……父のことですか？」自分から切り出してみる。

「そうです」鈴井の声も、一段低くなった。

「分かりました。そういうことでしたらお会いします。どこがいいですか？」

「実は私の事務所は、新橋《しんばし》にありまして」

俺が勤める「ＡＺフーズ」の本社も新橋だ。これなら好都合――たぶんややこしい話になるが、それほど時間を無駄にはしないで済むだろう。

「だったら事務所まで伺います」俺は即座に言った。

「よろしいですか？」

「うちの会社からは近いと思います。住所は……いや、結構です。自分で調べて行きますから。何時ぐらいがいいですか？」

「私はもう、空いています。いつでも構いませんよ」

「では、五時半から六時の間に伺います」

「お待ちしております」

電話を切り、廊下の壁に背中を預けた。鈴井の用件は、だいたい想像できる。いつかはこんな日が来るのだと分かってもいた。しかし、なるべく意識しないようにしていた。

そこに向き合う時が来たのか？　二十年ぶりに？


新橋はビルの街である。山手線の東側、汐留《しおどめ》地区は、日本テレビ本社やカレッタ汐留、ホテルなどの新しい高層ビルが建ち並ぶ街。一方「ＡＺフーズ」の本社がある西側では、雑居ビルが主役だ。小さな会社がたくさんあり、その分活気もある。

鈴井の事務所は、「ＡＺフーズ」の本社ビルから歩いてわずか五分ほどのところにあった。都会にわずかな緑を与える小さな公園を見下ろすビルの五階だった。受付の向こうは、職員たちが使う共用スペースで、他にはドアが二枚しか見当たらない。二人の弁護士だけでやっている小さな共同事務所なのかもしれない。

受付で名乗ると、すぐに中に案内された。二枚あるドアのうち、左の方。ドアを開けるとすぐに、むっとするような煙草の臭いが襲いかかってくる。ここに五分いたら、スーツはクリーニングに出さねばならないだろう。

デスクの向こうで鈴井が立ち上がる。吸っていた煙草を灰皿に押しつけたが、それで煙が薄れるわけでもない。甲高い機械音——空気清浄機がフル回転しているのだが、たぶん、焼け石に水だろう。

「お忙しいところ、すみませんね」

鈴井は五十搦《がら》みの男だった。病的なほどほっそりしていて、頬がこけて影ができているようにさえ見える。煙草なんか吸っていて大丈夫なのだろうか、と俺は本気で心配になった。

「大丈夫です」

勧められるまま、ソファに腰を下ろす。普段の俺なら、初めての部屋に入る時には必ず様子を観察する。外食産業で働いているが故の癖だ。特に飲食店では内装がまず気になる——さすがに今日は、そんな余裕はなかった。

鈴井が、テークアウト用のコーヒーカップを、俺の前のテーブルに置いた。見慣れた濃紺のカップ——「ＡＺフーズ」が全国展開するコーヒーチェーン「ＡＺコーヒー」のものだ。新橋にも二店舗あり、俺は毎朝出勤前に、本社ビル一階の店舗でラージサイズを買い求める。

「これ、あなたの会社のコーヒーでしょう」鈴井が座るなり言った。

「ええ」

「私、好きでしてね。毎日飲んでますよ」

「ご贔屓《ひいき》に、ありがとうございます」呑気《のんき》なことを言っている場合ではないのだが、と思いながら、俺は頭を下げた。

鈴井はすぐに蓋《ふた》を開け、コーヒーを啜《すす》った。俺は手を伸ばさなかった。「ＡＺコーヒー」で出すコーヒーは飲み口が重い。今日は午後に長い会議があったせいで、コーヒーを飲み過ぎていた。重たくなった胃に、これ以上ダメージは与えたくない。

さっさと用件を話してしまおう。しかし、俺が口を開くより先に、鈴井が話し出した。

「私のことは……分かりませんよね？」

「ええ。申し訳ないですが――」

「分からなくて当然です。あなたとは、一回しか会っていません」

「もしかしたら、父の弁護をしたのはあなたですか？」

鈴井が無言でうなずく。コーヒーを一口飲み、宙に視線を彷徨《さまよ》わせた。言葉を選んでいる――この会合は長くなりそうだ、と俺は覚悟した。

「駆け出しの頃でしたから、依頼人が満足できる弁護ができたかどうか、自信はありませんでした。今でも不安になることがあります」

「弁護のやり方について、私には何か言う資格はありません」何しろあの事件が起きた時、俺はまだ十歳だったのだ。当然、裁判にも一切関わっていない――直接的には。ただし俺の「証言」は、公判では紹介されたかもしれない。警察の事情聴取で話したことが、一種の「証言」として持ち出された可能性がある。

「結論から言いますと、お父さんが出所されました」

「——はい」俺は唾《つば》を呑《の》み、コーヒーに手を伸ばした。胃は心配だが、刺激がないとこの場面は乗り越えられそうにない。

「今は、長崎の実家に身を寄せられています」

「実家、ですか」俺は眉《まゆ》を顰《ひそ》めた。父方の実家とは完全に縁が切れていて、この二十年間、一度も連絡を取り合ったことがない。もっとも、父の兄である伯父《おじ》とは、そもそも二、三回会ったことがあるだけなのだが。伯父は家業を継ぎ、長崎で酒屋をやっているはずだ。一方俺たち一家は東京に住んでいた。父は町工場を経営していたから、そんなに頻繁に里帰りもできなかったし、向こうがこちらを訪ねて来たことは、俺の記憶にある限りでは一度もなかった。

「だからどうしろとか、そういうわけではないんですが、とにかくあなたの耳に入れておこうと思いましてね」

「それは……お礼を言うべきでしょうか」

「分かりません」鈴井が首を横に振った。「あなたにお知らせする義務があると思っただけです。もちろん、今さら何かが起きるとは思えません。しかしあなたも、お父さんが不意に訪ねて来たら、何かと困るでしょう。少なくともこれで、心構えだけはできるんじゃないですか？」

「父が訪ねて来るんですか？」俺は顔から血の気が引くのを感じた。

「それは何とも言えません。私も直接話したわけじゃないですからね。お父さんと話して欲しいというなら、依頼は受けますが」

「いえ」俺は短く否定した。弁護士と関わり合いになるのがいいこととも思えない。「それは結構です。必要ありません」

「そうですか。では――」

「教えていただいて、ありがとうございました」俺はさっと一礼した。しかし、礼だけで済ませるわけにはいかない。「それよりどうして、私の連絡先を知っていたんですか？」

「ずっと見守っていましたから」

「それはどういう意味――」

「あれが特殊な事件だったのは、あなたにも分かりますよね」

「もちろんです」馬鹿にされているように感じ、少しむっとした口調で俺は認めた。分からないわけがない。自分の家族に起きた事件なのだから。今は、ある程度は冷静に見ることもできる。

「私にとっても、駆け出し時代に手がけた重大な事件です。あなたたちには、多くの人が手を差し伸べましたが、それでもどうなるか分からなかった……ずっと注意して見守っていたんですよ」

「助けてはくれなかったんですね」俺は思わず皮肉を吐いてしまった。

「それをやると、弁護士の仕事の範疇《はんちゅう》を超えてしまいます」

「そうですか」別に助けて欲しかったわけではない。俺は無事に——完全に無事とは言い切れないが、今こうやって生きている。

「それより弟さんは……どうですか？　いろいろ大変なようですが」

「それは、まあ……」弟のこともチェックしていたのか。少しだけ暗い気分になる。

「弟さんとは、今は——」

「絶縁しています」それは実態に比して少し強過ぎる表現だったが、俺の中では間違いなく「絶縁」だった。

「そうですか」鈴井が息を吐いた。「それについては、私がとやかく言うことはありませんが、残念です」

「あなたが悩む問題ではないと思います」俺はまたコーヒーを一口飲んだ。やはり重たく、苦味も強い。後で胃痛に悩まされるかもしれない。「とにかく、教えてくれてありがとうございました」

「いや……お父さんは相当参っているようですよ」

「ええ」それはそうだろう。二十年近く刑務所で過ごした後で、元気一杯なはずはない。実年齢よりも老けているだろう。

「服役中に病気もして、今もあまり体調がよくないようです」

「会っていないのに、よく分かりますね」

「情報は収集していますから」鈴井がうなずく。「もしも何か心配なことがあったら、いつでも相談して下さい」

「弁護士の先生にお願いするようなことはないと思います」

本当は不安だった。

父には会いたくない。会う理由もない。今さら謝罪されても、どう反応していいか分からないからだ。だからといって、そういう感情的な問題を弁護士に相談する意味はない。

「とにかく、ありがとうございます」

「ここから先の話はあくまで推測ですが……お父さんは、あなたに会いに来るかもしれませんよ」

「まさか」俺はつぶやいた。「会いに来られても、どうしようもない」

「お父さんは、裁判でひたすら反省して後悔していました。一番心配していたのが、残されたあなたと弟さんのことです。謝罪したい、あなたたちに対して罪を償いたいと当時も言っていましたし、今でも同じように考えていてもおかしくないですね」

「古い話じゃないですか。二十年も前ですよ……」

「刑務所の中では時間が止まるんです」鈴井が真顔で言った。「世間から隔絶されて、世の中で何が起きているかも、きちんと知ることはできない。そうなるとどうしても、自分がやった行為を見直すことになるんです。それが服役させることの意味かもしれません」

俺は無言で鈴井を見つめた。この弁護士の本音は何なのだろう。もしかしたら、「人権派」と言われるようなタイプなのだろうか。金儲《もう》けには目もくれず、社会正義や弱者救済に心血を注ぐような……しかし今の俺は、少なくとも社会的弱者ではない。自分の面倒は自分で見られる。

彼の本音は読めなかったが、もう一度礼を言った。

「本当にありがとうございました。これで、不意打ちされずに済みます。覚悟はできました」

「本当に、何かあったら相談して下さい。別に、相談料も必要ないですから」

「どうしてそこまで――」

「私にとっても、あの事件は特別ですからね。何だか責任があるような気がしてならないんですよ」鈴井が真顔で言った。

弁護士事務所を辞して――コーヒーはそのまま持ち帰った――俺はしばらく新橋の街をうろついて時間を潰《つぶ》した。有希子《ゆきこ》と約束した七時までにはまだ時間があるし、コーヒーを持ったまま夕方のラッシュの電車に乗るのは危険だ。

春——四月は、街の表情が一変する月だ。まだスーツ姿が板につかない若い男女が、通りに溢《あふ》れて目立っている。ところが大型連休を過ぎると、こういう人たちは急に透明な存在になる。四月の一か月は、学生がサラリーマンになるための猶予期間のようなものなのだろう。

新橋駅の近くには、もう一つ公園がある。いかにも都会の公園という感じ……中は大部分がアンツーカー敷きで、小型の陸上競技場のようにトラックまで造ってある。ご丁寧に中心部は緑色、外周はえんじ色に塗り分けられていた。その他には少々の遊具と植えこみ、ベンチだけ——公園というより、ビルからビルへとショートカットするための近道のような場所だった。それでも昼時には、昼食後に一服するサラリーマンで賑《にぎ》わう。この時間にもぽつぽつと人がいた。店に入る金と時間を節約するために、缶ビールなどで一杯やろうとする人たちも……ベンチや滑り台の階段に腰かけてビールや発泡酒を呑む姿は、それほど格好いいものではない。

俺はコーヒーだから、格好なんか気にしなくていいんだ……勝手に理屈づけて、ブランコを囲む鉄柵《てっさく》に腰かけた。陽は落ち、少し冷たい風が渦巻く。ビルに囲まれたこの公園では、風はいつも気まぐれに向きを変えるので、思いがけぬ季節に寒い思いをすることもある。少しぬるくなったものの、コーヒーの存在がありがたかった。

まさか、と思う。

父は本当に会いに来るだろうか。ありそうなのは、誰かを介して俺に接触するやり方だ——それこそ伯父とか、二十年前に世話になった鈴井とか。ただし、鈴井に助けを求めたいと思ったら、とっくに声をかけていただろう。

最後の一口を飲み干した時には、コーヒーはすっかり冷えていた。ふと腕時計を見ると、いつの間にか六時半になっている。まずい……七時の約束にぎりぎりだ。

慌てて立ち上がり、コーヒーカップを握り潰す。この公園にゴミ箱は——見当たらない。仕方なく、持ったまま歩き出す。ゴミになったカップを持ったままでいるのは何だか不快だったが、俺は時間に遅れるのを何より嫌う。誰かと約束している時は、必ず時間前には現場へ着くように心がけていた。その相手が、もう五年もつき合っている有希子でも同じことである。

一瞬、今日の約束はキャンセルしようかと思った。有希子は妙に鋭く、しかも気を遣いがちな女性である。俺が普段と違う様子を見せたら、すぐに何かあったと見抜くだろうし、気づいたらあれこれ心配するに違いない。迷惑はかけたくなかった。

俺になど、気を遣って欲しくない。

自分に、気を遣ってもらう資格や価値があるとは思えなかった。

この街——東京メトロの表参道《おもてさんどう》駅周辺には、いつまで経っても馴染《なじ》めない。俺はあちこちを転々としながら三十歳になったが、こういう煌《きら》びやかで取り澄ました街にはずっと縁がなかったし、今でも好きになれない。

　しかし実際には、表参道から渋谷《しぶや》にかけてのどこかで食事をすることが多い。有希子がこの近くで働いていて、自宅が千代田《ちよだ》線の代々木《よよぎ》公園《こうえん》駅近くにあるので、最寄りの賑やかな街というと、この辺りになってしまうのだ。俺にとってたった一つの利点は、表参道では新しい飲食店の出店が多いことだ。外食産業で働く身としては、新しい店の情報収集も仕事のうちである。「ＡＺフーズ」の主力業態は手頃な居酒屋や焼き鳥店、カフェなどだが、他業態について知っておいても損はない。社長の竹内《たけうち》も「積極的に外食すべし」といつも言っている。有益なレポートを上げれば、私的な食事でも領収書を認めてやる――竹内は自分でも、一年のうち三百六十日は夕食を外で摂《と》る、と言っているほどだ。ただしそのうち五十日ほどは、自社で経営する店の抜き打ち検査のようなものである。社長と明かさずに店に入り、店員のサービスや味を確認する。ある意味、身を削るような行為なのだが……竹内は痛風気味で、本当は食生活はかなりきちんと管理、節制しなければならない。もっとも一年前には、持病を逆手に取るように、野菜を中心にしたヘルシー料理の店を渋谷に出店した。

　転んでもただでは起きない人である。

　Ａ４出口から地上に上がった時には、約束の時間五分前になっていた。ぎりぎり、遅刻はせずに済みそうだったが……そこから迷った。この辺りは道路が細く入り組んでいて、新しい店に行く時は迷いがちなのだ。今日行く店は有希子が見つけて、ランチでは何度か通ったそうだが。彼女は、この街を自分の庭のように使いこなしている。

結局、七時ちょうどに店に着いた。遅刻ではないが、何となく居心地が悪くなる。彼女はもう席に着いていたので、その思いはますます強くなった。

有希子を見つけた瞬間、自然に歩みが遅くなる。何というか……できるだけ長く見ていたい、と思うような人なのだ。身長は平均的、少し痩《や》せているせいか、いつ見てもすっとした雰囲気がある。一方で、両頬にえくぼがあるせいか、顔立ちは優しく愛嬌《あいきょう》があった。

椅子に座った瞬間、ざっと周囲を見回す。カジュアル――というか狭い店内で、テーブルとテーブルの間隔が狭い。こういう設定はわざとだろう、と俺は好意的に考えた。ナポリ風のピザ屋を謳《うた》っているので、店の雰囲気も本場に近づけようとしているに違いない。一度、視察でナポリに行ったことがあるが、このざわついた感じは現地のピザ店とよく似ている。同行した先輩社員が「これはラーメン屋だな」と評したのを今でも覚えている。ざわざわと賑わう空気は、確かに活気溢れるラーメン屋という感覚だったし、値段も日本円で数百円だった。

洒落《しゃれ》た雰囲気を醸し出しているのは白い漆喰《しっくい》の壁で、小さなモノクロ写真があちこちに飾ってある。自分の横の壁にかかった写真は……ナポリのプレビシート広場だ、と思い出す。

「遅れてごめん」俺は第一声で謝った。

「一分過ぎただけよ」左の手首をひっくり返して時計を確認しながら、有希子が言った。

「店に入ってから座るまでに、一分ぐらいは経ったでしょう？　時間ちょうどに店に入ったはずだから、セーフ」

　有希子が軽い笑みを浮かべ、掌《てのひら》を下に向けて軽く両腕を広げた。時間に関するやり取りは、俺たちの間では定番である。俺が遅刻を異常に嫌っているのを、彼女は面白がっている節があった。というより、有希子は俺に対して甘い。

「ここは、どんな感じ？」

「ナポリのピザ屋によく似てる」

「私は『グリマルディーズ』に似てると思ったけど」

「ニューヨークの？」

「ピザの出し方が……あそこも、こういうアルミのお皿に載せて出すのよ。テーブルクロスも赤白チェックでよく似てるし」

「イタリアンの店だったら、赤白チェックは普通だよ」

「でも、雰囲気が何となくね……何にする？」

「定番でいいんじゃないかな」

「じゃあ、一つはマルゲリータ。あなたは、クアトロフォルマッジを食べたいんじゃない？」

「そうだな……」俺は癖の強いチーズが好きなので、ピザを食べる時はゴルゴンゾーラチーズが入るクアトロフォルマッジを頼むことが多い。ただし有希子は、強い香りのチーズが少し苦手だ。ざっとメニューを眺め渡し、もう一つはジェノベーゼにする。これなら味ががらりと変わって食べやすいだろう。少しは野菜も食べようと、サラダも頼んだ。

「お水でいい？」有希子がドリンクメニューを確認する。

「ガス入りで」

「じゃあ、私も」

食べ歩きは二人の共通の趣味と言っていいのだが、一つだけ問題点がある。二人とも酒を呑まないのだ。彼女は体質的に駄目なようだし、俺には呑まない理由がある……とにかくそのせいで、食事の幅が少し狭まっているのは間違いない。フレンチやイタリアンならソフトドリンクでも何とかお茶を濁せるが——店にとっては単価の低い悪い客だ——和食の場合、アルコール抜きだとなかなか食事がしにくい。

「どう？」オーダーを終えると、有希子がすぐに訊《たず》ねた。

「雰囲気はいいね。味は？」

「それは食べてからのお楽しみで。先入観なしで食べてみて」有希子がすっと笑う。

間違いなく美味《うま》いな……万人が「美味い」と認める料理など当然存在しないが、それでも八割の人が美味く感じる味はある。そして有希子の味覚は、極めて標準的だと俺は思っていた。

高温の石窯《いしがま》で焼く店の常で、ピザは素早く出てきた。最初にマルゲリータ。大きさを見るとびっくりするのだが、ナポリ風のピザの特徴として生地は薄く軽い。指先を火傷《やけど》しそうになりながら口に運ぶ。

悪くない——いや、美味い。ナポリで通った数軒のピザ屋の味が、舌に蘇《よみがえ》る感じがした。何より、パンで言えば「耳」に当たるコルニチョーネが上手《うま》く膨らんでいるので、俺は頭の中で店の評価を上げた。ここが香ばしく、かつふっくらと焼き上がっていると、俺はそれだけで満足なのだ。このピザは、トマトソースが非常にフレッシュなのも好ましい。

一転して、ジェノベーゼはこってりしていた。にんにくと松の実がしっかり効いたコクのある味つけで、こちらも俺の好みだった。

不安が薄れる。

食べることは本当に、人間の基本だと思う。どんなに嫌な思いをしていても、不安でも、美味い物を食べれば元気を取り戻せる。

俺が、外食産業という仕事で充実感を覚えているのもそのせいだと思う。俺自身、食べることで何回となく救われてきた。

「デザートは家でどう？」店に入って三十分もしないうちに食べ終えると、有希子が切り出した。

「何か、いいものでも？」

「これ」有希子が、隣の椅子に置いた紙袋を取り上げた。「アプフェルクーヘン」

「ドイツのアップルケーキか……こんなもの、どうしたんだ？」

「今日、教室で作った余り物だけど、美味《おい》しいわよ」

「じゃあ、君の家で食べよう」

「もちろん」

有希子は、表参道にある料理教室——全国展開している教室だ——で働いている。ただし講師としてではなく、事務方として。本人曰《いわ》く「料理の才能はない」。それは謙遜《けんそん》で、彼女の作る薄味の和食は俺の好みだった。

店を出て、ぶらぶらと歩き出す。八時前、表参道の通りにはまだ活気があった。新橋の猥雑《わいざつ》な雰囲気とは違う、どこか華やかさを感じさせる街の気配。嫌いではないが、自分が場違いな人間だということを意識せざるを得ない。

ふと、右手に彼女の手が触れるのを感じる。

「どうかした？」

「何が？」

「食事の時から、あまり喋《しゃべ》らなかったけど。あの店、気に入らなかった？」

彼女はやはり鋭い。俺は意識して声を明るく保った。

「そんなことはないよ。平均以上だと思う——いや、かなり美味いな」

「そう」有希子がすっと引いた。妙に気が利くというか鋭いのが彼女の特徴だが、しつこくはない。気になることがあるとすぐに口にするが、こっちが乗ってこないと、話をやめてしまう。

　こういうつき合いでいいのだろうか、と思うこともある。

　五年もつき合っていれば、互いのことはよく分かって、本音をぶつけ合っても喧嘩になることもない。しかし俺は、彼女との間に、意識して薄い壁を作っている。その壁は透明で、互いの姿をはっきり見ることはできるが、触れることは叶《かな》わない。

　こんなつき合い方に意味があるのだろうか。

　そもそも俺には、女性とつき合う資格などないのではないか。

　有希子の家は決して広くはないが、居心地はいい。六畳の部屋に小さなリビングダイニングキッチンがついた１ＬＤＫ。物が少ないせいか、実際の面積よりも広く見える。ここへ来る度に俺は、自分がバイキンになってしまったような気になる。綺麗《きれい》な部屋を汚す、邪魔な存在。

　有希子は濃いコーヒーを淹《い》れ、アプフェルクーヘンを切り分けてくれた。ドイツの菓子らしいどっしりした甘み、それに加えてナツメグとシナモンの香りが強く、さらにクルミのコクもある。美味いのだが、そんなにたくさんは食べられないボリュームと味つけだ。コーヒーの苦味がありがたい。

「今日、どうする？　泊まっていく？」有希子がさらりと訊ねた。

「そうだね……」俺は答えを濁した。着替えを置いてあるから、明日この部屋から出勤しても何の問題もないのだが、今夜はそんな気になれなかった。「まあ……今夜は帰るよ」

「健人？　今日は本当にどうかした？」

有希子が俺の顔の前で手を振った。俺はその手を摑《つか》まえて握り、ゆっくりとテーブルに置いた。

「ちょっと疲れたかな。最近、仕事がきついんだ」すらすらと嘘が出てくる。こんなことには慣れている——俺は二十年も、頻繁に嘘をついて危機的状況をすり抜けてきたのだ。

「そう言えば最近、よく『疲れた』って言ってるけど……」

「歳なんじゃないかな」俺は緩く笑った。

「温泉でも行ってゆっくりする？　連休の時とか」

「ゴールデンウィークに温泉は無理だろう。もうどこも予約で埋まってるよ」

「うちの田舎なら……」有希子が遠慮がちに申し出た。

有希子は、大分の温泉町の出身である。実家は旅館やホテルではなく老舗《しにせ》の土産物屋なのだが、観光協会で顔が利くからいつでも泊まれる——そう言っていたのを思い出した。

「でも、君の田舎で泊まったら目立つだろう。変な噂になったら困るんじゃないか？」

「そんなに小さな町じゃないわよ」有希子が苦笑する。

「でも、ご両親に見つかったら、後が大変そうだ」

「だったら、思い切ってうちの両親に会ってくれてもいいのに」

「今は……」俺は唾を呑んだ。「今は無理だよ。忙しいし」

「忙しいって、だいたい言い訳なのよね」有希子が真剣な口調で言った。「結婚したくないから、忙しいって……」

「いや、本当に忙しいんだ」ここは必死で訴えるしかない。実際、関西のうどんチェーン店の買収計画が進行中だし、その後はフランチャイズの海外展開に向けた大きなプロジェクトが始まる予定なのだ。俺が勤務する特別企画室は、新規事業の「尖兵《せんぺい》役」のような性格を持っている。ある程度目処《めど》がついたら担当部署に引き継ぎ、すぐに次のプロジェクトに移行する——ここ五年ほどは、ずっとそんな仕事を続けてきた。新規のチェーン店展開の時もあれば、他のチェーン店に買収をかけたこともある。一回一回内容が違うので、飽きることがない。

「そうよね……私みたいに、決まり切った毎日を送っているわけじゃないし」

「そんな、自分の仕事がつまらないみたいに言うなよ」

「でも、うちがＡＺフーズに買収されたら、どうなるかな？」

「基本は変わらないと思うよ。そっちのスクールは健全経営で黒字を出してるし、うちとしては業務内容に口出しする意味はないんじゃないかな」

　社長の竹内のモットーは、「食の全てにかかわる」。会社名の「ＡＺ」も、そういう理想の表れだ。食のことならＡからＺまで何でもビジネスにする——最初は焼き鳥のチェーンだったが、今は農場まで持っているし、「作る」という観点から、有希子が勤めるクッキングスクールの買収も進めているわけだ。さらに、外食産業の歴史を網羅する「食の博物館」を建設するのが、竹内の遠大な目標だ。

クッキングスクールの買収計画は、今のところ順調に進み、後は条件面のすり合わせだけになっている。この買収が成功裏に終わったら、俺と有希子は同じグループ内の社員ということになるわけだ。

「……とにかく、今はちょっと時間がないんだ。いろいろ中途半端にしたくないし」

「そんな風に構えること、ないのよ。うちの両親なんて、二人ともガサツで気楽なんだから」

「そういうわけにもいかないさ」

「そう……」

不満そうに語尾を濁して、有希子はこの話題を打ち切った。彼女も少し遠慮がちというか、こういう時にはぐいぐい攻めてこない。

俺はそれを利用してるだけなんだな……こういう中途半端な関係をいつまで続けていけるだろう。

夜遅くに自宅に戻り、シャワーを浴びて一息ついた。夜はまだ冷える……窓を開け放して空気を入れ替えたかったが、そんなことをしたら風邪を引きそうだ。

頭にタオルを載せたままソファに座った瞬間、ふと、あらぬ考えが浮かぶ。自分から父に会いに行くべきではないか？　向こうが来るかもしれないと怯《おび》えながら毎日を過ごすのは耐えられそうにない。それだったら、こちらから会いに行ってけじめをつける方がまだましなのではないか？　二度と会わないと縁切りを宣言する――向こうは二十年近く服役していたわけで、とうに縁は切れていると考えているかもしれないが、それでもしっかり言葉にしておくのも大事だろう。

無理だ。

会っても、どんな言葉をかけたらいいのか分からない。会って、自分がどうなるかも想像できなかった。俺はこの二十年、辛うじて自分の人生を安定させてきた。その微妙なバランスを、自分から崩しに行くわけにはいくまい。

だったらどうする？　いつ父が来るかもしれないと怯えながら毎日を過ごし、少しずつ精神のバランスが崩れていくのを、黙って耐えるべきなのか？

答えのない疑問だ。俺は今まで、いくつもの壁を乗り越えてきたが、今度ばかりは上手くいくかどうか、分からない。何しろこれは、俺の人生を大きく崩した最初の出来事なのである。

20年前

絶対怒られる……僕はびくびくしていた。

ママは、僕が汚れるのを嫌う。服に泥をつけて帰ると、いつも絶対叱るんだ。それは分かってるけど、今日は——仕方なかったと思う。あの状況で汚れるのを嫌がってたら、絶対に皆に馬鹿にされていた。たぶん、明日も学校でも言われ続けるだろう。汚れるのを気にしないでボールに飛びついたから、今日の僕はヒーローになれた。

思い出すと、ニヤニヤしてしまう。内野と外野の間にふらふらと上がった打球。足の速さには自信があるけど、追いつけるとは思えなかった。でも、ぐんぐん前へ出て、最後はヘッドスライディングみたいに飛びこんだら、グローブの先にボールが引っかかった。「おお」ってすごい大声が上がって初めて、アウトにしたのが分かった。実際、取った感触はなかったし……グローブに入ったボールを見て、びっくりしてしまった。

六年生もいるチームでは、試合に出してもらうだけでも大変なんだけど、これでしばらくは出られるだろう。僕は五年生だけど、体は六年生に負けないぐらい大きいし、足だって速い。

でも、この汚れはまずいよな。何度叩《たた》いても、Ｔシャツに染みこんだ土の汚れは落ちない。

「日曜日、何時集合にする？」隣を歩くナオキが訊《たず》ねる。

「駅に十時ぐらい？」よく分からないので、適当に答えておいた。

「十時で間に合うかな」

「だって、横浜《よこはま》じゃん。近いよ」

「横浜って、そんなに近い？」

「近い、近い」少しだけ鬱陶《うっとう》しかった。ナオキはいい奴なんだけど、ちょっとだけ鈍いんだよな……日曜も、僕が引っ張って行くのかと思うと面倒になる。

でも、そもそも誘ったのは僕なんだから、責任は取らないと。

今年、ベイスターズが強い。最初は全然強い感じがしなかったのに、六月ぐらいから急に勝ち始めて、打線は絶好調だ。パパが毎日買ってくるスポーツ新聞には、「マシンガン打線」なんていう見出しが載っている。工場の野球好きの大人たちは、「三十八年ぶりの優勝かもしれない」なんて騒いでる。三十八年ってすごいよな……この前優勝したのって、パパが生まれた頃じゃないか。だから、別にベイスターズのファンでもないんだけど、試合を観に行く気になった。

僕が住んでいるのは、多摩《たま》川を渡ればすぐに川崎《かわさき》、という街だ。もちろん東京なんだけど、東京ドームや神宮《じんぐう》球場は結構遠い。でも、横浜なら……蒲田《かまた》まで出て京浜東北《けいひんとうほく》線に乗れば、東京ドームへ行くよりも近いって気がついて、無理にパパに頼みこんだ。パパは野球よりサッカーの方が好きなんだけど、子どもたちだけで行かせるわけにはいかないんだろう、工場が休みの日曜日に連れていってくれることになった。五年生なんだから、電車に乗って横浜まで行くぐらい、平気なんだけどな……デーゲームだから、帰りの心配もいらないし。

　パパはいつも忙しいし、このところずっと機嫌も悪かったから、頼むのは怖かったけど……たまにはパパと出かけるのもいいか。こういうのも、親孝行っていうかもしれないし。一緒にどこかへ出かけることなんか滅多になかった。

「じゃあな」ナオキがひらひらと手を振った。ジャージは綺《き》麗《れい》なまま……あれなら怒られることもないだろうな。

　僕の家は、学校から歩いて五分ぐらいのところにある。この辺にはうちと同じような小さな工場が多い。うちは自動車の部品を作ってるけど、同級生の家も、ネジ専門の工場やプラスティック加工の工場なんかだ。そういえば二年生の時、社会科見学でクラス全員がうちに来たことがあった。あの時、パパはずっとニコニコしていた。やっぱり、自分の仕事を見られるのって、嬉《うれ》しいんだろうな。

　街はまだ明るいけど、もう六時半だった。本当は六時までに帰らないといけないんだけど……ジャージを汚したのと遅くなったのとダブルで、ママには絶対に怒られる。こういう時は、とにかく謝るしかないんだよな。ママは、謝ったら取り敢《あ》えず許してくれるから。

　工場の仕事はもう終わって、シャッターは閉まっていた。僕は横の階段を駆け足で登った。もしかしたら、晩御飯を食べる前に、汚れたジャージを自分で洗えるかも。黙って着替えて、下の工場に行って、手洗い場で洗えば……よし、この作戦でいこう。泣き声が聞こえてきた。正俊だ。またママかパパに怒られてるな。あいつは生意気で悪戯《いたずら》ばっかりしてるし、怒られるとすぐに口答えするから、ママもパパも怒るんだ。馬鹿だよな。何も考えないで「ごめんなさい」って言っておけば、それで何とかなるのに。まあ、まだ四歳だからしょうがないけど。

「ただいま」

玄関のドアを開けると、目の前にパパの背中が見えた。返事はない。

「ただい……」

パパが振り返る。目が真っ赤になっていた。足元に、妹の若子《わこ》が倒れている。パパの横をすり抜けるようにして、正俊が駆け出して来た。顔は涙で濡《ぬ》れていて、滅茶苦茶に怒られていたのが分かる。変だ……悪戯ばかりしているからいつも怒られているけど、ここまで激しく泣いたことはない。

転がるように走り、僕の横を走り抜け玄関を出て階段へ——悲鳴が上がった。足がもつれたみたいで、音を立てて階段を転げ落ちて行く。

「正俊！」慌てて声をかけたけど、階段の一番下まで落ちた正俊は、その場にうずくまったまま、激しく泣いている。

「パパ」正俊、怪我したよ。普通はあんなに泣かないから——。

何も言えなかった。パパは包丁を握っていた。包丁には血がついていた。

現在

「浅野、どうかしたか？」

　声をかけられ、はっと顔をあげる。特別企画室の室長・三山《みやま》が、いつの間にか横に立っていた。室長と言ってもまだ三十五歳。「ＡＺフーズ」は年功序列ではないのだが、それにしてもこの若さで役員一歩手前のこのポストは大出世だ。もう一つ大きな実績を上げれば役員、と噂されている。あながち噂でもない——社長も自分の右腕と信頼しているのは間違いないのだから。

「何でもありません」

　俺は慌てて言った。三山は妙に鋭く、こちらの考えを読んでいることがある。今も眼鏡の奥の眼光は鋭く、まるで俺を丸裸にしようとしているようだった。そう簡単には、心の中まで覗《のぞ》かせないが。こちらは防御のプロなのだ。身の守り方はよく知っている。

「ちょっといいか？」

　くいっと顎《あご》を上げる。三山はよく、人を馬鹿にしたような仕草を見せるのだが、それに対して文句を言う人間はいない。社内で恐れられている——鋭いだけでなく、社内のあちこちにトラップを作っているのだ。各部署に、密告者を飼っていて、会社の批判や自分の悪口を言う人間がいないか、常にチェックしている。そんなことに集中していたら、まともに仕事などできないはずなのに、この男はしっかり業績を上げている。それが俺には不思議でならなかった。もしかしたら双子ではないか、と馬鹿な想像をしたこともある。二人分の給料をもらっている、という噂もあるぐらいなのだが。

三山は廊下に出ると、さっさと歩き出した。同じフロアでも、特別企画室とはだいぶ離れた応接室に入り、観葉植物の鉢の上に屈《かが》みこむ。かちり、と小さな音がして、俺は背筋が寒くなるような思いを味わった。応接室は、様々な人間が利用する。中には、後々問題にならないように密《ひそ》かに記録を残しておかねばならない相手もおり、そういう時のために、監視カメラとレコーダーが回るようにしているのだ。三山は今、そのスウィッチを切った——つまり、この話し合いは記録に残してはいけない、最高機密に属するもの、ということになる。

三山は座ろうとしなかった。窓を背にして立ち、腕組みをする。逆光の中で、全身が黒い影のようになった。

「そんなに重大なことじゃないかもしれないが、念のためなんだ」

「はい」

「会社に——社長に脅迫文が届いた」

「どういうことですか？」穏やかな話ではない。

「中国へのフランチャイズ展開の件なんだが……いろいろあっただろう？」

「ええ」俺はその件にはほとんど噛《か》んでいなかったが、噂だけは聞いていた。もちろん室長の三山は、一から十まで把握しているはずだ。

「その時の情報が漏れているらしい。社長の直接交渉の内容について、問題視するような内容だった」

「脅迫というからには、何か要求があるんですか？」

「金だ」

「いくらですか？」

「具体的な提示はない」

だったら悪戯《いたずら》の可能性もある。俺はそれよりも、どこから情報が漏れたかが気になった。

「問題は、漏洩元《ろうえい》がどこか——誰かということだ」また俺の心を読んだように、三山が小声で言った。「この件を知っているのは社内の担当者か、そうでなければ中国側の担当者だけだ。どちらかから情報が漏れたとしか考えられない」

「通訳の可能性はありませんか？」一連の交渉は、中国語に堪能《たんのう》な社員が中心になって行われた。しかし念には念を入れるということで、交渉の席には中国人通訳も入っていた。実は、通訳の手配をしたのは俺だった。あのプロジェクトに噛んだのは、その一件だけだったのだが……。

「そうだな」三山がうなずく。「可能性としては、その三択だろう」

「それで……どうするんですか？　警察に届ける？」

「それはない」三山の眼光がさらに鋭くなった。「この件が表沙汰《おもてざた》になったら、少なくとも中国では大問題になる。それは、こちらとしてはマイナスだ。せっかくチェーン展開が軌道に乗り始めたところで撤退なんていうことになったら、とんでもないダメージだぞ」

　中国への進出で、竹内が一号店に選んだのは、国内でも最初にチェーン展開した焼き鳥の「鳥美《とりよし》」だった。焼き鳥は海外でもポピュラーだし、いかにも日本らしいという理由からである。一昨年、北京《ペキン》に一号店ができて、その後重慶《じゅうけい》、南京《ナンキン》などに立て続けに計五店舗をオープンしている。これを足がかりに、今年中には十店舗にまで増やす予定だった。業績的にはとんとん――今年は黒字転換するのが目標である。計画自体は五年前から始まっていて、海外進出作戦の第一歩だった。

「それで、だ……」三山が眼鏡をかけ直した。「お前、ＴＣＲは知ってるな？」

「ええ」

　一種の「危機管理会社」だ。「ＡＺフーズ」も契約を結んでいて、いざという時にはアドバイスを受けられるようになっている。

「ＴＣＲとのやり取りは、総務部がやることになっているんだが、今回は社長がお前を指名してきた」

「俺ですか……」

「そう」三山が人差し指を突きつける。「直々のご指名だから、ちゃんとやってくれ」

「そういう仕事の経験はないんですが」俺はつい怯《ひる》んだ。

「ないからできない、ということはないだろう。うちの部署名に『特別』とついているのは、そういう意味もあるんだぜ。他の部署では対処できない事案を担当するんだから」

「それは分かっていますが……」やる気よりも不安の方が大きい。

「とにかくやってくれ。社長直々の命令だし、お前も自分の立場は分かっているだろう」

「もちろんです」俺はうなずかざるを得なかった。三山が俺の「立場」を正確に理解しているかどうかは分からなかったが。

拾ってもらった——その意識は消えない。だから、社長の命とあれば、逆らえないのだ。もしも違法行為だったら躊躇《ためら》うかもしれないが、これはあくまで会社を守るための戦いである。結果的には会社の不正行為を隠蔽《いんぺい》することになるかもしれないが、そんなことはどうでもいい。

「中国当局とのことは、気にするな。どこの会社も、海外で仕事をする時には普通にやっていることだ。中国も例外じゃない」

「実際にはどうだったんですか？」

「脅迫状の内容は極めて正確だった、と言っておくよ」

「だったら、まず社内で犯人探しをした方がいいんじゃないですか？　情報の流出元が分かれば、そこを締めることで問題は解決するかもしれません」

「それも含めて、ＴＣＲと相談してくれ。あそこは必ず、的確な解決法を提示してくれる」

「ええ」

三山の言うことはもっともだと思ったが、今ひとつ乗り気になれない。そもそもこんなトラブルシューティングは、俺の仕事ではないのだ。

それでもやらねばならない。社長のためなら、仕事の枠などまったく関係ない。

ＴＣＲの担当者が来る前、俺は応接室のカメラとレコーダーを確認した。ＴＣＲはもちろん「敵」ではないが、話の内容はしっかり記録しておく必要がある。もちろん、「正確を期すために記録させて下さい」と言ってテーブルにＩＣレコーダーを置く手はあるが、録音中の赤いランプが灯《とも》っているのを見ると、緊張して本音を話さなくなる人もいる。

ＴＣＲの担当者は長須恭介《ながすきょうすけ》という男だった。元警察官だと聞いていたが、そこからイメージされる硬さや強さは感じられなかった。こちら側に本来のカウンターパートである総務部の加藤《かとう》真里《まり》が案内してきたのだが、彼女と談笑している様子を見た限り、頼りない感じさえある。俺より少し年上、三十代半ばだと思うが……。

「それじゃ、よろしくお願いします」

真里がさらりと言って頭を下げ、退室する。ドアが閉まって二人きりになると、俺は少しだけ緊張しているのを意識した。こんな仕事は初めてなのだ。用意してあったポットからコーヒーを注ぎ、長須に勧める。

「どうぞ——ＡＺコーヒーのブレンドです」

「社内のコーヒーは全部そうなんですか？」

「お客さんにだけです。宣伝ですね」

「なるほど」あまり関心なさそうに言って、長須がコーヒーを啜《すす》った。表情は変わらない——いや、わずかに顔をしかめたようだった。

「お口に合いませんか？」

「普段、こういうコーヒーは飲まないんですよ。エスプレッソばかりです」

「じゃあ、刺激が足りないですね」

「まあ……大丈夫です」長須がカップを顔の高さに上げたが、口をつけようとはせず、そのままテーブルに置いた。

　俺は一口飲んでから——俺には十分濃厚で美味《うま》い——話を始めた。まず、送られてきた脅迫状のプリントアウトを長須に示す。

「メールで来たんですね？」長須が確認する。

「ええ」

「社長のメールアドレスに直接、ですか？」

「そうです」

「社長のメールアドレスは公開していないですよね？」

「ホームページ等には載せていません」

話しているうちに、その件も気になり始めた。脅迫文を送ってきた人間は、社長のメールアドレスをどこで知ったのだろう。その疑問を口にすると、長須が比較的呑気《のんき》な口調で言った。

「まあ、メアドは意外に簡単に流出しますからね。名刺はあちこちにばらまきますし、気にし始めたらきりがありません。そこは今、置いておきましょう」

「分かりました」

「先ほど簡単にお話を伺った限りでは……社内から情報が流出した可能性も考えておられる？」

「ええ」

「そこも、今は気にしないようにしましょう」うなずいてから、長須がようやく脅迫文を手に取った。

長須が来るまでの一時間ほどの間に、俺は何度も脅迫文を読み返して、内容をほとんど覚えてしまった。もっとも、それほど複雑な内容ではない。要は、「鳥美」の中国出店に際し、「AZフーズ」側から中国当局に賄賂《わいろ》が渡った、というものだ。その額、日本円で百万円ほど……中国側の感覚ではかなりの大金のはずだ。

長須の視線が二度、上下する。それほど長くはない脅迫文を、丁寧に二回読んだようだった。床に直置きしたバッグからタブレット端末を取り出し、何か打ちこむ。

「まず、この脅迫文を私の方へ転送して下さい。送ってきた人間について、少しは調べられると思います」

「分かりました」俺は自分のノートパソコンに転送させていた脅迫文を呼び出した。もらったばかりの長須の名刺を見てメールアドレスを打ちこみ、メールを再転送する。

「送りました」

一瞬間が空いた後、長須が自分のスマートフォンの画面を確認して、渋い表情を浮かべる。

「フリーメールですね……追跡は難しそうだな」

「ええ」

「それで、と……」長須がタブレット端末をテーブルに置いた。「まず、この脅迫文の内容についてなんですが……こういう事実はあったんですか？」

「あった、と聞いています」

長須がすっと顔を上げ、俺の目を真っ直ぐ見た。嫌な目つきだった。「元刑事」という彼の前歴が、ふっと脳裏に蘇《よみがえ》ってくる。刑事というのは、こういう嫌な目つきをするものだ。十歳の頃から刑事とつき合ってきたからよく分かっている。

「あなたは、この件には関係していたんですか？」

「中国プロジェクトには、ほとんどタッチしていません」

「それでも……事実なのは間違いないですね？」

「ええ」

「取り敢《あ》えず、当時の担当者に直接話を聞く必要があります」

「それはちょっと……」

「何か都合が悪いですか？」長須の目つきが険しくなった。

「敢えて担当者といえば、社長なんです」

「竹内さんご本人がですか」いかにも顔見知りのように、長須が軽い口調で言った。

「これはトップセールスだったんですね」

「それはそうです。海外進出は大きなビジネスですから、どうしても社長自らが動かないと」

「なるほど。では、竹内さんと面談しないといけませんね」

「いや、しかし——社長ですから」竹内が長須から事情聴取を受ける様を想像すると、申し訳ない気持ちで一杯になる。俺は会社——社長を守るためにこの仕事をしているのだ。自分が盾にならないと。

「まずは事実関係をはっきりさせるのが第一です」長須が毅《き》然《ぜん》とした口調で言った。

「そうしないと、対策の取りようがありませんからね」

「……社長との面談は調整します」竹内は拒絶はしないだろう。面倒なことを避けようとする人ではないのだ。「それで……長須さんはどうしたらいいと思いますか？」

「今ここですぐに提案はできません」長須があっさり言った。「会社へ持ち帰って検討します。そうしながら、いろいろと調査も進めていきますので」

「そうですか……」そんなに簡単に答えはもらえない、ということか。仕方あるまいと自分を納得させようとしたが、どうにももやもやする。

「これは個人的見解なんですけどね」長須が急に口調を変えた。「警察に届けた方がいいと思いますよ」

「ＴＣＲさんで何とかしてくれるんじゃないんですか？」警察、という言葉の重みが俺の胸を凹《へこ》ませた。

「うちで何とかできることもありますし、できないこともあります。犯人像が浮かぶまではこちらで調べますが、警察なら強制捜査で、もっと早く真実にたどり着けますよ」

「しかし……中国の一件は問題になりませんか？」

「厳密に言えば犯罪行為ですね」

さらりと発せられた長須の一言が、俺の胸に突き刺さった。犯罪行為……自分が全てを捧《ささ》げているこの会社のビジネスを簡単に断じられると、全人格を否定されたような気分になる。

「ただし、これで日本の警察が動くかどうか……動くのは難しいでしょうね。中国の警察に関しては何とも言えませんが、過去の案件を蒸し返す可能性が高いとは思えません」

「それは少し楽観的過ぎませんか？　それに、ＴＣＲさんが最後まで面倒を見てくれないと……お金の問題にもなりますよ」

長須が苦笑して、タブレット端末をバッグにしまう。これで話はもう終わり、とでも言いたげな様子だった。

「うちは年間契約で仕事をしています。何かあれば緊急対応しますが、年間で受け取る金額は同じなんですよ」

「ああ……すみません、知りませんでした。そちらと普段、おつき合いしているわけではないので」

「そうですね。カウンターパートはあくまで総務部さんですからね……その総務部さんが出てこないということは、社長がそれだけ、今回の件を特別だと捉《とら》えているからですよね？」

「そういうことです」

「ではこちらも、特別に対応します。方針が決まりましたら、改めて連絡させていただきますので」長須が立ち上がった。

「よろしくお願いします」俺も急いで立ち上がり、一礼した。

何だかあっさりした面談だったな、と俺は拍子抜けしていた。もう少し突っこんだ話し合いになると思っていたのに……いや、これは始まりに過ぎない。

この先に何が待っているのか、考えただけでぞっとする。

午後五時、デスクの上でスマートフォンが鳴った。

社長。

竹内は、平社員に直接電話をかけてくるような気さくな人間ではない。しかし俺だけは例外だった。今回はメッセージだった。


別室にいる。裏から入れ。


メッセージは短かった。要するに呼び出し……これは無視するわけにはいかない。俺は素早く「すぐに伺います」と返信した。

立ち上がり、黙って部屋を抜け出す。何かと鋭い三山がこちらに視線を送ってきたが、無視した。社長と俺の微妙な関係は分かっていて、それがどうにも気に食わない様子なのだ。要するに、社長の懐刀は自分一人で十分だと思っているのだろう。

特別企画室を出ると、一気にほっとした。今の仕事は嫌いではないが、あの部屋の雰囲気は好きになれない。企画室を統《す》べる三山の性格なのか、空気がどうにも重苦しいのだ。

「別室」は様々な名前で呼ばれている。竹内は「別室」としか言わないが、「社長応接室」「接待部屋」と呼ぶ人間もいる。中には「説教部屋」という呼び方も……本来は、社長が特別な客を接待する時に使う部屋なのだが、時折ミスを犯した幹部社員を呼びつけて長々と説教する。最長三時間、という記録があることを、俺は噂話として知っていた。しかし、単なる噂ではあるまい。竹内は普段でも話が長くなりがちな人間なのだ。

別室へ入るには二つの方法がある。一つは、社長室を通り抜けて行く方法。もう一つは、非常階段の近くの、あまり知る人がいないドアから入る方法である。俺は社長の命令に従い、非常階段側の裏口へ向かった。

素っ気ないドアの前に立ち、ネクタイを直して深呼吸してからノックする。社長には頻繁に会うのだが、だからと言って気楽になれるわけではない。

ドアが開き、竹内が自ら顔を出した。俺にうなずきかけると、すぐにドアから離れる。閉まりかけたドアに手をかけ、一礼してから中に入った。

二十畳ほどの部屋を、何と表現したらいいものか……豪奢《ごうしゃ》な応接セットが部屋の中央にあり、壁には五十インチの大型テレビがかかっている。他に、十人ほどが着席できる長いテーブルがあった。誰かを招いて食事をする時には、このテーブルを使うのだ。俺も何度か、つき合わされたことがある。部屋の片隅にはバーカウンターがあり、様々な酒が揃っている。俺には縁のないものだったが、接待役を任されることもあるので、酒の用意の方法だけは覚えた——いや、それはこの会社に入る前から知っていたことだ。俺はずっと「鳥美」でアルバイトをしていたから、少なくとも生ビールの注ぎ方には自信がある。

竹内は今日も、完璧《かんぺき》な格好だった。濃紺のダブルのスーツに、襟だけが白いシャツを合わせ、薄い紫色のネクタイを締めている。靴は、よく磨き上げられた茶色のストレートチップ。敢えて黒を合わせないのが遊び心なのだ、と以前聞かされたことがある。実際、ビジネスの場では「制服」とも言える黒のストレートチップを履くのは、冠婚葬祭か偉い人と会う時だけだ、と。

竹内はバーカウンターで、自分の分の呑《の》み物を用意していた。フォア・ローゼズのジンジャーエール割り。「本当の酒呑みは、こういう甘ったるい物は呑まないんだ」と自《じ》嘲《ちょう》気味に言うのだが、プライベートで呑む時はこの組み合わせが多い。

「勝手に飲んでくれ」

言われるまま、俺はバーカウンターにある冷蔵庫を開けて、ミネラルウォーターを取り出した。それを見た竹内が「相変わらず詰まらない物を呑んでるな」と鼻を鳴らす。

俺は「不調法なもので」と言ってから、ソファに浅く腰かけ、背筋を伸ばした。

テレビには、どこかの海の様子が映っている。画面が大きいので、窓から海を覗いているような感じにもなる……ただし、音は流れていない。今、室内を満たしているのは、軽快なピアノの響きと温かいベースの音だった。竹内はジャズ——その中でもピアノトリオを好んで聴く。

服装には微塵《みじん》の隙もないが、態度はリラックスしていた。足を組んでソファに座り、グラスからぐっと大きく呑む。今日最初の一杯でないのは明らかだった。

「脅迫文の一件は、進めてくれているな」

「取り敢えず、ＴＣＲの担当者と話をしました」

「担当者か……」竹内が顔をしかめた。「社長が自ら乗り出してくれると思っていたんだがな」

「会社へ持ち帰って相談すると言ってましたから、当然あちらの社長の耳にも入ると思います」

「光永《みつなが》さんは信用できる人だ」竹内がうなずく。「俺とは個人的なつき合いも長い。今まで、うちはこういうトラブルに巻きこまれたことはないが、必ず何とかしてくれるはずだ」

「担当者は、警察に相談するように勧めていました」

「駄目だ。この件は、絶対に表沙汰にするわけにはいかない」竹内が強い口調で言った。「中国の当局がどういう反応を見せるか、まったく分からないからな。たぶんに見せしめの感じはあるが、最近は汚職摘発に力を入れている。そんなことに引っかかったら、たまったものじゃない」

「しかし、海外の話ですから……日本の警察が捜査するようなことはないと思います」

「だから困るんじゃないか」竹内が体を折り曲げるようにしてグラスをテーブルに置いた。スーツの内ポケットから煙草を取り出し、素早く火を点《つ》ける。「日本の警察なら、どう動くかは予想ができる。しかし、中国の司法当局の動きは読めないだろうが。だから防御もできない。最悪……中国から撤退となったら、大きなマイナスだ。金銭的な問題もそうだが、中国は海外進出の試金石だったからな。今後の事業展開にも大きな影響が出る」

「承知しています」

「場合によっては、TCRへの相談は打ち切れ」

「いいんですか？」俺は目を見開いた。「こちらの秘密を握られたままになりますが」

「TCRは秘密厳守が原則だ。仮に犯罪行為があったとしても、クライアントとの契約を最優先する。機密事項が漏れることはない」

「今回の件も犯罪行為だと……」

「賄賂の定義と意味は、国によって様々だ。賄賂がないと、箸《はし》一本売れない国だってあるんだぞ。正義感の違いではなく、商習慣の違いだ。郷に入っては郷に従う――その国の商習慣に合わせていかないと、海外展開などできない。お前は、俺が犯罪に手を染めたと思うか？」

「いえ」理解しにくいことではあったが、一つだけはっきりしている。俺は絶対に、竹内を貶《おとし》めるようなことはしない。一筋たりとも疑わない。この世で唯一、信じてつき従っていい人なのだ。

「とにかくこの件は任せた。報告だけは密にしてくれ」

「分かりました」急に喉《のど》の渇きを覚え、俺はコップに注いだミネラルウォーターを一気に飲み干した。注ぎ足してからコップをテーブルに置く。

「この話はこれでお終《しま》いだ——最近、どうだ？　彼女とは上手《うま》くいってるか？」竹内は俺の私生活までよく知っている。

「いや、お互い忙しいので……」俺は口を濁した。

「それは言い訳だろう。早く結婚しないと、彼女だって困るぞ。買収が無事に済んだら、お前を向こうに異動させてやろうか？　同じ会社だったら、時間も合わせられるだろう」

「そうですね。でも、同じ会社にいたら何かとやりにくいと思います。お互いの給料が丸分かりになりますし」

「そうか……」また体を折り曲げ、竹内がグラスを取り上げた。次の一口で、バーボンのジンジャーエール割りはほとんどなくなってしまう。

「作りますか？」

「いや、いい」

竹内はグラスをそっと置き、煙草に専念し始めた。何か考えている——しきりに煙草を吹かす時は、ややこしい問題に専念しているのだと俺は分かっている。大型の空気清浄機が、部屋の汚染を感知して急に大きな音を立て始めた。

「何かあったら相談する——そういう約束だったな」

「はい」

「今は何もないのか？」

「ありません」

嘘。父が出所してきたことは、大きな問題になりかねない。竹内はその辺の事情も全て知っているから、自分の不安を打ち明けることもできるのだが、忙しい社長を煩わせるのは申し訳ないという気持ちが先に立った。

「何かあったらいつでも言えよ……今は、結婚問題が一番重要だと思うぞ。お前ももう、三十歳だろう？」

「はい」

「結婚するのにちょうどいい年齢だ。身を固めて、新しい家族を作るタイミングがきたんじゃないか」

　新しい家族。

　俺にはずっと家族がなかった。いや、育ててくれた人は何人もいるのだが、そういう人たちは「恩人」であって「家族」ではない。家族という言葉を隠れ蓑《みの》にして甘えたくはなかった。これからきちんと恩返ししていく——俺にできるのはそれぐらいだ。

　しかし今、状況は変わりつつあるかもしれない。父が出所して、何か嫌なことが起きる予感がしてならなかった。ただ、それを竹内に相談するのは、やはり筋違いだと思う。

「そう言えば、最近うちにもご無沙汰だな」

「はい——そうでした」

「孫たちも会いたがっている。時間を作って遊びに来てくれ」竹内が嬉《うれ》しそうに言った。

　俺は思わず、頬が緩むのを感じた。竹内の二人の孫は、今五歳と三歳。三世代同居の家なので、毎日のように顔を合わせているのだが、それでも可愛くて仕方がないようだ。俺は時々竹内の家へ遊びに行って孫たちの相手をするので、竹内がにやけるのも理解できる。ただし、竹内の家には何となく行きにくい……決して遠慮しているわけではないし、孫たちは可愛いとはいえ、家の中に流れる空気が微妙なのだ。竹内の子どもは、娘が一人だけ。結婚して同居しているのだが、夫の早田《はやた》良樹《よしき》は「AZフーズ」の営業担当役員——つまり、これはと見こんだ部下を娘と結婚させたわけだ。早田は養子になったわけではないが、同居しているので何かと肩身が狭いだろう。会社でも家でも顔を合わせるので、気が休まる暇がないはずだ。

「近いうちに伺います」

「そうしてくれ。何だったら、彼女も連れて来るといい。女房が、ちゃんと会っておきたいと言っているぞ」

「お心遣い、恐縮です」さっと頭を下げる。先日の有希子の言動といい、何だか追いこまれたような気分だった。

「そういう他人行儀な態度はよせ」竹内が煙草を灰皿に押しつけた。「他人行儀と言えば……お前、俺に何か隠してるな」

「とんでもないです。何もありませんよ」

「顔を見れば分かる。この部屋に入って来た瞬間に分かったぞ」

「いえ……今回の脅迫の一件が気になっているだけです」

「それだけじゃないだろう。何か、プライベートな悩みがあるはずだ」竹内がずばりと指摘した。

三山と同じように、竹内もやけに鋭い。もしかしたら、俺がポーカーフェイスを貫けないだけかもしれないが。

「水、いただいていきます」俺はボトルを摑《つか》んで立ち上がった。「脅迫の件ですが……あまりお気になさらない方がいいかと思います」

「俺は心配性なんだ」竹内がにやりと笑う。「お前にこういう面倒な仕事を押しつけるのは気が進まないんだが、他に任せられる人間もいない。この会社でも、俺が全面的に信頼できる人間は、そんなに多くないんだ」

「三山さんも早田さんもいるじゃないですか」

「社員で身内と考えているのはお前だけだ」

その言葉はぐっと胸に突き刺さる。出会って以来、竹内は何度もこうやって俺を家族扱いしてくれた。自分の何が竹内を捉えたのかは分からないのだが……俺を泥沼から引っ張り上げてくれたのは、間違いなく竹内だ。いざとなったら何でもするつもりでいたし、そうでなくてもいつかはきちんと恩返ししたかった。

今回がそのチャンスかもしれない。上手く解決して、竹内に心の平穏を与える——親父と慕う人間を助けるためには、全力を尽くすつもりだった。

20年前

目の前でいきなりドアを閉められて、僕は何が何だか分からなくなった。何度叩《たた》いても返事はない。

「パパ！　正俊が！」階段の下まで転がり落ちた正俊はずっと泣き続けていた。こんなの初めてだ。早く何とかしなきゃ。

パパが出てこないし、正俊の様子も気になる。どうする？　どうする？　僕は階段を駆け下りて、正俊の近くでしゃがみこんだ。

駄目だ。正俊はきっと死ぬ。

額が切れて顔は血で真っ赤になり、左足が変な風に折れ曲がっている。

「正俊、大丈夫か！」左足を触ると、正俊が叫ぶように悲鳴を上げた。

「痛いのか、正俊！」

返事はない。どうしよう……正俊、このままだと本当に死んじゃうよ……。

「どうした！」

声をかけられ、慌てて立ち上がる。隣の相川《あいかわ》さんだ。相川さんの家は自動車修理工場で、相川さんはいつもオイルで汚れたつなぎを着ている。今日も……近づいて来ると、オイルの臭いがぷん、と漂った。

「正俊君！　大丈夫か！」

相川さんが屈《かが》みこむ。正俊はまったく泣き止まず、顔は真っ赤になっていた。相川さんが僕に訊《たず》ねる。

「健人君、正俊君はどうしたんだ？　階段から落ちたのか？」

「そうです」僕は答えたけど、声が震えて自分でも言葉がはっきりしなかった。

「お父さんかお母さんは？」

分からない。ドアは閉められてしまったし、パパとは話してもいない——僕は首を横に振るしかなかった。

「ちょっと待ってろ。すぐに救急車を呼ぶからな」

相川さんが立ち上がり、自分の工場の方へ戻って行く。途中で、様子を見に出て来ていた奥さんに向かって、「おい！　救急車だ！」と叫んだ。

一度家に引っこんでからまた出て来た相川さんの奥さんが、正俊の頭の傷を濡《ぬ》れたタオルで拭《ぬぐ》ってくれた。正俊はまだ泣いていた。こんなに長く泣き続けることなんか、今まで一度もなかった。

「遅いな……」相川さんが怒ったように言って、階段を駆け上がった。インタフォンを何回も鳴らし、ドアに拳《こぶし》を叩きつける。「浅野さん！　正俊君が怪我してるよ！　浅野さん！」

相川さんが舌打ちしたのがはっきりと聞こえた。階段を駆け下りて来ると、僕に向かって「誰もいないのか？」と訊ねる。顔は真っ赤で、本気で怒っている。僕は、首を横に振ることしかできなかった。

「救急車はどうしたんだ？　何で来ないんだ？」今度は奥さんに向かって怒鳴るように言う。

「すぐ来るから。あんたが慌ててどうするの！」奥さんがたしなめたが、相川さんの怒りは鎮まらないようだった。ブツブツ言いながら通りの向こうへ走って行く。そのうちサイレンの音が聞こえてきて、僕はほっとした。もう大丈夫。救急車が来たから、正俊は助かる……。

相川さんが、顔をしかめたまま戻って来て、奥さんに向かって怒鳴るように言った。

「お前、一一九番通報したか？」

「したわよ。何言ってるの」奥さんも怒鳴り返す。

「慌ててたんじゃないのか？　救急車じゃなくてパトカーがきたぞ」

「え？　そんなはずないじゃない」奥さんも立ち上がり、二人は言い合いを始めた。

パトカーって、警察……？　怪我した時には救急車、一一九番通報だって、僕は教わっていた。パパが「工場で仕事してると怪我することもあるから、そういう時はすぐに一一九番通報するんだぞ」って教えてくれていたんだ。

角を曲がって現れたのは、本当にパトカーだった。うっすらと暗くなってきた中で、赤い光が目に痛い。警察だ、と意識すると急に緊張した。警察は関係ないじゃない……

僕の家の前にパトカーが停まると、警察官が三人、すぐに飛び出して来た。相川さんに向かって、「浅野さんですか？」と確認する。相川さんはびっくりしたように目を見開き、「いや、俺は隣の者で……浅野さんはこっちの家」と僕の家を指さした。

「この子は？」警察官が、倒れている正俊を鋭い目で見ながら訊ねる。

「この子が浅野さんのところの子……次男坊ですよ」相川さんが説明する。

「じゃあ、この子は……」警察官が僕を見た。帽子の影で目つきがよく分からないけど、何だか睨《にら》まれているように感じた。

「この子は長男です」相川さんが、僕を庇《かば》うように肩を抱いてくれた。オイルの臭いで気持ち悪くなってくる。

「この子はどうしたのかな？」警察官が屈みこみ、僕と目の高さを合わせる。そんなに歳は取っていない——三十歳ぐらい？——だと分かった。

「階段から落ちて……」僕がもごもご答えた。

「お父さんとお母さんは？」

「中にいます」

「その子は、自分で転んで階段から落ちたの？　誰かに突き落とされたの？」

「自分で……たぶん……」

「分かった」

警察官は、仲間のところへ戻って行った。何か相談してから、階段をゆっくり上がって行く。拳銃《けんじゅう》を抜いて持っているのを見て、僕はぎょっとした。拳銃って何だよ。

一人残った警察官が、無線で何か話し始める。こんな時じゃなかったら「格好いい」と思うかもしれないけど、冗談じゃない。

僕の家がヤバいんだ。

警察官がインタフォンを鳴らす。それから「浅野さん？　警察です。一一〇番通報しましたよね？　ドアを開けて下さい！」

パパかママが警察に連絡した？　何で？　意味が分からない。

ドアが開いてパパが顔を出した。カツン、と硬い音が響く……見ると、パパの手から落ちた包丁が階段の一番上で転がっていた。

「健人君、こっちへ来なさい」

相川さんの奥さんが僕の手を引っ張った。僕は逆らった——その場から動けなかった。

「健人君！」大声で呼びかけられて、急に体から力が抜ける。

何なんだ？　何が起きたんだ？

現在

その日、俺は定時少し過ぎに会社を出た。実家——一応の「実家」だ——へ行くので、本当は定時に出たかったのだが、社長から呼ばれて時間を食ってしまったので仕方がない。

　この時間だと、実家へ着くのは七時過ぎになるだろう。ちょうど夕飯が終わった時間ぐらい……食べさせてもらおうとは思わなかったので、すきっ腹を抱えたままになりそうだ。それに何となく居心地が悪くなりそうな予感がする。はっきり確認していいかどうか、まだ判断ができなかった。俺を育ててくれた伯母《おば》夫婦は、とにかく話が長い。いきなり用件を切り出すようなことはなく、だいたいだらだらと世間話をして、こちらがうんざりしてきた頃に本題に入るのだ。二人とも仕事をリタイヤしてから、その傾向にはさらに拍車がかかったように思う。

　俺が十歳から十八歳まで過ごした家の最寄駅は、西武池袋《せいぶいけぶくろ》線の保谷《ほうや》だ。新橋からだと山手《やまのて》線の内回りで池袋まで出て、西武線に乗るのが一番早い。電車に乗っているだけで一時間近く、さらに駅から歩いて十五分ぐらいかかるから、行くことを考えただけでうんざりしてしまう。自然に足が遠のいてしまう……。

　長時間電車に乗る時は、考え事をするのにちょうどいい。ただそれは、山手線では無理だった。駅の間隔が短いし、ちょうど帰宅ラッシュの時間帯だから、何かと忙《せわ》しない。隣の人と体が触れ合うような状態では、考えがまとまらないのだ。

　保谷駅で降りた時には、すっかり暗くなっていた。ここへ来るのは数か月ぶりか……忙しさにかまけて顔を出す機会が少なくなっているのが申し訳ない。何ができるわけではないが、次第に年取っていく伯母夫婦に、せめて顔だけでも見せるのが礼儀のような気がしていた。向こうは「気にするな」と言うのだが、毎月の仕送りだけではとても誠意を示せないと思う。本当は、どんと新しい家でも建ててやりたいぐらいだ。ただし俺は、あくまで普通のサラリーマンである。社長に目をかけてもらっているとはいっても、高い給料をもらっているわけではない。

保谷駅の様子はいつもと同じ――実家がある北口は、駅を出るとすぐにタクシー乗り場のあるロータリーになっている。その周辺にチェーンの居酒屋が何軒かあるが、商店街と言えるほど店はなく、駅前からすぐに住宅街が広がっている。よく言えば静か、悪く言えば活気がない。賑《にぎ》わっているのは、実家とは反対側の南口の方だ。

ここは元々「保谷市」だった。俺が伯母夫婦に引き取られてから三年後に、田無《たなし》市と合併して「西東京《にしとうきょう》市」になったのだが、だからと言って何かが変わった感じはなかった……いや、学校の名前が変わったのは、子ども心にニュースだったと思う。「保谷市立」が「西東京市立」になった。

ここの駅前にも「ＡＺコーヒー」がある。フランチャイズの展開的には、特に必要のない――要するに人の流れが少ない場所なのだが、実は「ＡＺコーヒー」の中でも古い店舗である。店ができたのは、確か俺が中学生の頃だから、もう十五年も前だ。北口にはコーヒーを飲める店がほとんどないせいか、いつも賑わっている。結果的には成功した店舗と言えるだろう。

俺は店に立ち寄り、隠れた名物のドーナツを五個、仕入れた。「ＡＺコーヒー」では、コーヒー以外にはスイーツ系の商品の評判がいい。実際、ドーナツの売り上げは、かなりの部分を占めている。俺も一個もらって、それで夕飯代わりにしてしまってもいい、と思った。今日は何だか、食事をするのも面倒臭い。

駅前には細い道が走っているだけで、ちょっと外れると畑が広がっていたりするのがこの街だ。当然街灯の光も弱く、都心部に比べれば、闇の中のようなものである。伏見《ふしみ》通りに出て、ようやく普通に歩ける感じだ。

実家は古い一戸建てで、もう少し歩くと東京都を出てしまう。大田《おおた》区の賑やかな工場街で育った俺にすれば、本当に田舎……高い建物がなく、空が広々とした光景に、最初の頃は戸惑っていたのをよく覚えている。

室内の灯《あか》りは灯《とも》っていた。それも当たり前か……もう六十代になった伯母夫婦は、夜に外出する用事など滅多にないのだから。

この辺りの家の常で、鍵《かぎ》はかかっていない。基本的に鍵は、寝る時にかけるだけなのだ。ドアを開けると、埃《ほこり》っぽさと醬油《しょうゆ》の臭いが混じった実家の香りが襲いかかってくる。煮しめたようなこの匂いの中で、俺は十年近く生きてきた。常に肩身の狭い思いをしながら。

「あら、急にどうしたの」伯母が出迎えてくれた。

「これ、お土産」ドーナツの箱を渡してから、俺は靴を脱いだ。常にきちんとした紐靴《ひもぐつ》――社長に言われた教えを律儀に守っているので、靴を脱いだり履いたりするのが少し面倒臭い。ただ、社長の教えは俺にとっては絶対だった。「ネクタイなしでスーツを着るのは、裸でネクタイをしているぐらい奇妙だ」という主張にはうなずきかねたが……竹内はクールビズを異常に嫌っており、真夏でも必ずネクタイを締めている。

「何かあったの？」

「そういうわけでもないけど、たまにはね」

リビングルームに入ると、途端にほっとした。古い家だから、フローリングもすっかり傷み、歩くとぎしぎしと音がするぐらいだったが、これが俺にとっては「実家の音」だった。

伯父《おじ》が、俺を見て顔を綻《ほころ》ばせ、「よう」と声をかける。食後の一杯——いつも日本酒だ——を楽しんでいるようで、既に顔はかすかに赤くなっている。

「どうした」

「いや……たまには顔を出そうと思って」

「忙しいんじゃないのか」

「まあね。伯父さんは……余裕なんだ」

「やることもないからな」伯父がコップをすっと持ち上げた。本当は、酒など呑《の》んではいけないのだが。

俺は伯父の前のソファに腰かけた。伯母がすぐにお茶を出してくれる。俺が酒を呑まないことは、当然分かっているのだ。

「相変わらずご活躍のようだな」伯父がコップ越しに俺の顔を見た。

「貧乏暇なしだよ」

「それもいいことだ。仕事で忙しいのは悪いことじゃない」

「最近は、そういうのも流行《はや》らないみたいだけどね」

「ブラック企業とかか？　外食産業は、よくそんな風に言われるけど、お前のところはどうなんだ？」

「うちは大丈夫だよ」

苦笑しながら俺は答えた。伯父が心配するのも分かる。外食産業は最近、何かと批判を浴びがちなのだ。夜間の一人勤務、長時間労働、残業代の未払い――様々な問題が噴出して、俺も何となく肩身が狭い。ただし、竹内はこの手の問題に関して、昔から気を遣っていた。どうやらバブル時代に、人集めで苦労したことが原因らしい。人の採用はやはり面倒なもので、できるだけ長く働いてもらう方が余計な仕事が増えない――働く人の立場を考えているというより、効率優先の結果なのだが、結果的に「ＡＺフーズ」は働きやすい、という評価を得ている。俺もアルバイト時代からそれは実感していた。些《さ》細《さい》な出来事を除いては、いい職場ばかりだった。

「あんた、何か食べてきたの？」

「食べてないけど、あまり腹が減ってないんだ」

「チャーハンならすぐできるけど、食べない？」

「ああ……そうだね」

食べないつもりでいたのだが、この誘いは断れない。伯母の作るチャーハンは、昔から絶品だった。たぶん、この家に来て初めて食べさせてもらったのが、そのチャーハンだった。

伯父とだらだら世間話をしているうちに、チャーハンができあがった。何の変哲もない高菜チャーハンなのだが、醤油を入れるタイミングにコツがあるようだ。今日も美味《うま》い……焦げも絶妙だ。

「うちの店でも、この味は出せないな」最後の一口を食べ終え、俺は素直に認めた。「AZフーズ」が展開する中華料理チェーン「富美久《とみひさ》」は様々な種類のチャーハンが売りなのだが、正直、伯母のチャーハンに比べれば金が取れるレベルではない。

伯母はドーナツも出してくれたが、遠慮した。さすがにチャーハンの後にドーナツは食べ過ぎだ。

「何か変わったこと、ない？」一段落したところで、俺は伯父に訊ねた。

「いや、特には……仕事を辞めると、こんなに暇になるとは思わなかったよ。毎日同じような仕事をしていても、あの頃の方が刺激があったな」

「それはそうだろうけど……」

「ウォーキングを始めたのよ」伯母が口を挟んだ。「お金もかからないし、健康にもいいし」

「面倒なんだけどなあ」伯父が顔をしかめる。「二時間も歩くんだぜ？　疲れるだけだよ」

「お父さん、最近太り気味だから。ちょっと運動しないとまずいでしょう。私はジョギングでもいいのよ」

「俺なんか、走ったら死んじまうよ」笑いながら言って、伯父が酒を呷《あお》った。ゆっくりとテーブルにコップを置くと、俺の顔を凝視する。「お前の方こそ、何かあったのか？」

「いや……」

「お前、自分に何かあると、それを話すより先に、俺たちに『何かあった？』って聞くからな」

「そうかな」俺は顔を擦《こす》った。自分の癖は、意外に自分では気づかないものだ。

「何か心配なことがあるなら言ってみろ。俺には何ができるか分からんが」

「別に何もないよ」

「そうか？」

「もちろん」

伯父は何も知らない、と確信した。もしも父が出所した情報を聞いていたら、必ず俺に喋《しゃべ》っているはずだ。

殺された俺の母は、伯母の妹である。つまり俺の父親は、伯母にとっては「妹を殺した人間」なのだ。考えてみれば、俺を引き取って育てる義理もなかったわけで……伯母夫婦の覚悟を考えると頭が下がる。この恩は簡単には返せない。

しかしこの家も、俺にとっては「家庭」ではなかった。伯母夫婦はあくまで伯母夫婦。本当の母親と妹は死に、弟の正俊とは離れ離れになり、父親は刑務所へ入った。家族は完全に崩壊し、俺は仮の居場所に八年間いたに過ぎない。

「伯父さん、最近体の調子はどうなんだ？　酒なんか呑んでて大丈夫なのか？」

「酒を呑めるのは、元気な証拠じゃないか」

「ちょっと控えた方がいいんだけどな」

「そうそう、どんどん言ってやって」伯母が加勢してくれた。「喉元《のどもと》過ぎれば熱さ忘れる、なんだから」

「そう言うなよ……」伯父が情けない声を出した。

伯父は四十代から五十代にかけて大病を患った。入院は長期間に及び、働きながら看病を続けた伯母も疲弊し……結果的に俺は、全日制の高校への進学を諦《あきら》めた。定時制高校で学び、昼間は働いて家にも金を入れていた。育ててもらっている義理を感じていたからだが、同時に「負担をかけさせた」負い目を感じたくなかったからだと、今なら認められる。

幸い伯父は復調し、軽い仕事ならできるようになったし、俺も金銭的援助を続けている。老境に入りつつある伯母夫婦は、辛うじて安定した生活を送れている。ただし、今後のことを考えると安心はできない。有希子との結婚に踏み出せないのは、伯母夫婦のことが心配なせいもある。二人の存在が、将来的に俺にとっても大きな負担になる可能性がある。それを支えていけるだけの十分な稼ぎが今の俺にはなかった。今後も劇的に給料が上がる可能性は低いから、悩ましいところだ。

「今日は泊まっていったら？」伯母が遠慮がちに切り出した。

「いや……ちょっと顔を見に来ただけだから、帰るよ。明日も早いし」

「うちからだと、新橋まで行くには不便だからな」伯父がうなずく。「何しろここは、十分歩けば埼玉だ」

「朝、一時間もラッシュに耐えるのはきついんだよ」

本音は、ここには泊まりたくない──築五十年は経つこの家は、狭い上にあちこちにガタがきている。子どもの頃は気にならなかったが、体が大きくなった中学生以降は、あてがわれた部屋の居心地が悪くて仕方がなかった。何しろ三畳間である。今時は、三畳の部屋がある家は珍しいだろうが、この家が建てられた五十年前は、こういう間取りも普通だったのかもしれない。狭いだけならともかく、隙間風が入りこむのがたまらなかったが、育ててもらっていたので文句も言えず……四月でまだ夜は寒いから、ろくに眠れないのは分かっている。

そういう部屋で横になることを考えるだけで、暗い気分になる。

「未《いま》だに通勤ラッシュがあるのは馬鹿馬鹿しいな」伯父が同意した。そういう伯父は現役時代、家の近くでしか働いていなかったから、殺人的な電車の混雑を経験したことはないはずだが。

「俺が定年になる頃は、通勤ラッシュなんかなくなってるよ。日本の人口も減ってるだろうし」

「お前は役員になって、毎日悠々と社用車で出勤してるんじゃないか？」

「まさか」苦笑してしまったが、そういう野心がないわけではない。「AZフーズ」では、若くして上に立つことも可能だ。営業担当役員の早田も、まだ四十歳になっていない。

「せっかくいい会社に入ったんだから、トップを目指せよ。社長にも気に入られてるんだろう？」

「そういうわけじゃないけどね」

「人間関係は大事だからな。俺も、何度も休職したり辞めたりしたけど、その都度周りの人に助けてもらった」

「伯父さんの周りには、いい人が多かったんだよ」

「お前だって、社長に気に入られてるんだから、それで十分じゃないか」

「気に入られてるのと仕事とは、特に関係ないけどね……さて」俺はわざとらしく両腿《りょうもも》を叩《たた》いて立ち上がった。「帰るわ」

「あら、もう？」伯母も立ち上がった。

「遅くなると、明日の朝辛《つら》いし。歳かな」

「何言ってるの。まだ若いじゃない」

「お前が酒を呑めれば、徹底して呑ませて泊まってもらうんだがな」

「体質的に合わないんだ。しょうがないよ」

「そうか……じゃあ、またな」伯父がグラスを顔の高さに掲げた。こういう時、伯父は絶対に玄関まで見送らない。別れが名残惜しいのかもしれないが、酒を中断されるのが嫌なだけかもしれない。

伯母はいつも必ず、玄関まで送ってくれる。靴を履き、伯母と正面から向き合った時に、改めて聞いてみた。

「伯父さん、本当に体は大丈夫なのか？　結構呑んでるみたいだけど」

「最近はご飯の後に軽く一杯ぐらいよ。あなたが来ると、嬉《うれ》しくて呑んじゃうの」

「俺の顔を見ても酒は美味くならないと思うけどな」思わず苦笑した。

「あなたはいい肴《さかな》なのよ」

「そうかな」俺は両手で顔を擦った。「それより、本当に何か変わったことはない？」

「ないけど……どうかしたの？」

「何もないけど、まあ……伯母さんたちも歳なんだし、体のことも心配だから」俺は咄《とっ》嗟《さ》に適当なことを言った。

「お父さんはともかく、私は元気だから……ウォーキングは手軽でいいわね。あなたも少し運動したら？」

「なかなか時間がなくてね……何かあったら、連絡してくれよ。最近、電話もくれないじゃないか」

「仕事が忙しいと思うと、電話もしにくいわよ」

「メールでもLINEでもいいし。今度、使い方を教えるからさ」

「携帯は苦手なのよ」

「指先を動かした方が、頭の体操になっていいっていうけどな」

「まだそこまでボケてないわよ」伯母が苦笑した。

そう、伯母も伯父も、頭はしっかりしている。だいたい、今時の六十代は若い――社長も六十代なのだが、見た目は四十代後半と言っても通用するぐらいだ。ただし伯母と伯父は、同年代の人たちよりも少し老けた感じがする。これまでの苦労が、顔に出てしまっているのかもしれない。二人を老けさせてしまったのは、まさに俺――俺と俺の家族かもしれない。

保谷から俺が住んでいる門前仲町《もんぜんなかちょう》までは、結構な距離がある。どう乗り継いでも一時間……家に帰り着いた時には、もう午後十時半になっていた。決して遅くはない――残業でこれより遅くなる時も珍しくない――のだが、伯母夫婦に会った後は妙に疲れる。疲れていることに罪悪感を覚えた。

門前仲町といえば、趣のある下町である。飲食店が充実しており、食べ歩きが好きな人にはたまらない街だろう。ただし、住環境は充実しているわけではない。そこで必死にマンションを探したのは、本社の最寄駅である汐留まで大江戸《おおえど》線で一本、十分もかからないからだ。気楽な独り身、通勤に時間を取られるのは馬鹿馬鹿しい。

俺が借りているマンションは、永代《えいたい》通り沿いにある。ベランダは永代通りに向いていないので、騒音に悩まされることはないが、ドアが常に埃っぽく汚れてしまうのは気に食わなかった。最近は排気ガスの汚染もかなり軽減されたはずなのだが、車が多く通るので、やはり埃は舞い上がるのだろう。

家賃を考えて、かなり古いマンションを借りたのだが、今夜はそれを後悔することになった。今時のマンションなら普通はオートロック完備で、簡単には中に入りこめない。しかし、昭和五十年代の築であるこのマンションだと、誰でも目的の部屋の前までたどり着ける。なのに、朝刊は一階の郵便受けまでにしか届かない。

絶対に会いたくない相手がいた。

正俊。

子どもの頃は小柄だった正俊だが、二十四歳になった今はぐっと背が伸びて、軽く百八十センチはありそうだ。もっとも、ひょろっとした体形なので、それほど「大きさ」は感じられない。ドアの横の壁に背中を預け、だらしなく体の力を抜いている。黒いTシャツに黒いジャケット、すっかり色が抜けて薄青になったジーンズという格好だった。

煙草の臭いが漂っているのを、俺はすぐに嗅《か》ぎ取った。正俊の足元を見る。吸い殻が落ちているわけではないから、吸うにしても携帯灰皿を使っていたのだろう。それでも迷惑だ。一応ここはマンションの敷地内であり、常識ある人間だったら煙草には火を点《つ》けない。正俊が左足を引きずりながら、俺に近づいて来る。

「煙草、吸ってたのか」

「ああ」

「ここではやめろ。ベランダ喫煙と同じだ」

「こっちは、人より税金をたくさん払ってる身なのに」正俊がジャケットのポケットから煙草を取り出す。

「よせよ。マナーの問題だ」

「あ、そう」煙草をしまい、白けたような視線を俺に向ける。「家に入れる気はないんだろうな」

「ない」

「俺みたいな人間を入れると、部屋が汚れるとでも思ってるのか？」正俊が馬鹿にしたように言った。

「俺は部屋に誰も入れない。ここは俺だけの空間だから」

「彼女もか？」

俺は黙りこんだ。正俊は有希子の存在を知っているのか？　今ではほとんど会うこともないから、俺の私生活を知っているとは思えないが……弟を侮ってはいけない。この男は耳ざとく、どこかから情報を聞きつけてくるのだ。もしかしたら、俺の仕事や私生活を、どこかで監視していたかもしれない。

　そう考えるとぞっとしたが、ここで問い質《ただ》すわけにはいかない。有希子の存在を知られてはいけないのだ。

「何の用だ？」

「ここで話すのか？　立ち話は嫌なんだけど」

「だったらどこかへ行くか？　酒はなしだけど」

「いろいろ条件が細かいな」正俊が笑う。そうすると、唇の右端にある傷が目立った。子どもの頃にはなかった傷……彼がどんな生活を送ってきたかが、容易に想像できる傷である。

「用があるなら、ここでさっさと話せ。俺は忙しいんだ」

「さっさと話せるようなことじゃないんだけどな」

「そう言ってる間に話せば、終わるじゃないか」

「相変わらず効率、効率か。あんたの人生には潤いはないんだろうな。文化ってのは、無駄があるところから生まれるんだぜ」

「だから、用件は何なんだ？」俺は焦《じ》れて、少しだけ声を張り上げた。こんなところで大声を上げると、近所迷惑なのだが……。

「親父が——あのクソ野郎が出所したらしいな」

「どうして知ってる？」

「鈴井とかいう弁護士が教えてくれたよ」

「で？」

「でって、あんたは何とも思わないのか」正俊が目を見開く。

「思うも何も、俺には関係ない」俺は首を横に振った。関係ないのかあるのか、実際には分からないのだが。

「関係ないって言い切るのは無理じゃないかな。どんな状況になっても親は親なんだから」

「お前はそう言い切れるのか？」

「ああ」

「俺には関係ない」

「そう？　俺は会ってみたいけどね」

「どうして」

「興味があるだけだ。人を二人も殺した人間は、どんな面をしてるのかね……ちょっと覚えてるけど、俺、親父に滅茶苦茶殴られたこと、あるよな？　三歳の時だったと思うけど、冷蔵庫の中のジュースを勝手に飲んだのがばれて……あんたと一緒に工場に隠れたんだけど、すぐ見つかった、往復ビンタを食らったんだよ。覚えてない？」

「いや」本当は覚えている。俺も殴られたからだ。庇《かば》いだてしたのは共同責任、ということだろう。しかし正俊と記憶を共有したくなかった。

「今考えるとさ、あの人、元々暴力的だったんじゃねえの？　子どもに手をあげる親なんて、ろくでもない人間だよな」

俺は無言を貫いた。父は……父のことは考えたくもない。必死に過去に置き去りにしようとした人間なのだから。

「あんたは会いたくないのか？」正俊が唐突に訊ねた。

「会わない」俺は即座に断言した。

「怖いんじゃないか？　あんな人間が親だと思いたくないとか？」

「お前はどうなんだ？」

「怖いもの見たさだね」正俊がにやりと笑った。「正真正銘、根っこから暴力的な人間がどんなものか、見てみたいよ」

20年前

正俊はたぶん、何も分かっていないと思う。四歳の子どもなんて、周りで起きてることをちゃんと分かるはずがない。僕ももうちょっと子どもならよかったのに。

十歳の僕には分かった。分かってしまった。

パパは、ママと妹の若子を包丁で刺して殺した。正俊も殺されるところだった。僕が家に帰って来たので、正俊は慌てて逃げ出して階段から転げ落ちた……左足を骨折して、今は病院に入院している。一人きりで。誰もつき添っていない。

僕は全然眠れなかった。

眠れるはずがない。だって、パパが家族を殺したんだよ？　どうして眠れるの？　もうママに会えない。若子にも会えない。これからどうなる……全然分からない。分からない、分からないと考えているうちに寝てしまったのかもしれない。

事件があった翌朝、僕は伯母《おば》さんの家で目覚めた。夜遅く、伯母さんが保谷から迎えに来てくれたんだけど、電車に乗っている間ずっと、僕は一言も喋《しゃべ》らなかった。体も頭も痺《しび》れているようで、何を話していいか分からなかったから。伯母さんも何も言わなかった。

昨夜は遅い時間にチャーハンを少し食べた。今日は伯母さんが朝ごはんを用意してくれたけど、食べられなかった。味《み》噌《そ》汁《しる》を一口飲んだだけで、吐いてしまいそうだった。この家から二度と出られないのでは……と怖くなってくる。

伯母さんも元気がなかった。それはそうだ……と朝になってやっと気づく。だって伯母さんはママのお姉さんなんだから。元気でいられるわけがない。

伯父《おじ》さんだけが元気だった。元気なふりをしていただけかもしれないけど、とにかく積極的に動いて、この日どうするかを伯母さんにテキパキと指示していた。

どうやら僕は、伯父さんと一緒に警察に行かなくてはいけないみたいだ。伯母さんは葬式の準備。それから正俊を見舞いに行く。

学校はどうするんだろう。学校、行きたいな。

横浜の試合は観に行けるのかな……。

不安がどんどん膨らむ。一つだけはっきりしているのは、僕はこれまでと同じようにあの家で暮らせない、ということだった。だってあそこで、ママはパパに殺されたんだから。

パパがママを殺した。

どうして？　人を殺すなんて、悪い人がやることじゃないか。パパが悪い人のはずがない。

訳が分からなかった。

伯父さんと一緒に、電車に乗って家の近くまで行く。でも、家には行かない。「行かない方がいい」と伯父さんは言った。「自分の家なのに？」と聞いたら、「今、警察が調べているから」という答えが返ってきた。

僕たちは、池上《いけがみ》駅の近くにある大きな警察署へ行った。建物を見た瞬間に不安になる。警察署へなんか、一度も来たことがない。悪い人が連れて来られる場所だと思っていた。テレビの刑事ドラマなんか観ると、そんな感じだし。

「お前は緊張しなくていいからな」伯父が僕の肩に手を置いた。その手はやけに固く、重く感じられた。

「でも……」

「大丈夫だ。俺が一緒に行くから」
伯父さんが言ってくれたけど、全然安心できなかった。建物に入った途端、心臓がドキドキしだす。野球の試合でバッターボックスに立った時よりひどい。だいたいこれは野球の試合じゃないし。もっと重要なこと——今後の僕の人生が決まってしまうかもしれない。

僕は、今までの人生とお別れするのかもしれない。家族もいない、野球もできない、学校へも行かない生活。

僕と話をしたのは、パパぐらいの歳の刑事だった。がっしりした体格で、変な迫力がある。体を屈《かが》めて、僕の目の高さに合わせて話そうとしているのだが、そうすると妙に顔が近づいて怖い。

「今回は大変だったね」
低い、落ち着いた声。僕は黙ってうなずいたけど、心臓はまだドキドキしていた。こんなんじゃ、ちゃんと話せない。

「話を聞かせて欲しいんだ」
もう一度うなずく。吐きそうだ——それなのに、急に空腹を覚えている。何か食べておかないと、途中で気を失ってしまうかもしれない。気を失ったことなんかないけど、どんな感じなんだろう。

「お父さんとお母さんのことなんだけど、最近、どんな感じだったのかな」

「どんなって……」

「喧嘩《けんか》したりしてなかった？」

「分かりません」僕はそう答えるしかなかった。僕が見ていた限り、喧嘩なんかしてなかったと思う。パパが煙草を吸うのを嫌うママの小言はいつも聞いてたけど、あんなのは喧嘩じゃないだろう。パパはいつも受け流していたし。

「そうか……」刑事さんが伯父さんに目を向ける。「そちらは、何か聞いていませんでしたか？」

「それは、まあ……私は直接聞いていませんけどね」伯父さんが居心地悪そうに体を揺らす。

「金の問題ですね？」

「女房は、その件について義妹の愚痴を聞いていたみたいですけど……私はそんなに詳しくは聞いていません」

「やはりそうですか」刑事さんがうなずく。「工場の経営は行き詰まっていたんじゃないですか」

「そうかもしれません。ただ、その辺は女房に聞いてもらわないと」

「奥さんにも近々——できれば今日にもお話はうかがいます。ただ、遺書めいたものがありましてね」

遺書？　僕ははっと顔を上げた。遺書って、死ぬ前に何か書いて残すもの……だけど、何でうちに遺書なんかあるんだろう。死ぬことが分かっていたから？

急に寒気がした。

状況が分かってきて、僕は自分がこうして生きていることが不思議になった。

僕も死んでいたかもしれない。パパは、家族全員を殺そうとしたんじゃないか？　ママと若子だけを殺して、僕と正俊は殺さないなんて、そんなことはない。絶対にない。

僕は、その場で吐いてしまった。

トイレで顔を洗い、服についた汚れを落としたら、少しだけ落ち着いた。刑事さんがスポーツドリンクを用意してくれたので、ちびちびと飲む。それで吐き気は落ち着いた。今は、濡《ぬ》れた服が肌に貼りついて気持ち悪いだけだ。

「今は、何があったか、君に全部話すわけにはいかないんだ」刑事さんが言った。

「どうしてですか？」

「君に理解できるかどうか分からないし、もっと大事なことがあるからだよ」

「大事なこと……何ですか？」

「ちゃんと生きていくことだ。我々も親戚《しんせき》の人たちもできるだけバックアップするけど、君自身がしっかりしないと、生きていけない。だから君には……今はいいよ。今はいろいろ大変だから。でも、もうちょっとしたら——もう少し大人になったら、しっかり生きて欲しいんだ」

そんなこと言われても。生きて欲しいって、僕は普通に生きてるじゃないか。

ショックは、何かあったらすぐに襲ってくるわけじゃないんだって、僕は初めて知った。

最初僕は、事件についてまったく理解できていなかったんだと思う。パパがママと妹を殺して――本当は家族全員を殺して自分も死のうとしたなんて、あり得ない。何か悪い冗談で、本当はママも若子もどこかで生きているんじゃないか、なんて考えた。

お通夜で、全部本当だと分かった。夢じゃなかったんだ。そして僕が、この事件は本当に大変なんだと思ったのも、お通夜に出た時だった。

人が土下座するのを、僕は初めて見た。

長崎のお祖父ちゃんと伯父さんが来たんだけど、伯父さんと伯母さんの前で土下座したんだ。「申し訳ありません」と叫んだ後、いきなり地面に倒れるように土下座してしまった。それを見た僕は固まった――本当に動けなくなってしまった。土下座された伯父さんと伯母さんも同じだった。

何でお祖父ちゃんたちが土下座しているのか……ゆっくりと分かってきた。お祖父ちゃんはパパのパパで……ママのお姉さんである伯母さんに謝るのは当然かもしれない。お祖父ちゃんと伯母さんは血がつながってないし。

しばらく、その場では誰も何も言わなかった。やがて伯父さんが、僕の手を引いて葬儀場の建物の外へ出る。むっとする一日で、夕方になってもまだ暑い……僕は首筋に汗が流れるのを感じた。

「ちょっとここにいようか」

「何で？」

「うん……それは難しい——言えないんだ」伯父さんが口を濁す。普段は、喋り過ぎるくらい喋る人なのに。

「分かった」

「すぐに落ち着くよ……お前をここに連れて来ない方がよかったなあ」

だけど、来ないわけにはいかなかった。ママと若子のお通夜なんだから……明日には、二人は焼かれて灰になる。そんなことは想像もできなかったけど、そうなるのは間違いない。

「お前、うちに来るか？」伯父さんが急に言い出した。

「来るって？」

「うちに住むか？」

「うん……でも……」家は出なくちゃいけないんだろうか。僕と正俊と二人で暮らすのは……そんなこと、できないんだろうな。でも、保谷にある伯父さんの家に住んだら、転校しないといけないだろう。それは嫌だ。

「長崎の家は、お祖父さんの具合がよくなくて、お前たちは住めないと思う。うちは子どもがいないから、お前がいても全然大丈夫なんだぞ」

「正俊は？」

「それは……二人一緒はちょっと難しいかもしれないな。うちも、そんなに金があるわけじゃないんだ」

「じゃあ、正俊はどうするの？　長崎へ行くの？」

「それはこれから、いろいろな人と相談して決めるよ」

「一緒に住めないの？」

「何か手はあるかもしれない。考えてみるけど……とにかくお前は、うちへ来ればいい。正俊はしばらく、入院しないといけないしな」

「そんなに悪いの？」

「複雑骨折なんだ。一か月ぐらいは病院で治療しないと」

「ちゃんと歩けるようになるの？」

「ちゃんと歩けるようになるために、入院して治療しないといけないんだ。その一か月の間に、どうするか考えればいい」

　正俊と一緒には住めないだろう、と僕は覚悟した。離れ離れになる。正俊はやっぱり長崎のお祖父ちゃんのところへ行くのだろうか。長崎には、行ったことはあるけど、とにかく遠い……お祖父ちゃんたちが何を言っているのか全然分からないぐらい方言はすごかったし、食べ物も美味《おい》しくなかった。正俊はそんなところで、一人で暮らしていけるのだろうか。泣き虫の正俊が耐えられるなんて思えない。いや、あの家には住めないんだ。お祖父ちゃんが病気だから。

「俺も何とかしてやりたいけど、やれることとやれないことがある。金さえあれば、こんなことにはならなかったんだが……金は、それを必要としている人のところには来ないんだよな」

　金さえあれば——僕はその後、伯父さんのこの言葉を何度も思い出すことになる。様々な状況で。

現在

　正俊は口を閉ざした。俺が言ったことの意味が分かるかとでも言いたげに、挑みかかるように鋭い視線を突き刺してくる。

「親父が怖いのか」俺は訊《たず》ねたが、声は掠《かす》れてしまった。

「怖いねえ」馬鹿にしたように正俊が言った。「俺はあの男に殺されかけたんだぜ？タイミングが少しでもずれたら、間違いなく死んでたんだ」

「四歳の時のことを、そんなにはっきり覚えているのか？」

「記憶補正ってやつだよ……とにかく、あのクソ野郎が今どんな顔をしているか、見てみたい気はする」

「やめておけ」

「どうして」正俊が唇を歪《ゆが》めるようにして笑う。「怖いのか？」

「ああ、怖い」

正俊が目を見開く。右目だけ……昔からこうだ。こういう表情をすると、いかにも腹に一物持っている感じがする。

「ずいぶんあっさり認めるんだな」馬鹿にしたように言った。

「否定する意味もない」

「何が怖いんだ？　人殺しに会うのが怖いのか？」

「お前は怖くないのか？」

「別に……人殺しに会ったこともあるし。そいつは一見、普通の人間だったぜ」

お前はいったい、どういう人間とつき合っているんだ……この機会に問い質《ただ》してもよかったが、それを聞くのは怖い。ずっと避けてきた質問だった。

俺は……あらゆる過去から距離を置いて、新しい人生を構築しなければならないのだ。しかし正俊は不幸を引きずったまま生きている——棘《とげ》のように心に刺さった存在だ。俺の過去につながる存在だ。

「とにかく、会わない方がいい。会ってもろくなことにはならないぞ」

「どんな顔をしてるか、見てみたくないか？」

「自分の顔を鏡に映して、それを三十歳老けさせてみろ」

「俺は親父に似てるのか？」正俊が右手で頬を撫《な》でた。

「どうかな」俺は唾《つば》を呑《の》んだ。「よく覚えてない。二十年も会ってないしな」

「だったらどうして、俺が親父に似てると思うんだ？ 適当に言ってるのか？」正俊が鼻を鳴らす。「それとも俺がこういう人間だから——顔じゃなくて人間性が似てると思うのか？」

「お前は人殺しじゃない」たぶん、だ。正俊が何をやってきたか、俺が知る由もない。調べることはできたが、とてもそんな気になれなかった。

「どうかな」正俊がまた唇を歪めた。「確認したいか？」

「いや」

「どうして？ 俺はもう、あんたに関係ないからか？ 自分だけは真っ当な人生を送ってて、俺が近づくと、ろくなことは起きないとでも思ってるんだろう」

「そんな風に考えてるなら、俺に会いに来るな」

「あんたの身に何が起きようが、知ったこっちゃない。会う必要があると思ったら来る……じゃあな。親父に会ったら報告するよ。その前に、ジイさんになった親父の写真でも送ってやろうか？」

「必要ない」

「あ、そう」関心なげに言って、正俊が俺の脇をすり抜けるようにして歩き出す。左足をわずかに引きずっているのは、四歳の時に階段から落ちて複雑骨折した名残だ。これが、正俊の性格形成にどんな影響を与えたのか……俺には分からない。

引き離されて成長した俺たちは、まったく別の人間になった。そのことについて正俊がどう考えているかは知らない。だいたい、会うのは三年ぶりなのだ。最後に電話で話したのも一年前か——あれで何とか縁を切れた、絶縁したと俺は思っていたが、向こうは、そうは考えていないようだった。

「じゃあな」

振り返りもせずに正俊が言った。コンクリート製の廊下を叩《たた》く不規則な足音に耳を傾け、エレベーターのドアが開閉する音が聞こえてから、俺はそちらを見た。

正俊はエレベーターの中に消えていた。

永遠に消えて欲しい、と心の底から願った。

それまで息をこらしていたのに気づき、ゆっくりと深呼吸する。一安心して、背広のポケットから家の鍵《かぎ》を取り出した時に、スマートフォンが鳴った。

偶然にも、父の件について相談できる、数少ない相手からの電話だった。ただし、必ずしも会いたい人ではない。

「ＡＺフーズ」が展開するチェーンで客一人あたりの単価が一番高いのは、イタリア料理店の「オーロ」だ。イタリア語で「金色」を店名にしただけあって、インテリア、什《じゅう》器《き》、サービス、そして味と、全てに最上級を目指している。今夜会う相手をもてなすために使いたかったのだが、向こうはイタリア料理を好まないだろう。かといって、焼き鳥屋の「鳥美」や、居酒屋の「食美《しょくみ》」ではカジュアル過ぎる。迷った末に、俺は中華料理「富美久」のフラッグシップ店、「富美久日比谷《ひびや》」を選んだ。中華なら、嫌いな人もいないだろうし……「富美久」は本来、チャーハンやラーメンなど基本の中華料理を中心にした気安い店なのだが、日比谷店だけは高級感を売り物にしている。竹内は、いずれ中華料理のチェーンを上下二層に分けたいと考えているようで、二年前にその実験として、日比谷店を大改装して名前も変えたのだった。

会社を出る前に、引っかかっている件を少しでも前に進めておこうと、俺はＴＣＲの長須に電話をかけた。長須の第一声は渋い声で、話が上手《うま》く進んでいないことがすぐに分かった。

「まだ方針が決まっていないかもしれませんが……」俺も遠慮がちに切り出した。

「仰《おっしゃ》る通りです。情報収集しながら、社内で揉《も》んでいます」

「見通しとしてはどうですか？」

「私は、御社の希望を社内で提示しています」長須の口調はひどく杓子《しゃくし》定規だった。

「こちらの希望は、極秘で、御社の助けを受けて何とかしたい——」

「社長は、その方針には乗り気ではないんです」長須が俺の言葉を遮った。「やはり警察に届けた方がいい、という考えなんですね」

「社長の方針は絶対ですか？」ＴＣＲは社長の光永が自ら興した会社だ。元警察幹部ということもあり、かなりワンマンなのではないかと俺は想像していた。

「そういうわけではありません」長須が慌てた様子で言った。「あくまでクライアントの希望第一ですから。私が『AZフーズ』さんの代理人になって、社内で議論を進めます」

「ずいぶん……ゆっくりしてますね」思わず皮肉っぽく言ってしまう。

「浅野さんは心配だと思いますが、今回は危急の事態ではないんです」長須が言い切った。「メールには、具体的な金の取り引き方法などについての指示はありませんでしたよね？　犯人が本気なら、引き続き脅迫メールがくるはずですが……今のところ、焦る必要はないと思います。第二のメールは、まだありませんよね？」

「ええ」

「では、引き続き……今後も連絡を密にしましょう」

「分かりました」

　何だかはぐらかされたように感じたが、動きがないのは間違いないようだ。今のところ、社長からも急《せ》かされていないし、長須が懸念するような第二の脅迫メールもない。よし……この件はこの件。明日以降、また考えよう。今夜は別の大事な話がある。

　新橋から日比谷まではそれほど遠くない。少し早めに会社を出られたので、頭を冷やすためにも歩くことにした。日比谷通りに出て、仕事終わりのサラリーマンに紛れる。

こうやっている限り、俺は完全に匿名、没個性の人間で、街の光景に馴染《なじ》んでいるはずだ。誰かに後ろ指をさされることもない。こんな風に、普通のサラリーマンになれるなんて、十年前には考えてもいなかった。

二十年前には、大人になる前に絶対に死ぬだろうと思っていた。俺と正俊だけが生き残るのは不公平だと信じていた。いつかきっと、誰かが俺を殺しに来る。

馬鹿馬鹿しい。

死の淵《ふち》を覗《のぞ》くようなマイナス思考を振り切って、俺は何とか三十歳まで生きてきたのだ。もう誰にも、この生活を壊させはしない。

商業ビルの一階と二階に入る日比谷店は、まさに高級中華料理店の造りだ。コース料理は、大皿ではなく一皿ずつ出てくる。大人数で宴会をする雰囲気とは言えないが、これはこれで悪くない。ワインのリストも充実していて、中華にしては油の気配が薄いのが料理の特徴だった。

社員特典で、俺は個室を用意してもらっていた。ややこしい話になるのは間違いないので、他の客に聞かれたくなかったのだ。

約束の時間の十分前に着き、一人待つ。メニューを眺め渡し、三種類ある夜のコースメニューのうち、真ん中の値段のものにしようと決めた。まず、さっさと注文してしまう。今夜は俺が奢《おご》るつもりだったから、向こうに気を遣わせたくない。

約束の時間ちょうどに、待ち合わせた相手、豊平《とよひら》がやって来た。会うのは何年ぶりだろう……少なくとも、十年以上は会っていない。そもそも、この二十年で数回しか顔を合わせておらず、しかもそれは事件の直後に集中していた。それでも俺にとって印象深い——恩義を感じる人なのは、事件直後パニックになっていた俺に対して、あれこれ気を遣ってくれたからだ。本当は事件の担当刑事として、捜査に専念しなければならない立場だったのに。

「やあ、久しぶり」

懐かしい声。そして……老けたな、と思った。事件直後に初めて会った時は四十歳で、俺の父と同い年だった。ということは、今年六十歳になって定年——定年という話を、昨夜かかってきた電話で初めて知ったのだった。

二十年という歳月の重みを実感する。

「お久しぶりです」俺も立ち上がり、膝《ひざ》にくっつきそうなぐらい深く頭を下げた。

豊平は、「冴《さ》えない刑事」を絵に描いたような格好だった。くたびれて型崩れしかけたグレーのスーツ。腕にかけたコートもよれよれだ。重力に敗れて、頬の肉がたるんでいる。そのせいか、いかにも眠そうな目つきになっていた。店員が丁寧に椅子を引いたタイミングで腰を下ろしたものの、それがいかにも難儀そうだった。

「大丈夫ですか？」俺は思わず訊ねた。

「膝がね」言い訳するように豊平が言った。

「怪我ですか？」

「怪我じゃないんだが、長年の酷使で磨《す》り減ったんだろうね」豊平が薄い笑みを浮かべた。「要するに、歳を取ったということだよ」

「刑事の仕事は、歩くことだって言いますからね」

「まったくその通り」豊平がうなずき、室内を見回す。四人ぐらいで使う狭い部屋なのだが、天井が高いせいか、圧迫感はない。「それにしても、ここは高そうだね。俺が知ってる『富美久』は、ラーメンとチャーハンが四百五十円の店だけど」

「この店だけ特別なんですよ。でも、社員は割引なんです」俺は嘘をついた。部屋を取る時ぐらいは優遇してくれるが、値引きまではしてくれない。「定年というお話ですから……今日は私に出させて下さい」

「それじゃ申し訳ないよ」

「散々お世話になりましたから」

「いやいや……」

「私も三十になりました」私は低い声で言った。「一応、ちゃんと働いています。お世話になった人に食事をご馳走《ちそう》するのは、自分がきちんと成長した証拠になると思っているんです。出世払いをこのタイミングで返す、ということでご理解いただけませんか？」

「俺も、出世払いで奢ってもらうような年齢になったということか」

豊平が溜息《ためいき》をつく。背中が丸まり、六十歳という実年齢よりもずいぶん老けて見えた。

「私の我儘《わがまま》だと考えていただいても結構です……料理は頼んでしまいましたけど、よかったですか？　何か食べられないものはありますか？」

「あれだ、最近流行《はや》ってるみたいだけど……パクチー？　あれだけは苦手でね」

「大丈夫です」先ほどコースのメニューを精査しておいたが、パクチーが入るような料理はなかった。高級バージョンといっても、味は冒険せず、昔ながらの日本式中華である。「今日の料理には入ってないはずです」

「若い女の子とか、パクチーを生のサラダで食べたりするんだろう？　あれは、俺には謎だね」

「実は私も苦手なんです」

「何だかドクダミを思い出すんだよな」豊平が表情を歪めた。

「ああいう癖の強いスパイスは好き嫌いが分かれますよね」

前菜が運ばれて来た時に、俺はウェイターにパクチーの有無について確認した。予想通り、今日の料理にはパクチーは使われていない。それを聞いてほっとしたのか、豊平は旺盛《おうせい》な食欲を発揮し始めた。酒は呑まないというので、二人で冷たいウーロン茶。味気ないことこの上ないが、真剣な話をするにはアルコールは邪魔になる。

「これは高級中華の味だねえ」分厚いチャーシューを箸《はし》でつまみ上げながら、豊平が感心したように言った。

「使っている素材からして、普通の『富美久』とは違うんです」

「だろうね……しかしあんたも、大きい会社に入ってよかったなあ。将来も安泰じゃないか」

「外食産業は、流行り廃《すた》りもありますから、必ずしも安心はできませんよ」

実際今は、盤石と思われていたファミリーレストランの衰退が著しい。二十四時間営業が当たり前だったのに、取りやめるチェーンも出てきているほどだ。客が減ったのは、消費傾向が変わったとしか言いようがないのだが……そもそもファミリーレストランは、今の時代には価格設定が中途半端だと思う。数百円で食べられるファストフードに比べて、ランチでは微妙に高く、ディナーでは大幅に高い。竹内は、「普通のファミレス業態を展開しなかったのは正解だった」と以前語ったことがある。「ＡＺフーズ」が展開するチェーンは基本的に安く、今は高い方を模索中だ。

「しかし、人間は必ず飯を食べるものだから」

「ええ」

「とにかく、よかったよ。安心した。君のことはずっと、気にかかっていたんだ」

「その節はすっかりお世話になりまして」俺はひょいと頭を下げた。この会合は、湿っぽい昔話に転がっていくのだろうか。

「私は何もしていない。君が頑張ったんだよ。自力で大学を出て、大きな会社へちゃんと就職した。大したものだと思うよ」

「いえ……」

「俺は、たくさんの犯罪被害者を見てきた。中には当然子どももいて……親を亡くした子が、必ずしも真っ当な道に進むとは限らないんだ。周りがいくらフォローしても、上手くいかないこともある」

俺は無言でうなずくだけだった。豊平は、正俊を批判しているも同然である。正俊はまさに、真っ当な道に進まなかった……。

中華の常で、料理が出てくるのは早い。豊平は最初の頃こそ旺盛な食欲を見せていたが、次第に年齢なりにスピードが落ちてきた。締めの焼きそばは、一口食べただけでギブアップしてしまった。

「まったく、食えなくなったもんだね」力なく首を横に振る。「昔は、聞き込みの合間にチャーハンとラーメンをフルに食べて、それでも夕方には腹が減っていたけど」

「私だって、もうそんなに食べられませんよ」

「あんたはまだ若いでしょう」

「三十になったら、胃袋だって元気がなくなります」

「寂しい話だな……まあ、こういうのはよそうか」

「ええ」

「もうデザートをもらってくれないかな」

焼きそばを食べるつもりはない——いや、彼は人払いをしたいのだと分かった。実際、店員が頻繁に出入りしていて落ち着かない。

俺は呼び鈴を鳴らし、店員を呼んだ。デザートの杏仁《あんにん》豆腐と温かいウーロン茶を持ってくるように頼んでから、この先の展開を考える。

考える必要もなく、分かっていた。豊平が、定年の挨拶《あいさつ》のためだけに、わざわざ俺に会おうと考えるはずもない。デザートとお茶が揃うと、俺は一つ咳払《せきばら》いをした。それが合図になったように、豊平が唐突に話し出す——いや、予想通りだった。

「君の親父さん、出所したようだな」

「ご存じでしたか……」

「君も知っていたのか？」

「鈴井弁護士から聞きました」

「ああ……彼も真面目な人だからな。この件には特に、熱心に取り組んでいた」

「そう聞いています」俺はうなずいた。「豊平さんは——仕事の関係で、当然ご存じなんですよね」

「直接関係ない事件でも、いろいろと情報は入ってくるよ」豊平が右の耳を引っ張った。

「それで？　会ったのか？」

「いえ……向こうから連絡もありません。鈴井さんは、連絡があるかもしれないと言ってましたけど」

「俺も連絡を取ったわけじゃないから分からないが、連絡はしにくいだろうな。こんなことを言うと君はどう思うか分からないけど、親父さんも合わせる顔がないと思うんだ。今は長崎の実家で、お兄さんの世話になっているそうだな」

母と妹の葬儀の時に土下座した、長崎の伯父《おじ》だ。本人も、もう六十代半ばになっているはずで、父の面倒を見ると言っても限度があるだろう。それを考えると、にわかに不安になってくる。

「私に連絡がくると思いますか？」

「俺は、ないと思う。謝りたい気持ちもあるだろうが、連絡したり会ったりしたら、君が迷惑を被ることは親父さんだって分かっているはずだ。そういう気遣いをする人だよ、あの人は」

俺は一瞬頭に血が上り、耳が熱くなるのを感じた。人を二人も殺した人間を褒めるとは——いや、冷静になれ、と自分に言い聞かせる。豊平は、極限状態にあった父と長く対峙《たいじ》していたのだ。俺が知らない父の一面を見つけていたかもしれない。

「よく分かりませんが」俺はできるだけ声を低く抑えて言った。

「あの事件のことを、君ときちんと話し合ったことはなかったな」

「ええ——事件発生直後に、事情聴取を受けたぐらいです」

「あれは事情聴取とも言えなかったよ。子ども相手に、事件の話なんか聴けない。君はあの事件について、どれだけ知っている？」

俺は無言を貫いた——知っている。少なくとも、いつどこで何が起きたか、そして父がどうしてあんなことをしたのかも分かっている。

事情を知ったのは、中学生になってからだった。それまでは、伯母《おば》夫婦も詳しい事情を教えてはくれなかったし、聞くのも悪いような気がしたし……中学生になった俺はどうしても事件について知りたくなり、市立図書館で何年か前の新聞をひっくり返したのだった。

新聞を見て、事態の深刻さを実感した。これじゃ、俺を毛嫌いして虐《いじ》める人間がいたのも当たり前だ。俺は、人殺しの息子なんだから……雑誌はもっとひどかった。ただし、父がどうしてあんなことをしたかは、雑誌の方でさらに詳しく分かった。

納得できたか？　分からない。ただ、今考えてみれば「情状酌量の余地あり」ということになるのだろうか。

「君は、事件のことを調べただろうね」

「どうしてそう思います？」

「君はとびきり頭のいい子だった。そういう子は、自分がどんな状況に巻きこまれたのか、知りたがるものだよ」

「興味本位じゃないです。自分の身を守るためでした」

「分かってるよ」豊平がうなずく。「それをずっと意識してきたんだろう？　今のところは成功しているんじゃないかな」

「自分ではよく分かりませんが」首を傾げて、杏仁豆腐に手をつける。味はほとんど分からない。

「私に聞きに来ればよかったのに」

「行ったら話してくれましたか？」

「君はどうやって調べた？」豊平が逆に聞き返した。「新聞か？」

「ええ」

「しかし、新聞に全ての情報が載るわけじゃない。警察の資料、それに私の記憶——事件の全容を知るには、そういうものが必要だろう」

「そうかもしれません」俺はうなずいた。「週刊誌も読みました。ひどい書きようでしたけど、背景は新聞よりもよく分かりましたよ」

「俺は、今からでも話すことはできる」

「今は……必要があるとは思えません」

「そうか……万が一親父さんから連絡があったらどうする？　会いたいと言われたら？」

「会うつもりはありません」

「俺もそれがいいと思う」豊平が首肯する。「会っても何も始まらない。君は、自分のことだけ考えていればいいんだ」

「ええ……」

「弟さんのこともそうだ。気にしているかもしれないが、もう住む世界が違うんだから。それとも君は、まだ弟さんの面倒を見るつもりなのか？」

「いえ」昨夜突然、正俊が訪ねて来たことは言わなかった。俺自身、正俊とわずかでもつながりがあることを、他の人には知られたくない。逮捕歴のある男とつながりがあることが知られてしまったら、今の人生が崩壊しかねないのだ。

弟の存在を知っている人間は、俺の周りにはほとんどいない。社長はもちろん知っているが、情報はそこから先には広がっていないはずだ。もしも漏れたら……転校した小学校で受けた、残酷な洗礼の言葉を思い出す。「人殺しの子ども」。俺にそういう言葉を投げかけた人間は、今どうしているだろう。家庭を持って、楽しく子育てをしているのか。あんなことを言う人間の子どもは、ろくな大人にならないはずだが。

遺伝子。

悪は遺伝するのか？

「とにかく、君は君できちんと生きていくべきだ。努力して、自分の手で今の仕事と立場を手に入れたんだから、それを絶対に逃すな」

「どうしてもすがりつかなければならないほどのものとは思えませんけどね」俺は思わず皮肉を吐いてしまった。何だかんだ言って、ただのサラリーマンに過ぎないのだから――十年前には、こういう生活を夢のようなものだと思っていたにしても。

「普通の暮らしが一番いいんだぞ。君の親父さんも、普通の暮らしができなくなったから、あんな事件を起こしたんだ」

新聞記事などによれば、「経営する工場の資金繰りが行き詰まり」「銀行の貸し剝《は》がしや貸し渋りがあって金策に窮した」のが動機だった。倒産を覚悟しての一家心中――九〇年代の後半には、銀行の冷酷な行動が問題になっていたのだと、俺は後に知った。週刊誌はさらに詳しく伝えていたが、父親の借金は、運転資金などで五千万円を超えていたようだ。

五千万円で絶望して、一家心中しようと思うものなのか。

ある週刊誌は、同情的な書き方をしていた。自殺すれば、会社を受取人にしている保険金が下りるはずで、父はそれで会社を立て直せると考えていたようだ——馬鹿な。一家心中は自殺ではなく「殺人」である。保険金が下りるはずもない。

たった一つ、今でも不思議なことがある。父はどうして、横浜戦のチケットを買ってくれたのだろう。そもそもそんな余裕があったかどうか……そして父は、本当に俺を横浜スタジアムへ連れて行ってくれるつもりだったのだろうか。もしもそうだとしたら、試合の直前に何故あんな事件を起こしたのか。

疑問は疑問を呼ぶ。しかし追わない方がいい——俺は豊平に全面的に賛成した。

「君は君の道を行くべきだ。君には幸せになる権利があるんだよ」

「人並みで十分ですよ。ここまで来るだけでも相当大変でした」

「分かる……とは言えないな。私は君の人生の手助けができなかった」

「豊平さんは、十分、ご自分の役割を果たしてくれたと思います。私にはそれで十分です」

これが本音なのだろうか……自分でも分からなかった。

翌日、出社するとすぐに三山に目配せされた。暗い顔を見ただけで、何かあったのだと分かる。デスクに通勤用のバッグを置くと、すぐに彼の席へ向かった。三山は立ち上がり、廊下に向けて顎《あご》をしゃくった。

外へ出ると、三山が一つ息を吐いて、眼鏡をかけ直した。

「新しい脅迫メールが届いた」

「社長宛に、ですか？」

「ああ」

「いつですか？」竹内は朝が早い。朝七時に社長室にいることも珍しくなかった。曰《いわ》く、「朝の二時間は一日で一番効率が上がる」。

「今朝だ。朝イチでメールが来ていて、社長が気づかれた」

「社長に対する個人攻撃……にも思えますね」

三山が唇の前で人差し指を立てた。眼鏡の奥の目が険しくなっている。

「確かに社長には、個人的に敵も多い」三山が小声で切り出した。「これだけ手を広げて商売をしてるんだから、小さなトラブルはたくさんあった。だけど、そういうことを大声で言うな」

小声で喋《しゃべ》ったつもりだが……と思いながら俺はうなずいた。三山は沈着冷静――むしろ冷酷と言っていい男なのだが、その三山にして、今回は焦っている。

「役員が招集された。お前も出てくれ」

「役員会にですか？　しかし……」職制上、俺は「課長」扱いだ。役員会に出席するようになるまでには、まだハードルが二つぐらいある。

「社長の直接命令だ」言葉を切り、三山が俺の顔を凝視した。「お前は社長のお気に入りだからな」

反論したくなったが、俺は言葉を呑みこんだ。余計なことは言わない。殴られたら黙ってうつむき、次のパンチを必死で我慢しろ——俺はそうやって、この二十年間、生きてきた。それは間違いなく正しい処世術だったと思う。余計な反論をしなければ、相手はそのうち疲れて勝手に引くのだ。

「——とにかく、お前はこの件の処理を任されたんだから、節目の会議には出ておけ。隅で大人しくしていればいいから」

「分かりました」

逆らえるわけもなく、俺はうなずくことしかできなかった。

三十分後、俺は役員会議室にいた。役員たちは楕《だ》円《えん》形に並べられたテーブルについていたが、俺は部屋の隅に椅子を置いて座った。最後に入って来た竹内が俺をちらりと見たが、何も言わない。竹内は座らず、立ったまま話し出した。

「先ほど回覧したメールは読んでもらえたと思うが……そこに書かれたことは全て事実だ」

ざわめきは……ない。役員は基本的に、社長の信奉者ばかりである。いい意味でも悪い意味でも、社長が右へ行けと言えば、どこまで行けばいいですか、と確認するような連中だ。批判はご法度——というより、批判など考えてもいない。

俺は、手元のプリントに目を通した。これが二度目。決定的なスキャンダルだと考えていいのだろうか……分からない。誰かにアドバイスを受けたいと思った。

竹内一正《かずまさ》様

先日のメールはお読みいただけたでしょうか。ご指摘させていただいた、中国当局に対する賄賂《わいろ》に関して、我々は新たな情報を摑《つか》みました。

二年前、あなたが北京市の担当者と数回にわたって面会し、最終的に日本円で三百万円の賄賂を渡したことが分かりました。これは会社とは関係なく、あなたのポケットマネーから出たものと推測されますが、だからといって会社の罪が消えるものではありません。あなたは「ＡＺフーズ」そのものなのですから。

我々は北京市公安局に、然《しか》るべき証拠を提出し、この犯罪行為を告発する用意があります。また、日本のマスコミにも情報提供すべく準備を進めています。日本の警察がどう動くかは分かりませんが、興味を持つことは間違いないでしょう。三百万円を持ち出したことについても、日本の当局が把握しているかどうか、興味深いところです。

日本を代表する外食産業の実態がこういうことですか？　海外進出へ貪欲《どんよく》に手を伸ば

すためには、違法な賄賂を使うことも厭《いと》わないのですか？　海外ではこういうのが当たり前だ、という言い訳は通用しません。日本を代表する企業ならば、高い倫理観を持ってビジネスをしてもらいたいものです。

　これは「ＡＺフーズ」という会社の体質なのでしょうか。それともトップセールスにおける竹内様の個人的な方針なのでしょうか。我々は、「ＡＺフーズ」がそういう会社ではないと信じています。すなわち、竹内様個人に、経営者としての高い倫理観がない、竹内様の個人的な問題だと捉《とら》えています。

　こんなことが許されるのでしょうか。我々は、この件を断固追及します。真相を全て白日の下に晒《さら》すまで、情報を収集し続けます。竹内様が、自ら全てを明らかにするというなら話は別ですが、あなたはそういうことから逃げ回るでしょう。あなたはそういう人なのです。説明責任を果たさない卑怯《ひきょう》者なのです。

　当方は、あなたの個人的な事情もよく存じ上げています。そちらをお伝えしてもいいのですが、それはまた後にしましょう。

　またご連絡します。その時には、より具体的な話をさせていただくことになるでしょう。

　慇懃《いんぎん》無礼な書き方に腹がたつ。しかし……先日届いたメールに記載されていた以外にも、こんな事実があったとは。竹内は、中国でどれだけの金をばら撒《ま》いていたのだろうか。

早田もこの事実を知らないのだろうか。営業担当役員として、金の使い道はほぼ把握しているはずだが……今回の一件は、竹内のポケットマネーから出た、ということになっている。こういうことは組織でやるもので、個人が金を出すようなことではないような気がするのだが、どうなのだろう。

竹内が、立ったまま話し続ける。

「この件は、緊急を要する事態だったから、私が個人で処理した。初耳だと思うが、とにかく事実だ……早田」

「はい」早田が立ち上がる。何となく線が細い——百八十センチもある長身なのだが、何をやるにしても自信がなさそうなのだ。元々仕事ができる人間だったから竹内に見こまれ、娘とも結婚したはずなのだが、あまりにも近しい関係を続けているうちに、生気を失ってしまったのかもしれない。

「この件は、担当役員のお前にも知らせていなかった。その理由は分かるな？」

早田が唇を引き結ぶ。見て分かるほど、顔面は蒼白《そうはく》になっていた。

「何よりもスピードが必要な仕事だったからだ。だから……どういうことか、分かっているだろう？」

お前は仕事が遅いからだ——俺は、自分の顔からも血の気が引くのを感じた。竹内が、こんな風に皮肉っぽく誰かを責めるのは珍しい。娘の夫として、会社の将来を任せようと期待しているからハードルが上がるのかもしれないが……噂では、最近特に当たりが強くなっているらしい。

早田は立ったまま、唇を噛《か》み締めていた。ずっとうつむいていたのだが、一瞬だけ顔を上げ、竹内を睨《にら》んだ。竹内自身が気づいたかどうか分からないが……俺は違和感を抱いた。早田といえば線が細く、竹内に対しては常に従順なイメージがあるのに、それを一気に覆すような表情だった。

竹内はやはり気づいていなかったようだ。低い声で話を続ける。

「問題は、この情報がどこから漏れたか、だ」

竹内は明らかに、内部からの情報漏れを疑っている。しかしたぶん、口には出さないだろうと俺は思った。竹内は厳しい男だが、仲間は大事にする。疑っていても、大勢の前でそれを口にするようなことは絶対にないはずだ。もしもトラブルがあれば——社員がヘマをすれば、表沙汰《おもてざた》にならないうちに本人に言い渡す。俺はたまたま、竹内が営業部員を馘《くび》にする瞬間に立ち会ったことがあるのだが、その際も淡々としたものだった。会社の金を百万円単位で横領していたことを認めたのだから、その場で罵倒《ばとう》し、警察に引き渡してしまってもよかったのに、ただ事実関係を告げ、明日から出社には及ばないと言っただけだった。もちろん、告訴しないことと引き換えに、全額弁済は求めたが。

罵倒して放り出せば、いくら本人に非があっても、会社や竹内本人に恨みを抱くかもしれない。特に今は、ネットであっという間に悪評が広がってしまう時代であり、報復は難しくない。サービス業は評判が第一だから、そういうリスクはできるだけ避けたいのだ。竹内は、危機回避能力にも長《た》けている。

「今のところ俺は、犯人探しをする気はない。社内から漏れたとは思っていないからだ。内輪の人間を疑うようなことはしたくないし、そもそもこの件――北京市当局へ三百万円を渡したのは俺の個人的裁量で行ったことであり、他の誰にも責任がない」

ほう、と溜息が漏れたような気がした。それはそうだろう。誰だって、疑われたらいい気はしない。

「となると、中国側から情報が漏れたとしか考えられないし、その辺の事情は我々には知りようがない。追及するだけ時間の無駄だ。問題は、どう対策するかだな……メールを送ってきた人間は、この後具体的な要求をしてくるだろう。いつ次の脅迫がきても対応できるように、用意しておく。役員諸君には、包み隠さず、逐一情報を提供するので、そのつもりでいて欲しい……それと、この場で謝罪させてもらう」

竹内が頭を下げたので、俺は驚いた。竹内は必ずしも傲慢《ごうまん》なわけではないが、少なくとも社員に対してこんな態度に出たことは一度もなかったはずだ。威張るのではなく毅《き》然《ぜん》とする――この二つの違いは大きい。

「中国とのビジネスは難しい。日本で出店する時のように、ただ数字を見ていればいいわけではないのは、諸君らも承知の通りだ。ただし、今考えると別の方法もあったかもしれない。いずれにせよこれは、私の判断ミスだ。もう少し時間に余裕を持って、よく考えて仕事をすべきだった。故に、この件は全て私に責任がある。何があっても、私が全ての責任を取るので、諸君らは安心して通常通り仕事を続けて欲しい」

「社長、我々は社長を守ります」立ったままで早田が宣言した。先ほどの反抗的な表情は消えている。「社長は会社のためを思って、一人で動かれたんですから……私利私欲のために金を使ったわけではない。つまりこれは、あくまで会社の業務に関係したことです。全社挙げて社長を守ります」

　竹内が無言でうなずく。今までの一連の流れは、事前に仕込んでいたな、と俺は察した。一番近い立場にいる早田にこのように宣言させて、役員会の意思を統一する——その狙いは当たったようで、役員たちも一斉にうなずいた。何となく茶番じみた感じもするが、こういう公の場で意思統一しておくことも大事なのだろう。

　竹内が散会を宣言する。しかし俺と三山はそのまま会議室への居残りを命じられた。

「実態は、今言った通りだ」竹内が俺の目を見ながら告げた。「俺は全てを包み隠さず話している。この状況でどういうことができるか、ＴＣＲと上手く相談して方針を決めてくれ」

「予《あらかじ》め確認しておきますが……」俺は遠慮がちに切り出した。「ＴＣＲがあくまで警察への届け出を主張したら、協力関係を破棄する、ということでよろしいですか」

「ああ。警察が絡んできたら、収拾がつかなくなる。仮にＴＣＲに手を引くように要請しても、向こうは絶対に外部に秘密を漏らさないから心配しないでいい。それに、今後も契約は継続だ」

「いいんですか？」

「光永さんは信用できる」

「どうしてそこまで言い切れるんですか？」

「お前が入社する前だが、うちの会社が暴力団とまずい関係になったことがある」

俺の目に疑念が浮かんだのを見て取ったのか、竹内が少し慌てた口調でつけ加えた。

「単なる因縁だ。店舗で言いがかりのようなトラブルがあって、その解決が遅れるうちに騒ぎが大きくなった。その時、光永さんが間に入って解決してくれた。後腐れはまったくなかった。見事な手際だったよ」

「暴力団関係のトラブルに強いんですか？」

「暴力団関係だけじゃない。ＴＣＲは、機密保持の関係で仕事の内容を外には漏らさないが、やはり伝わってくることはあるからな。他社のトラブルも、極めてスムーズに解決しているんだ」

「やり手、なんですね」

「やり手というだけじゃない。人間的にも優れた人だ」

「分かりました。早々にＴＣＲと相談します……よろしいですか？」

「ああ。頼む」

俺は一礼して会議室を出た。三山はまだ残り、社長と何か相談している。俺は関係ないということか、と思うと少しだけ嫌な気分になった。

特別企画室に戻る前に、スマートフォンから長須に電話を入れた。すぐに摑まったので、俺は簡潔に事情を説明した。

「そちらへ伺います。ご相談させていただければ……」

「分かりました。まず、脅迫メールを転送してもらえますか？　あなたが来るまでに目を通して、上とも相談しておきます」

「なるべく早く行きます」

電話を切り、特別企画室に戻って長須にメールを転送した。一つ息を吐いて、荷物をまとめる——といっても背広を着こみ、バッグを持っただけだ。今日はまだ、自席に一分ほどしか座っていない。まったく忙《せわ》しない。本来の業務もあるのに、そちらはすっかり滞っていた。

それでもこの仕事は、きっちりやり遂げねばならない。竹内は、自分にとって、最も「父」に近い存在なのだ。父を守るためなら、子どもはどんな努力でもすべきだろう。

俺はそういう子どもになりたかった。なれなかった子どもに。

ＴＣＲは赤羽橋《あかばねばし》にある。俺が子どもの頃の感覚だと、「陸の孤島」だ。都営大江戸線ができてからはずいぶん便利になったが、それまでは近くに駅がなく、とにかく不便な場所だったらしい。

大江戸線の汐留駅から赤羽橋へ——わずか二駅、五分ほど乗るだけだ。四月の午前中、ほどよく暖かい陽気で、時間があれば散歩がてら歩いてもいいような距離である。ただし今日は時間がなかった。焦りもある。

駅を出ると、「陸の孤島」の気配がまだ残っていることに気づく。東京では、街の中心としての駅の存在は非常に大事である。駅ができればそこを中心に家が増え、新しい商店が生まれ、一つの街が形作られていく。しかし赤羽橋は、駅ができた恩恵をほとんど受けていないようだった。ＴＣＲがある東麻布《ひがしあざぶ》商店街はゆるい上り坂の両側に広がっているのだが、新しい店はあまり見かけない。昔ながらの商店が、堅実に営業している感じだった。

スマートフォンの地図を頼りに会社を探して歩く。途中、エスプレッソを出す小さなコーヒー店を見つけた。きつい刺激が必要だった。エスプレッソには食指が動いたが、それを飲む時間も惜しい。ＴＣＲでもコーヒーぐらい出してくれるだろうと期待しながら、俺は先を急いだ。

ＴＣＲは雑居ビルの四階と五階に入っている。どこへ行っていいか分からず、俺はまず、四階のドア横にあるインタフォンに声をかけた。太い男の声で「お待ち下さい」と言われ、その三十秒後にドアが開いて長須が顔を出した。

「浅野さん、煙草は吸いますか？」長須が唐突に訊ねた。

「いえ……」何を言っているのだと思いながら、俺は否定した。

「ちょっとの間、我慢できますか？」

「それはもちろん大丈夫ですけど、どういうことですか？」

「社長の光永が、チェーンスモーカーなので……お客さんがいる時にはやめるように言っているんですけど、まったく聞かないんですよ」長須が苦笑する。

「問題ないです。それより、社長が直接会って下さるんですか？」いよいよ本命の登場か、と俺は少し緊張した。

「連続して脅迫がありましたからね。事態は一段深くなりました」

「分かりました。ありがたいこと……ではないですね」

「重要視している、ということです」長須が繰り返した。「階段でいいですか？　社長室は一階上なんです」

「もちろん、大丈夫です……ちなみに光永社長は、どんな人なんですか？」

「俺にとってはオヤジ、ですね」先を行く長須が振り返って言った。「散々お世話になった人です。そもそもお節介というか、面倒見がいいんですけどね」

「うちの社長と一緒ですね」

「そういう人、いますよね」長須が温かな笑みを浮かべた。「何なんでしょうね。父性があるというか、俺にはそんな風にはできないけど」

　俺は無言でうなずいた。父性——父性とは何なのだろうと思う。俺は様々な「父性」に触れ、助けられてきた。光永に、また新たな父親像を感じることになるのだろうか。

20年前

「お前、人殺しの子どもだろう」

どきり、とした。同時に「やっぱり」と思った。僕が何かしたわけじゃないけど、絶対に何か言われるだろうと予想していた。でも、転校初日の今日、クラスでは何も言われなかった。たぶん、僕がいないところで先生が注意したんだろう。でも、何も言われなくても感じは分かる。クラスの全員が僕を見ているようだった。目を合わせようとするとさっと引いてしまう。まるで、目が合うと殺されるとでも思っているように。

冗談じゃない。僕は人殺しじゃない。でも、そんなことを大きな声では言えなかった。言えばまた、変な目で見られるに決まってる。

ここにいないことにしよう――僕は透明な存在になろう。

小学校には行かないと。引きこもっていたら駄目なんだ。前の学校でも、家に引きこもって登校しない子がいたけど、あんな風になっちゃいけない。だいたい僕は、学校が好きなんだ。勉強も好きだ。テストでいい点を取ってパパやママが喜んでくれるのが嬉《うれ》しかったし、難しい問題が解けた時の嬉しさは最高だ。成績がよければ、先生たちも褒めてくれるし。周りから勉強のことについていろいろ聞かれるのも、面倒臭いけど何だか楽しい。

でも、この小学校ではそんな風にはいかないだろう。勉強は普通にすればいい……でも、この居心地の悪さはどうしたらいいんだろう。座っているだけで気分が悪くなってくる。

やっぱり行きたくないな……明日から少し休もうかな。

そんなことを思いながら学校を出た瞬間、声をかけられたのだ。見ると、ちょっと体の大きい子が三人、目の前に立っている。何だか態度が悪い……上級生、たぶん六年生だ。まずいな。何も話さないで、さっさと逃げ出さないと。話すことなんかないし、話したくもない。

僕はうつむいたまま、ダッシュした。頭を下げて、二塁への盗塁を狙う時のような感じ。でもすぐに、腕を摑《つか》まれた。

「おいおい、どこへ行くんだよ。何で逃げるんだよ」

一番体の大きな子が、ニヤニヤ笑いながら立っていた。僕は、こめかみに汗が流れるのを感じた。

「話、聞かせろよ。お前のオヤジ、人殺しなんだろう？」

「話すことなんてないよ」

「ああ？　生意気言うなよ。お前も人殺しなんだろ？」

「違う……」二の腕をきつく摑まれ、涙が出そうになった。何でこんなに思い切り摑むんだよ。

「いいから、話を聞かせろよ。面白そうだからな」

僕は思い切り体を捻《ひね》って、手を振り解《ほど》いた。よし、上手《うま》くいった——さっさと逃げないと。慌てて振り返ると、目の前に別の子がいた。

「生意気なんだよ！　お前みたいな人殺しの子どもがいると、学校が駄目になるんだ！」

いきなりパンチが飛んできた。屈《かが》みこんで避けようと思ったけど、足が滑って転んでしまう。お尻《しり》から落ちて、痛みがじんと頭にまで走ったけど、そのすぐ後に、今度は背中に痛みが走った。

音がするぐらい強く、背中を踏みつけられたのだ。息が詰まる。

「お前みたいな奴は学校へ来るな！」

新しい痛み。今度はどこを蹴《け》られたのだろう。分からない。気づくと、目の前にアスファルトがあった。それでも蹴られる。踏みつけられる。そのうち、額がアスファルトにぶつかり、僕は気を失った。

……生きてるみたいだ。

うっすらと目を開ける。頭がガンガン痛い。起き上がろうとしたけど、ふらふらして駄目だった。四つん這《ば》いのまま、しばらくその場でじっとしている。大丈夫、生きてるんだから。生きてさえいれば何とかなる。

ようやく目眩《めまい》が引いて立ち上がる。下を見ると、花を潰《つぶ》してしまったと分かった。アスファルトの隙間から生えている白い花が、僕の体重で潰れている。鼻血が垂れて、白い花に赤い点ができていた。でも、花はゆっくり立ち上がる。潰れてなかったんだ、とほっとした。

僕は花を傷つけなかった。

そう考えると泣けてきた。

僕は誰も殺さない。

パパとは違うんだ。

家に帰ると、伯父《おじ》さんも伯母《おば》さんも詳しいことは聞かなかった。怪我の手当てだけしてくれて、明日は学校を休んだ方がいい、とだけ言ってくれた。

次の日、伯母さんが学校へ行ったらしい。僕はずっと寝ていた。起きると昼前で、伯母さんは「明日からは学校へ行って大丈夫だからね」と優しく言ってくれた。

そのまま家に引きこもってしまう手もあったと思う。でも僕は、伯母さんに言われるままに次の日から学校へ行った。何も起きなかった。伯母さんが何をしたか分からないけど、とにかく何とかしてくれたようだ。

でも僕は用心した。誰も信用しないことにした。声をかけてこないクラスの子たちが、頭の中で何を考えているかは分からない。我慢するしかないんだ。誰とも友だちにならず、とにかく大人しく授業を受けるだけ。授業が終わったら、とにかく家に真っ直ぐ、一直線に帰る。そうするように気をつけているだけで、かなり安全になるはずだ。校庭で野球をやっているのを見るのは辛《つら》かったけど。とにかく僕は……一人でいい。一人で生きていく。

十歳の僕に考えられるのは、それぐらいだった。

現在

TCR社長の光永は、こちらの腰が引けるぐらい堂々とした男だった。七十歳だというが体はまったく萎《しぼ》んでおらず、眼光も鋭い。デスクの向こうで煙草を吸っていたが、俺が部屋に入るとすぐに灰皿に押しつけ、うなずいて立ち上がった。デスクの前のソファを勧められたので、浅く腰かけて背を伸ばす。光永は、腰を下ろした瞬間、新しい煙草に火を点《つ》けた。ふと目の前のテーブルに置いた灰皿に目をやると、吸い殻で完全に埋まっている。まだ午前も早い時間なのに、いったい何本灰にしたのだろう。

「あなたが浅野さんだね」

「はい」

「竹内さんから話はよく聞いています。いい面構えだね」

「いえ」両手で顔を擦《こす》りたい、という欲望を何とか抑えた。「いい面構え」のはずがない。何も分からず、ただ走り回っているだけだ。

「今回は、社長直々の特命だそうですが」

「はい」

「今日のメールも見ましたよ。犯人は、かなり詳しく御社の内部事情を摑《つか》んでいるようだ。誰か、社内に裏切り者がいるんじゃないかな」

「それはあり得ません。社長も、ないと言っています」俺は即座に否定した。「今回の一件——北京市の当局者とのやり取りは、竹内が個人的にやったことです。社内の営業担当も知らない話でした」

「となると、中国側から漏れた情報か……」光永ががっしりした顎《あご》を撫《な》でる。「この情報源を割り出すのは、相当厄介でしょうね」

「ＴＣＲでも、ですか？」

「残念ながらうちは、中国には伝手《つて》がないものでね」光永が首を横に振った。「申し訳ないですが、犯人の正体には迫れないかもしれない」

「メールの送り主についても分からないんですか？」

「残念ながら、特定には至っていない」

「では……」

「まだ具体的な要求がないから何とも言えないが、恐喝が本格的になったら、警察に引き渡すべきだと思います」

「しかし、この件が表沙汰《おもてざた》になると、まずいことになります。警察も、中国での賄賂《わいろ》ということで興味を持つかもしれません」

「可能性ゼロとは言えないが、あまり心配してもしょうがないでしょう」光永が首を横に振る。「中国での一件を日本の捜査当局が捜査するというのは、現実味がない。一方で中国の公安当局も、積極的に手をつけたい案件ではないでしょうね」

「どうしてそう言えるんですか？」

「最近、中国では汚職の摘発が増えています。しかしそれは、見せしめの意味合いが強い。外国人が摘発されるのは、覚せい剤の事件やスパイ容疑がほとんどなんです。それも、仕組まれた捜査である場合が多い……この件は、立件しても公安当局にとっては旨《うま》味《み》がないと私は思う」

　そう言われても安心はできない。相談すれば、警察は竹内に事情を聴きたがるだろう。竹内をそんな目に遭わせるわけにはいかなかった。

「それがＴＣＲさんの結論なんですか」

「もう少し様子は見ますがね」光永が盛んに煙草をふかした。「次のメールを待つとか……ただ、それを見ても私の結論は変わらないと思います」

「御社では対応できない、ということですか」

「正直申し上げて、うちにも得手不得手はある。中国関係が弱いのは事実です」

「ええ……」

「仮にこの件に中国人が噛《か》んでいるとしたら、上手《うま》く処理できる保証はありません。ですから、最初から警察に任せてしまうのが、一番現実的な解決方法なんです」

「御社では、クライアントの秘密は絶対厳守、ということでしたよね」

「もちろんです」光永がうなずく。煙の向こうで顔が霞《かす》んだ。

「それが犯罪に絡んだことであっても、ですね？」

「危急の事態――人命が絡んでいるような場合は別ですが、それ以外の状況だったら、基本的にはファイルを封印します。担当者と私以外は、情報を知ることはない」

「分かりました」俺はうなずいた。今、分岐点に立っているのを意識する。

「うちを切りますか？」光永があっさり訊《たず》ねる。

「この件に関しては、そういうことになるかもしれません。申し訳ありませんが」

「まあまあ、そう言わずに」光永がうなずく。「これはビジネスですから……どんなことでも、最終的に方針を決めるのはクライアントの方なんです。我々は解決策を提示しますが、決定権はありません」

「今のところの解決策は、警察に相談すること……ですね？」

「ええ。ただ、次の脅迫メールはないかもしれません。つまり、この二件はあくまで悪戯《いたずら》ということですね。そうなったら、まあ……ゼロになるということです。いずれにせよ、今すぐ結論を出す必要はないでしょう。次のメールが来るまで待てばよろしい。我々は、そちらの判断を尊重しますので」

「分かりました。持ち帰ってまた相談します」

「竹内さんによろしくお伝え下さい」

俺は立ち上がって一礼し、社長室を出た。背中の後ろでドアがしまった瞬間、どっと冷や汗が噴き出てくるのを感じた。思わず額の汗を手の甲で拭《ぬぐ》う。

「どうでしたか？」外で待っていた長須が不思議そうに訊ねる。

「いや、緊張しました。何だか圧迫感がある人ですね」

「まったくです」長須が苦笑した。「私も未《いま》だに慣れないんですよ」

「それでもオヤジ、なんですか？」

「うちの多くの社員にとって、そうですよ」長須がにこりと笑う。「竹内社長だって、外の人から見れば、結構な迫力――怖い人でしょう」

「中にいて、しょっちゅう顔を合わせていると分からないものですね」

「ちょっとコーヒーでも飲みませんか？」長須が唐突に誘ってきた。

「ええ」この喉《のど》の渇きにはコーヒーではなく水が欲しいと思ったが、俺は長須の誘いに乗った。

「ちょっと美味《うま》いエスプレッソを飲ませる店があるんですよ」

「この近くですよね？　来る時に見ました」

「味は保証しますよ」

「では、そちらで」

俺たちは連れ立ってビルから出た。歩いて一分ほどでカフェにたどり着く。店内にはカウンターしかなく、腰かけられるのは、店先にあるベンチだけだった。奢《おご》る、という長須の申し出に素直に従うことにする。小さなカップを受け取り、並んでベンチに座ると、長須がすぐに煙草を取り出して火を点けた。

「長須さんも吸うんですか？」

「ええ。ＴＣＲの社員は、やたら喫煙者が多いんですよ。私は、外では遠慮するようにしていますけど、この街は本拠地ですからね」

「ええ」

　エスプレッソを一口。苦味も酸味も強烈だ。俺はエスプレッソをほとんど飲まないので、これが「美味い」かどうかは分からないが、取り敢《あ》えず緊張は解《ほぐ》れる。

「何か、申し訳なかったですね」長須が切り出した。「わざわざ来てもらったのに、期待する方向へ行かない感じで」

「プロの判断だから尊重したいところですけど……ちょっときついですね。こういうこと、よくあるんですか？」

「あります」長須があっさり認めた。「クライアントの耳に痛いことも言わないといけない時がありますから」

「耳が痛いわけではないですけど、怖いですね」

　長須が一息でエスプレッソを飲み干す。俺にはやはりちょっときつい……立ち上がり、カウンターで砂糖をもらって加えた。これで苦味と酸味が薄れて飲みやすくなったが、逆に甘くなり過ぎた。最後の方は、まるで砂糖を食べているような感じになってしまう。

ベンチに腰かけると、長須がまだ長い煙草を店先の灰皿に落としこんだ。ぐっと背中を伸ばし、上体を左右に揺する。

「今回はこれで終わりになるかもしれませんが、またの機会があったら、ということで……私も、定期的に御社には行きますから。大抵、ご機嫌伺いですが」

「今度会社でお会いした時には、私がコーヒーを奢りますよ。『AZコーヒー』ですけどね」

「その時は喜んで――」長須が立ち上がる。何だか辛《つら》そうだった。午前中でエネルギーを使い果たしてしまったような……。

「社長に何か言われそうですか？」俺は思わず訊ねた。「オヤジ」と慕いながらも、実はしょっちゅう強烈な説教を受けているとか。

「いや、それはないでしょう。酒の席でネタにはなるかもしれませんが、こういうことは別に問題ではないんです。私の査定が悪くなるわけでもない」

「それならいいんですが……何だか長須さんには申し訳ないです」

「御社は被害者なんですから、そんなことは考えないでいいんですよ。とにかく、気にしないで下さい。そして、何か状況が変わったらまた連絡していただければ――新たに相談に乗れることもあると思います」

「ご面倒おかけします」

「慣れてます」長須がにやりと笑った。「人の面倒を見るのが、うちの仕事なので」

この件はしばらく胸に秘めておこう、と決めた。TCRとはまだ、一緒にこの件に対応しなければならないかもしれない。三山は俺が帰るとすぐにしつこく事情を聞いてきたが、適当に誤魔化した。取り敢えず今のところは様子見です——。

疲れる一日になった。いつ新しい脅迫がくるか分からず、びくびくしながら待っているだけでもげっそりする。

俺には本来、取り組まねばならない仕事がある——西日本一帯に展開するうどんチェーン店の買収。この会社は関東への展開を狙っているのだが足場がなく、「AZフーズ」ではそこに目をつけた。グループ企業に加えることで、関東地方への進出を手助けし、「AZフーズ」としてもブランドを一つ増やせる。これまで、うどんや蕎麦《そば》など麺《めん》類《るい》専門のチェーンは展開していなかったのだ。

近々、向こうの本社がある大阪へ出張しなければならない。そのための資料作りが、今回のトラブルで中断したままだった。急いで仕上げて竹内に決裁をもらわないと……俺は、昼飯抜きで資料作りに没頭した。幸い邪魔は入らず、夕方近くには必要な資料が完成した。よし、明日の朝イチでもう一度チェックして、決裁をもらおう。

さすがに腹が減った。ビルの一階にある「AZコーヒー」でサンドウィッチでもつまもうかと思ったが、この時間——四時半だ——に食べると夕飯の時間がずれこんでしまう。温かい物でも飲んで、腹を落ち着けるぐらいにしておくのがいい。

一階に降りて、「ＡＺコーヒー」でカフェオレを買った。普段はこういう軟弱なものは飲まないのだが、少しだけ胃を休ませるのもいい。

外のテラス席に座るには、今日は少しだけ気温が低い。しかし我慢して座り、有希子に電話をかけた。

「今夜、食事しないか？」

「いいわよ」

「じゃあ、表参道で」

「たまには私がそっちへ行くけど……」

「いや、新橋も門前仲町も、呑《の》む街で食べる街じゃないから」酒を呑む人間が一緒なら、居酒屋へ行っても何とか間が持つ。しかし呑まない者同士だと、どうしても居心地が悪くなってしまう。「そっちまで行くけど、どこにしようか」

「私は何でもいいけど……たまには『気楽屋《きらくや》』にする？」

「ああ、いいね」俺は思わず頬を緩ませた。気楽屋は、気取った店が多い表参道辺りでは貴重な、いわゆる街の中華料理屋である。ごく真っ当な味のラーメンやチャーハンを、気安い価格で提供する。夜には客単価最低五千円が平均的な南青山《みなみあおやま》付近では、オアシスのような店と言っていい。それ故、いつ行っても行列ができているほどだ。

六時半に約束し、俺はそれまでやはり、カフェオレの乳脂肪分と甘みで空腹を紛らせておくことにした。気楽屋へ行くといつも腹が前にせり出すほど食べることになるので、胃はできるだけ空けておいた方がいい。

　あとは順調に仕事を片づけ、俺は六時に会社を出た。三十分で「気楽屋」に到着。今日は珍しく、列はない。引き戸を開けて中を覗《のぞ》くと、有希子がもう二人がけのテーブルについていた。前に座ると、「注文しちゃったけど、いい？」と訊ねる。

「いやいや、メニューぐらい見させてくれよ」俺は苦笑した。

「でもあなた、いつも同じものしか頼まないでしょう」

　確かに……この店に来ると俺は必ず、定番の「醬油《しょうゆ》ラーメン全部載せ」を注文する。本来ラーメンの上に載っている具材が別皿で出てくる変わったスタイルで、酒を呑む人なら具材をつまみにして、締めのラーメンをかけ蕎麦のようにシンプルに食べるのが定番だ。酒を呑まない俺は具材をラーメンの「おかず」と考え、ちびちび食べながら麺を啜《すす》る。もちろん、別皿の意味を無視して、具材を最初に麺に載せてしまう客もいるのだが。

　座るとすぐに料理が出てきた。有希子は高菜チャーハンで、これも定番の注文だ。こういう店では、ゆったり会話を交わすのは似合わないし、長居すると待っている客に迷惑だ——というわけで、気楽屋に来るといつもそそくさと注文して食べ、滞在時間は三十分にも満たない。

　醬油ラーメンは東京風で、魚介系の出汁《だし》の香りが強い。醬油の味はそれほど強くなく、上品な感じだ。色薄く煮あげられたメンマは柔らかく、逆にチャーシューは歯ごたえがしっかりしていて味が濃い。歯で噛むまでもなく溶けてしまう柔らかいチャーシューも美味いが、こういう歯ごたえのあるチャーシューも悪くない。

結論――この店のラーメンは、俺の中では都内でベスト3に入る。しかし、量はそれほど多いわけではない。俺は途中で、追加の半チャーハンを頼んだ。

「大丈夫？」有希子が心配そうに、チャーハンの皿から顔を上げた。「さすがに食べ過ぎじゃない？」

「今日は時間がなくて、昼を抜いたんだ」

「美容と健康によくないわね」

「健康はともかく、俺には美容は関係ないな」

半チャーハンはすぐに出来上がった。その時点で麺はほぼ食べ尽くしてしまったので、残ったスープを飲みながらチャーハンをがつがつと食べた。定番の組み合わせなのだが、どちらも薄味のせいか、困るほどの満腹感はない。程よい感じだった。

「出ようか。ちょっと話があるんだ」

「お茶にする？」

「そうだね。どこか、この近くで」

有希子がどことなく不審そうにしているのが気になった。俺たちの間には無言のルールがある。食事は外で、お茶は自宅で――しかし今夜は、彼女の家に行く気になれない。本当は、会うのもまずかったのだと後悔した。

どこかで正俊が見ているかもしれない。

表参道駅の近くは、青山通りの両側で表情ががらりと変わる。西側はまさに明治《めいじ》神宮の参道で、ハイブランドのショップが建ち並んでいる。一方東側は、もう少し親しみやすい繁華街で、飲食店も多い。青山通りと骨董《こっとう》通り以外の道路は毛細血管のように細く、いつも人で溢《あふ》れている。女子率高め——というか、夜になると男の姿はほとんど見かけない。女性向けの店舗ばかりが集まった地域なので、歩いているとどうしても居心地が悪く、つい早足になってしまう。しかし、店を出ると有希子がすぐに俺の左腕に自分の右手を乗せたので、スピードを落とさざるを得なかった。

「平気なんだね」

「何が？」

「誰かに見られるかもしれないよ」彼女の勤務先は、この辺りから歩いて五分ほどのところにある。

「どうして気にするの？　別に悪いことしてるわけじゃないんだし」有希子が短く笑った。

「……そうだな」

言われても、居心地が悪いことに変わりはない。俺はずっと、とにかく目だたないように生きてきた。別に女性が嫌いなわけではないが、恋人と腕を組んで歩くことなどないだろうと、十代の頃には漠然と考えていたのだ。幸せなオーラを発しながら歩くことなど許されない……腕に置かれた有希子の手が、何故か熱を持っているように感じられてならなかった。

しばらく歩いて骨董通りを渡り、喫茶店に入る。先ほどの「気楽屋」と同じ、この辺りでは珍しいごく普通の喫茶店。民家を改装したもので、今時珍しく、中は全面喫煙可能だった。何度か入ったことがあるが、煙草を吸わない俺でも居心地がいい。食べたことはないが、カレーが名物だそうだ。

俺はブレンドを、有希子はカフェオレを頼み、窓際の席に陣取る。ここからは、元々の家の庭が見渡せる。それほど広くはないが、立派な桜が一本あり、ライトアップされて、一面がピンク色に染まっているように見える。

「ここ、花見の穴場だったのね」有希子が感心したように言った。「初めて気がついたわ」

「誰にも言わないようにしよう」俺は提案した。「人に教えるのはもったいない」

「そうね」有希子が頬杖《ほおづえ》をつき、桜に視線を向けた。目つきが優しげになっている。

もっとも俺は、優しくなるどころか、落ち着くこともできなかった。何度も振り返り、出入り口の方を確認してしまう。

「どうしたの？」有希子が不思議そうに訊ねた。

「いや……」俺は唇を舐《な》めた。

「何か、気になることがあるんでしょう」

ある。しかし彼女に話すべきかどうか、分からない。伝えれば、家族の暗い記憶に引きずりこんでしまいそうだった。

「黙ってると、精神的によくないわよ。ね？　私には何でも話して」

「一つ、聞いていいかな？」

「何？」

「君は、俺に甘いよな。どうして？」

「さあ？」

有希子が微笑みながら首を傾げる。えくぼが深くなり、それを見た俺の意地は一瞬で決壊した。何と言うか……有希子はいつも、俺が周りに張り巡らせた壁を簡単に打ち壊してしまう。意地が決壊した後は、もう我慢できなかった。誰かに話せば楽になる——。

「弟が訪ねて来たんだ」俺は打ち明けた。

「正俊さん？」有希子が眉《まゆ》を顰《ひそ》める。

「ああ」

「どうして会いに来たの？」

「実は……父が出て来たんだ」

有希子が唇を引き結ぶ。顔が白くなったように見えた。

俺は、今までの事情を有希子には全て打ち明けていた。そうすることが、つき合っていく上で義務ではないかと思えたから——いや、俺は彼女を試したのだ。殺人犯の息子なのに、一緒にいられるのか？　このことを言ったのは、初めてセックスした直後だった。まどろみの中で優しく囁《ささや》くような話ではなかったのだが、粘膜が接触して一歩深い関係に踏みこんだ後では、隠しておくことはできないと咄嗟《とっさ》に決意したのだ。

　あの時、長い話の後で一分ほど黙りこんだ有希子は、「あなたは被害者だと思う」と耳元で囁いてくれた。長年強張《こわば》っていた背中が、少しだけ解れた感じがした。

「それは……そういうタイミングだったの？」

「ああ」

「お父さんと話したの？」有希子が身を乗り出し、俺の腕に手をかけた。スーツの袖《そで》越し……彼女の温《ぬく》もりを直に感じたい、と強く願った。

「話してない。弁護士から連絡があっただけで……今、長崎にいるみたいだ」

「伯父《おじ》さんのところ？」

「ああ」

「どうするの？　会いに行くの？」

「いや。自分からは行かない」

「もしかしたら、お父さんが会いに来るかもしれないと思って心配してるの？」

「そうだ」

「会いに来たら……」

「話すことはない」小さな声で、しかしぴしゃりと俺は言った。「何もないんだ。謝罪も受けたくない。でも、正俊は違う。話をしてみたいと言ってるんだ」

「それは正俊さんの事情で、あなたは関係ないでしょう」

「そうなんだけど、正俊と父親が会って、変な化学反応が起きないか、心配なんだよ。分かってると思うけど、正俊は――」犯罪者。俺は続く言葉を引っこめざるを得なかった。

「心配し過ぎじゃない？　正俊さんも、最近は何も問題を起こしてないんでしょう？」

「あいつが何をやってるか、俺が全部知ってるわけじゃないんだ」

「心配なのね？」

「君が心配なんだ。正俊は、君にも何か迷惑をかけるかもしれない」

「私は、自分のことは自分で面倒を見られるわよ」

「それは分かってるけど……」

「私が心配してるのはあなたのことよ。あなたはずっと、お父さんと正俊さんのことを気にしている。お父さんは……どうしていいか分からないけど、正俊さんについては何とかできるでしょう」有希子は、普段見せない強気の表情、きつい口調だった。

「何とかって？」

「縁を切ればいいのよ」有希子が言い切った。

「縁を切るって……」

「まず、携帯は着信拒否にする。できたら引っ越す。いい機会だから、私たち、一緒に住んでもいいじゃない。本当に心配なら、一緒にいて守ってくれても――」

「それは別の話だ」俺は声を張らないように気をつけた。結婚となると、話を進められない。有希子は子どもも好きで、自分が子どもを持ったら——という仮定の話をよくする。結婚して子どもを作る——そんなことは、俺には絶対にできない。許されない。ちゃんとした家族を作れるか、自信がない。だから彼女との結婚には踏み切れない。

「結婚の話になるとあなたはいつも逃げるけど……私と結婚する気、ある？」

「ここでこういう話はやめようよ」俺はさらに声を低くした。

「……分かった」有希子が一瞬言葉を切り、俺の目を凝視する。「とにかく、正俊さんと縁を切るなら、いくらでも方法はあると思うわ。本当は、とっくにそうしているべきだったと思うけど」

「そう簡単にはいかないよ」

「あなたは基本的に——私に対してもそうだけど、優し過ぎるんだと思う。迷惑をかけられると分かっていても無下にはできない……でも、もういいんじゃないかしら。今までは面倒を見てきたけど、正俊さんはたぶんそれに甘えるだけだった。立ち直るチャンスはあったのに、自分でそれを潰《つぶ》したんだから、もう仕方ないでしょう」

　俺は言葉を失っていた。有希子がこんなに強い言葉を口にするのは初めてだった。元々芯《しん》は強い女性なのだが、それが具体的な形で噴き出したことは、今までに一度もなかったと思う。

「縁を切りましょう。あなたは十分苦しんできたんだから。もう、いいのよ」

それができると思えないから困っている。

あの事件が起きてから、俺はできるだけ過去を振り切ろうとしてきた。過去との決別——生まれ育った大田区に足を踏み入れることはほとんどなかったし、小学生時代の友だちとも縁は切っている。しかし生きている限り、相手は寄って来るかもしれない。飢えた人間は、金や愛情の臭いを嗅《か》ぎつけるのだ。自ら這《は》い上がる意思も能力もないから……そういう人間こそが犯罪に走る。

俺が抱えているかもしれない悪の遺伝子。有希子と結婚できないのはそのせいだ。

14年前

「鳥美」でのアルバイトは、午前十時から午後三時半までだ。ランチタイムの準備から後片づけ、そして夜の準備を少しだけ手伝う。三十分の昼食休みを除いて実働五時間、時給八百円。週末はもう少し長く、午後六時まで働いているけど、稼げる金額は高が知れている。休みは週一回だけ。夜は定時制高校に通っているので、自由な時間はほとんどない。

高校では暇だった。勉強が大変、ということは一切なかったから。

小学校の途中で転校してから中学校まで、俺は基本的に勉強しかしていなかった。部活で誰かと仲良くなるのも面倒だったから……その結果、俺の成績は中学校では常に上位に位置し、かなりの難関校でも行けそうな感じになっていた。ところが中学三年生の時に、突然伯父《おじ》が倒れた。入院は長引き、伯母《おば》も働きに出て、空いている時間に病院へ行って伯父の面倒を見て……と、とても高校へ行きたいと言い出せる雰囲気ではなくなってしまった。秋のある日、伯母に「中学を出たら働く」と宣言したのだが、伯母は「何とかするから」と言ってくれて――妥協の結果、定時制高校へ進んで昼間は働くことになった。俺のいた中学校では高校進学率は九十九パーセント……全日制の高校へ行かなかったのは、俺以外に一人だけだった。

それでも俺は、自分の判断が間違っているとは思わなかった。これで伯母夫婦にかける迷惑を軽減できる。伯母夫婦は何かと気を遣ってくれたのだが、それが俺には重荷になっていたのだ。できることなら、中学を出たらすぐに独立して、家を出ていきたかった。すぐには無理だが、いずれ一人暮らしを始めるつもりで、わずかずつだが貯金も始めていた。とにかく、金のことだけでも二人に迷惑をかけないようにしないと。

「鳥美」のアルバイトでありがたいのは、賄いつきであることだ。ランチタイムの営業が終わった二時過ぎからの慌ただしい昼食だし、自分たちで用意しなければならなかったけど、それでもご飯が食べ放題というだけでありがたかった。伯母夫婦の家では、遠慮して腹一杯食べられなかったのだ。たぶん二人は、俺がずいぶん少食だと思っているだろう。

この日の賄いは、鶏のレモン炒《いた》めだった。客に出したランチの残り。胸肉と野菜を炒めて、塩とレモンで味つけしただけなのだが、酸っぱさが飯のおかずにちょうどいい。賄いでも人気のメニューだった。俺はどんぶり飯をお代わりし、完全に満腹した。この後、夜の営業用に鶏肉や野菜に串《くし》を刺す仕事が待っているのだが、もう動くのも面倒だった。

休憩時間は特に決まっていないのだが、食べ終えてから十分ぐらいは、のんびりしていても許される。俺は店の外に出て、隣のコンビニエンスストアで缶コーヒーを買った。これが今のところ、唯一の楽しみ……百二十円は結構痛いけど、これだけは自分を甘やかしている。一日一本、一月で三千六百円と考えると、ちょっと嫌な気分になるけど。

寒い一日で、缶コーヒーの熱さがありがたい。両手で順番に持ち替えながら鳥美に帰ると、店の壁に背中を預けてぽつんと立っている男の子の姿を見つけた。

正俊。

体に合わないダブダブの中綿入りのブルゾンを着て、ジーンズの裾《すそ》を分厚く折り返している。髪はぼさぼさで、うつむいた姿にはまったく元気がなかった。右足に重心を置き、少し浮かせた左足をぶらぶらさせている——未《いま》だに完治していない左足。

俺に気づいて、ゆっくりと顔を上げる。

何でそんな顔するんだよ。

俺は目を逸《そ》らさないようにするだけで精一杯だった。俺と正俊の人生は、あの事件で二つに分かれてしまった。伯母さんは俺を引き取ってくれたけど、正俊の面倒まで見るのは無理だったようだ。長崎の伯父さんたちが引き取る話もあったけど、あまりにも遠いし、子どもが四人もいるのでとても育てられない——ということで、正俊は施設に入っていた。

ひどい話だと思った。どうせなら俺が施設に入って、正俊が伯母さんの家に来ればよかったのに……でも、何か大人の事情があったらしい。俺は時々、施設に行って会っていたけど、正俊はいつも元気がなくて、友だちもできない様子だった。小学校でも無視されていて、話す相手さえいないようだ。

それにしても、今は午後二時過ぎ。俺がバイトしている「鳥美」の池袋店は、正俊の施設からも小学校からもかなり遠い。小学生が一人で来られるような距離ではないし、この時間にここにいるということは、学校をサボったに違いない。

「正俊、どうした」

「何か……」正俊ははっきり言わなかった。口下手で、特に自分のことを上手《うま》く説明できないのは昔からなのだが、小学校四年生にしては幼い感じもする。

「飯、食ったのか？」学校をサボっているであろうことは指摘しなかった。何か問題がある……ここで問い質《ただ》しても、何にもならないだろう。

正俊が胃の辺りを押さえながら首を横に振る。

「何か食べてけよ。食べるものならあるから」

俺は正俊の背中を押して、店の中に誘った。店長に事情を話して——正俊がどうしてここにいるかは俺も分からないが——残り物で昼飯を出していいか、訊《たず》ねる。

「いいよ。無駄になるより、誰かに食べてもらった方がいいから」

店長はまだ二十代前半の男なのだが、その年齢にしては落ち着いていた。俺の事情は知らないのだが、特に深く突っこんでくる気配もない。だいたい店は昼も夜も忙しくて、店員同士無駄話をしている暇もないのだ。仕事が終わってから呑《の》みに行くことはあるようだが、俺は当然、酒にはつき合えない。

厨房《ちゅうぼう》に入り、残った材料で鶏肉のレモン炒めを作る。皿洗いが仕事の中心とはいえ、いつの間にか見よう見まねで少しは料理ができるようになっていた。ご飯に味《み》噌《そ》汁《しる》を添えて出してやったものの、正俊は手をつけようとしない。

「どうした？　食えよ」

「でも……」

「いいんだよ。俺が作ったんだぜ」

正俊がようやく箸《はし》を手にした。しかし食べ方が変——箸をちゃんと使えないのだ。確かに四歳の時の正俊はまだきちんと箸が使えなかったけど、あれから六年も経っている。施設の人はこんなことも教えないのかと、ちょっと頭にきた。無責任じゃないか？　食べ方が汚く、ご飯をぽろぽろと零《こぼ》している。

正俊はすぐに食べ終えた。口の端にご飯粒がついている。俺は紙ナプキンを一枚取って渡した。「拭《ふ》けよ」と言って自分の口を指さすと、正俊がごしごしと乱暴に擦《こす》る。

「どうかしたか？」

「……うん」

「学校はどうした？」

「泥棒って言われた」

「え？」

「お前は泥棒だって」正俊が涙ぐむ。

「どういうことだ？」俺は頭から血の気が引くのを感じた。同時に、何が起きたのか、すぐに理解した。

正俊は学校で虐《いじ》められている。俺は殴られ、無視され、そのうち自分から周りと距離を置くようにして何とか生き延びてきた。高校ではそんな心配はいらなかった。夜間高校だからいろいろな人がいるし、他人には無関心な空気が流れているのだ。でも正俊は……施設で暮らしているだけでも、小学校では特別な目で見られるだろうし、特殊な事情もばれてしまっているだろう。小学生なら、何も考えずに残酷な言葉を吐くかもしれない――人殺しの子ども、と。

「泥棒だって言われたんだな？」

正俊がこくりとうなずく。あまり話したがらなかったが、何とか事情を聞き出す。昨日、クラスの中でバッグがなくなる「事件」があり、何の根拠もなしに正俊が犯人扱いされたのだという。先生も庇《かば》ってくれず、施設に戻っても事情を話せず、仕方なく今日は学校をサボって俺のところまで来たのだという。

話を聞き出して、俺はすぐに店長のところへ飛んで行った。少し早いが、今日は上がらせてくれと頼みこむ。店長は一瞬渋い表情を浮かべたが、「弟の体調が悪い」というと納得してくれた。代わりに明日、一時間無給で残業すると言うと、「そんなこと気にしなくていいよ」と苦笑した。

正俊と電車に乗っている間に、どうするか考える。怒りはおさまらないままだった。結局施設には行かず、正俊を連れて学校へ乗りこむ——いや、もちろんそんなに大袈裟《おおげさ》にするつもりはなかったのだが、担任と話しているうちに怒りが膨れ上がって、結果的に「乗りこむ」ではなく「殴りこむ」格好になってしまった。本当に殴ったわけではないが、頭の中では担任をボコボコにしたも同然だった。

担任は若い男で、態度が悪かった。なかったことにしようとしているな——それに、俺がまだ十六歳だと思って舐《な》めている。もごもご言い続けるばかりなので、俺は爆弾を落としてやった。

「人殺しの子どもは悪いことをすると思っているんですか！」

担任が黙りこむ。答えられないだろう。答えられるわけがない。俺は調子に乗ってさらに攻めた。

「俺たちは、加害者の子どもだけど、被害者の子どもでもあります。俺たち自身も被害者なんです。学校が守ってくれるなら分かりますけど、何でこんな目に遭わなくちゃいけないんですか。正俊が本当に盗んだと思っているんですか？　ちゃんと調べたんですか？」

担任が何も答えられないでいると、教頭が割りこんできた。第一声が「まあまあ」。これで、誤魔化すつもりだと分かった。俺は引かなかった。

「正俊は何もしていません。それをちゃんと証明してくれない限り、この学校は子どもを差別しているってネットに書きますよ」

俺はしばらく前に携帯電話を手に入れて――清水《きよみず》の舞台から飛び降りる気分だった――ネットを見るようになっていた。実に様々な掲示板があり、そこでは根拠があるのかないのか、ひどい罵詈《ばり》雑言が飛び交っている。あまりにもひどくて、時々新聞やテレビでニュースになることもある。俺が宣言した瞬間、担任も教頭も一気に蒼褪《あおざ》めた。ネットに一度流れてしまったニュースは、どんなに否定しても取り消せない。噂ばかりが一人歩きしてしまう。

しばらく無言が続く。この勝負は勝てる、と俺はもう確信していた。予想通り、最終的には教頭が「きちんと調べる」「虐めがないように対応する」と言ってくれた。

これでいい。

社会に出て俺がまず学んだのは、言うべき時ははっきり言った方がいい、ということだった。十六歳でも――いや、十六歳の子どもが理路整然と攻めれば、大人は引く。時には恫喝《どうかつ》してみるのも手だ。それぐらいの気持ちでいないと舐められて、痛い目に遭う。

今まで俺は、この手で何とか危機をすり抜けてきた。もちろん普段は、目立たないよう、人と交わらないよう気をつけている。でも、理不尽な攻撃――たぶん同年代の人間が受けるよりもずっと多い――から身を守るためには、徹底的に戦う。

　約束を取りつけて、俺は施設へ向かった。ここの人たちとはできるだけ上手くやっていきたい――正俊の面倒を見てくれている人たちだからだ――けど、今回ばかりは強い口調でしっかり頼みこむしかなかった。正俊の様子をちゃんと見ていて欲しい。今日も学校へ行けなかった。こんなことでは、正俊は登校拒否になってしまう。自己満足だったかもしれない。しかし誰かがきちんと言わなければ、正俊は一人自分の内側に籠《こ》もっておかしくなってしまう。離れて暮らす弟を守るためには、何でもするつもりだった。

　翌朝、施設の正俊の部屋から、盗まれたバッグが出てきた。

現在

　一週間後、竹内のアドレスに三通目の脅迫メールが届いた。今度は中国での二件の賄《わい》賂《ろ》問題から一転して、社長の個人的なスキャンダル――女性問題――を暴く内容で、口止めに三億円を要求していた。竹内は俺と三山だけを呼びつけ、メールの内容を検討した。

これは、役員会で報告できるようなものではない。

俺は、竹内の顔を真っ直ぐ見られなかった。俺が入社するよりずっと前のことで、噂としても聞いたことがなかったが、もしも本当なら大変なスキャンダルだ。俺より社歴の長い三山は何か知っているかもしれないが、社長が同席している場で確かめるわけにはいかない。

「この件は事実だ。ただし、古い話だ」

こうやって言い訳めいた台詞《せりふ》を吐くのは竹内らしくない。だいたい、「古い話」で済むようなこととは思えなかった。

話は十年前に遡《さかのぼ》る。竹内が、当時社長室にいた女性秘書と関係を結び、彼女は妊娠した。この女性秘書は産むことを希望したが、竹内は拒否。その結果、女性秘書は自殺した――十年前といえば、「ＡＺフーズ」は東証二部に上場したばかりで、外食産業の花形としてもてはやされ始めていた時期である。そのタイミングでこのスキャンダルが炸《さく》裂《れつ》したら、会社はどうなっていたか。

「社内では……社内でも誰も知らない話なんですか」俺は訊《たず》ねた。

「ああ」竹内は認めた。

「失礼ですが、どうしてばれなかったんですか？　社員が自殺したとなったら、葬儀の問題とかいろいろあるでしょう」それに人は噂が大好きだ。

「病死、ということにした。この事実は、俺が本当に信頼していた数人の人間しか知らない。彼らは、俺の頼みをしっかり聞いてくれたんだ」

創業者にしてカリスマ性の高い竹内なら、一声で秘密を封印することはできたかもしれない。それが今になって、突然外部に漏れた——竹内の眉間《みけん》の皺《しわ》は深い。こんな表情を、俺は見たことがない。

「取り敢《あ》えずこの件は極秘で頼む」

俺は素早くうなずいた。横を見ると、三山は腕組みしたまま、テーブルに置いたプリントアウトを凝視している。

「十年前に、私が当時の秘書と関係していたのは間違いない。だがそれは、立場を利用したものではなかった。当時の私は多忙を極めていた。心身ともにすり減る中で、支えてくれたのが彼女だった」

竹内の打ち明け話が、頭を通り過ぎて行く。彼は、スキャンダルを安っぽい恋愛譚《たん》として語るつもりなのだろうか。

「男女の関係になり、彼女は妊娠した。産むつもりだ、と言われた。しかし私は、それを容認できなかった。彼女は体が弱かったから、妊娠・出産が厳しいという事情もあったんだ。それで上手《うま》くいかなくなった——よくある話だ。ただ、男と女では、こういう状況になった時の受け取り方が違う。彼女はより深刻に受け取り……自分で死を選んだ」

「社長、よろしいですか」

俺は遠慮しながら声を上げた。竹内が無言でうなずく。

「この件、社内ではどれぐらいの人が知っているんですか？」

「いない」

「一人も、ですか？」俺は目を見開いた。完全に個人的な問題として処理したのだろうか？　当時の社長室の人間が後始末をしたのではないか？　いや、竹内の性格からして、そういうことは考えられないか……個人的なややこしい問題を人任せにするわけがない。

「一人も、だ」竹内の声にわずかに苛立《いらだ》ちが滲《にじ》む。

「社長がお一人で始末……されたんですね？」

「その通りだ」

「問題にならなかったんですか？」

「おい、浅野――」三山が低く震える声で警告する。おそらく彼の中では、この事態は許容量を超えているのだろう。三山は仕事に関しては極めて優秀な男だが、それ以外の処理能力に関しては分からない。だいたい今回のトラブル対策が、仕事と言えるかどうかも分からないのだが。

「構わん」竹内が三山に鋭い視線を向けた。「続けろ」

「失礼しました」三山がすっと引く。

「彼女が自ら死を選んだ後、私は彼女の家族に会いに行った。実家は福井でね……ご両親に、事情を全て説明した」

「向こうはそれで納得したんですか？」俺は目を見開いた。娘が勤務先の社長に妊娠させられ、その後自殺した——絶対に許せるはずがない。

「十分誠意を尽くして、納得してもらった」

金を使ったな、とピンときた。いったい幾ら金を積めば納得するか分からないが、人は案外簡単に金で転ぶものである。俺はそういう場面を何度も見てきた。郊外型の広い駐車場を持った店舗を作るための土地買収——先祖からの土地だという理由で必死に抵抗していた人が、こちらの提示した金額を見た瞬間に掌《てのひら》を返したこともある。

大抵のことは金で解決できるのだ。

人の命も？

胃の中に、何か重い物を呑《の》みこんだような気分になってきた。竹内は、本当はそんな人なのだろうか？　人の命を金で補償する——金さえ出せば人の命でさえ買えると思っている？　いや、そうするしかないほど、当時の竹内は追いこまれていたのだと考えることにした。

俺は、竹内を白い目で見られない。この世で一番親に近い人を軽蔑《けいべつ》することはできない。何があろうが絶対に。

「とにかく、この話は完全に終わっていた。その後も何のトラブルもなかった。それが、十年経ってこんな話が出てきた……どこから漏れたかは、だいたい想像がつくな？」竹内は、三山ではなく俺だけを相手に話していた。

「あちらのご両親でしょうか」

「おそらく」竹内がうなずく。「ご両親が今どうしているかは分からないし、犯人探しをする意味があるとは思えない。とにかく問題は、初めて具体的に金を要求されたことだ」

三億円——微妙な金額だ。会社としてはこれぐらいのキャッシュは用意できるはずだが、犯人側はあくまで、竹内の個人的な問題として攻撃している。こんな問題で社内のコンセンサスを取るわけにもいかないので、「会社の金で社長個人の問題を解決した」ことが後でバレたら、社員がどんな反応を示すか分からない。「ＡＺフーズ」にとって、竹内は絶対的なカリスマ社長である。経営手腕、人間性に惚《ほ》れこんでこの会社に入って来る人も多いわけだが、こういうトラブルに関してはどんな反応が出るか……そもそも竹内は、スキャンダルに縁のない、クリーンな人間として通っている。

社内はパニックになるだろう。

それとも彼には、俺が知らない一面があるのか？　いや、「一面」だけなのか……。

「次のメールで、さらに具体的な指示がくるかもしれない……ＴＣＲと相談してくれ」

「相談していいんですか？」俺は念押しした。「社長の個人的な問題を、向こうに知られることになってしまいますが」

「光永さんは、秘密は絶対に守る人だ」

「こういう状況になったら、警察への届け出をより強くプッシュしてくる可能性が高いと思います」

「その際は……その提案は受け入れられないな」

「ＴＣＲに相談する意味は薄いと思いますが」

「提案だけでも聞いてみてくれ」

「分かりました」

「取り敢えず、以上だ」

話が終わったら、動き出さないと。俺はすぐに立ち上がったが、竹内に呼び止められた。

「浅野は残ってくれ」

三山が俺に鋭い視線を向けてきた。自分を排除して社長と話をするつもりか？　俺は首を横に振った。そんなこと、俺には分かりませんよ……。

一緒に仕事をするようになって分かったのだが、三山は噂で聞いていた以上に嫉妬《しっと》深く疑《うたが》り深い人間だった。自分が除《の》け者にされるのを恐れている。どんな話題でも中心にいて、最新の情報に触れていないと不安なのだ。それが会社の一大事に関することでも、飲み会の下らない話題でも同じことである。

こういう人は、参謀役としては適任かもしれないが、絶対にトップにはなれないだろう。トップに立つ人間には、ある種の「抜け」が必要で、竹内にもそういう部分があると思う。「あれ、何だったっけ？」とたまに口にして、重要な事案について部下に確認することがあるのだ。ただしあれは、わざとやっているのだろう。普段の竹内の仕事ぶりを見ると、重要なことを簡単に忘れるような男ではない。わざと間抜けな感じを演出して、部下との間に壁を作らないようにしているのではないか。

竹内と二人きりになると、さすがに緊張する。竹内も苛ついている……すかさず煙草を取り出し、火を点《つ》けた。

「俺をクソ野郎だと思うか」

「いえ」

「思うのは自由だぞ。お前は、こういうのが好きじゃないだろう」

「私には何とも言えません」

「あの頃……十年前の俺が、かなり追い詰められていたのは間違いない。家庭も上手くいってなかったことも問題だった。家族の問題は、お前にも分かるだろう」

俺は無言を貫いた。竹内の家に流れる、どこか寒く重苦しい雰囲気を、何度も遊びに行っているうちに自然に感じ取っていた。夫婦、それに娘夫妻と孫——絵に描いたような三世代同居なのだが、仲良く暮らしているとは言い難い。妻との会話はどこかよそよそしく、娘と結婚した早田は萎縮《いしゅく》し、娘はそういう夫を苦々しく思い……竹内にすれば、孫だけが可愛い存在のようだった。

「俺はずっと、心安らげる場所を探していたんだと思う。それで自分の秘書に助けを求めたのは——軽率な行為だったことは認める。しかし俺は誠意を尽くして、その後の後始末をした。褒められたことではないと分かっているが、そういう方法しかなかったんだ」

「分かります……向こうのご両親にいくら渡したんですか？」

「一千万」

慰謝料として妥当な金額なのかどうか、俺には分からなかった。竹内の眉間の皺がますます深くなる。

「俺は、彼女と結婚することを本気で考えていた」

「まさか……」俺は思わずつぶやいてしまった。

「いや、本気だった。十分な金を渡して妻とは離婚して、まったく新しい家庭を作りたかった……しかし、子どもができてしまったことで、意見の相違ができた。男と女の関係っていうのは、ごく簡単なことで壊れるものだな」

「そうかもしれません」

「これから先、どうなるか分からんな」

「分かりますよ」

竹内が煙草の煙越しに俺の顔を凝視し、「どう分かる？」と訊ねた。

「私は絶対に社長を守ります。それだけははっきりしています」

「どうやって守る？」

「それは……これから考えます」

「さすがのお前でも、即答はできないか」竹内の目に落胆の色が浮かんだ。

「申し訳ありません。でも、社長を絶対に守りたいという気持ちに嘘はありません」

「それは分かっている。お前にも迷惑をかけるな」

「とんでもありません。こんなことでご恩をお返しするのがいいかどうか分かりませんが」

「お前に恩を返してもらおうとは思っていない。お前は、俺にとって家族のようなものだから。本当の家族は、互いに助け合うものだろう」

殺し合うこともあるのだが。

俺は急いで動いた。調べたり、調整したりしなければならないことが多過ぎる。ＴＣＲとの相談は後回しにして、まず福井の事情を調べることにした。三山に相談して、すぐに福井に飛ぶ準備を整える。東海道新幹線経由で、米原《まいばら》から金沢《かなざわ》行きの特急に乗れば、三時には現地に着けるようだ。慌てて会社を飛び出し、東京駅へ向かう。新幹線で二時間、米原からは意外と近くて一時間……しかし三時間電車に乗った後は、体が固まっていた。

四月とはいえ、福井はやはり寒い。車を借りようかと思ったが、元秘書の実家は、ローカル線の駅の近くにあるというので、そちらを利用することにした。

福井駅から五駅……中心地の賑《にぎ》やかな雰囲気を感じる暇もなく、俺はいかにも田舎らしい街に放り出された。駅前とはいっても、すぐに住宅地が広がっているだけで、人の姿も見かけない。四月とは思えないほど冷たく湿った風が吹きつけ、俺はコートを着てこなかったことをすぐに後悔した。夜になったら完全に凍えてしまうだろう。どこかで防寒着を手に入れるべきだろうか、と本気で考え始めた。

　竹内から教えられた住所を頼りに歩き出す。駅から徒歩五分ほど。郊外の広々とした光景が広がる中、真新しい一軒家を見つけ出した。あまりにも新しい――ほぼ新築といっていい感じだった。もしかしたら、竹内が慰謝料として渡した一千万円で建てた家……いや、表札の名前が違う。引っ越したのだろうかと訝《いぶか》りながら、俺はインタフォンを押した。若い――たぶん、二十代に見える女性が、ドアを細く開けて顔を見せる。家の中からは、赤ん坊の泣き声が聞こえてきた。

「失礼ですが、谷中《やなか》さんではないですか？」

「違いますけど」女性の顔に怪訝《けげん》そうな表情が浮かぶ。

「こちらは……」俺は体を捻《ひね》り、表札を確認した。「吉田《よしだ》さんですか？」

「そうですけど」両の眉《まゆ》が寄る。警戒感が急激に高まってきているようだった。

「谷中さんという人をご存じないですか？」

「前に住んでいた人かもしれませんけど、私は知りません」

「そうですか……」俺は一つ息を吐いた。「東京から訪ねて来たんですけど」

「わざわざですか？」

「ええ……谷中さんに会いたかったんですよ」

「うちは、ここに建売住宅を買っただけです。あの、隣の市川《いちかわ》さんが昔から住んでますから、聞いてみたらどうですか？」

「分かりました。ありがとうございます」ゆっくり丁寧に礼を言い、俺は一歩下がった。玄関前が三段の小さな階段になっているので、転ばないように気をつける。

すぐに隣の家に転進した。こちらはかなり古く、比較的新しい建売住宅が目立つ中で、一軒だけ時代を間違えたような存在だった。インタフォンを鳴らすと、枯れたような小さな音が響いた。思いついて引き戸に手をかけてみると、あっさり開く。この辺では、昼間はドアに鍵《かぎ》をかけない習慣なのだろう。

「ごめん下さい」こういう時は図々しくいった方がいいだろうと思って、俺は顔を突っこんで声をかけた。「市川さん？　いらっしゃいますか？」

足音が響き、すぐに男性が姿を現した。七十歳ぐらいだろうか。背筋はしゃんと伸びているが、髪はすっかり白くなり、顔にも皺が目立つ。

「はい？　どちらさん？」

「東京から来ました、浅野と言います」

「東京……」

不審げに目を細める。「東京」という言葉が何の説明にもなっていないことを俺は悟った。

「昔、お隣に住んでいた谷中さんを訪ねて来たんですが……」

「谷中さんのところは、お二人とも亡くなりましたよ」

「本当ですか？」俺は大袈裟《おおげさ》に目を見開いて見せた。わざわざ訪ねて来た相手が死んでいたショック——それは嘘でも演技でもないのだが。「いつ頃ですか？」

「五年前かな。奥さんが急に倒れて亡くなって、それから二か月後ぐらいにご主人も亡くなったんです。相次いで、ですよ」

「そうだったんですか……ショックのせいですかね」胸が痛み、鼓動が早くなる。娘が自殺したことが、二人の死に影響を与えたのだろうか。

「そうかもしれないねえ。仲のいいご夫婦だったから」

「残念です」俺はうなずいて見せた。「実は昔、お世話になったことがありまして」

「お世話？」また怪訝そうな表情が浮かぶ。「谷中さんは、東京へ行ったことなんかないはずだけど」

「私が福井に来た時です。いろいろありまして……久しぶりにこっちへ来たので、お礼に伺うつもりだったんですが、残念です。家も処分されたんですね？」

「ええ」

「どなたが？」

「ご長男」

「ああ、息子さんがいらっしゃるんですね」俺はうなずいた。「娘さんがいる話は聞いていましたが」

「娘さんも亡くなったよ」

俺は無言でうなずいた。この話を、どこまで突っこんで聞いていいか……おそらく、両親も近所の人に対して「自殺だ」とは言っていないだろうと推測する。特に田舎では、あまり広めたくない話のはずだ。

「そうなんですか……それで、ご長男は？」俺は結局、娘の話を軽くスルーした。いくら近所づき合いが濃い田舎とはいえ、市川が詳しい事情を知っているとは思えない。

「アメリカに住んでるんですよ。だから葬式の時は大変でした」

「アメリカ……」

「仕事の関係だけど、もう二十年ぐらいずっと向こうに行ってる——何の仕事をしてるかはよく分かりませんが、こうなると海外駐在というより移住でしょうね」

「じゃあ、お葬式の準備も大変だったんでしょうね」

「お葬式もそうだけど、家の処分がねえ。結局、あの家に住む人はいなくなってしまったから、不動産屋に任せて処分することにしたみたいだけど……我々も、詳しい事情は知らないんですよ」

「そうですか」その不動産屋は、隣の吉田家に建売住宅を売ったのと同じ業者だろうか。

「ご長男の連絡先とか、分かりますか？　当時の様子も聞いてみたいんですが……」

「いや、私は知らないけど……知ってるのは、不動産屋ぐらいじゃないかな」

「どちらの不動産屋ですか？」

「福井駅のすぐ近くにある、『越前《えちぜん》開発』という会社だったと思いますよ……はっきり覚えていないけど」

「ありがとうございます」俺は丁寧に頭を下げた。「ちなみに、お墓の場所は分かりますか？　お線香ぐらい上げていきたいんですが」

「ああ、お墓ね」

市川の態度が急に気さくになった。先に墓参の話を出しておくべきだったな、と後悔する。礼儀を尽くしたように見せかけておけば、もっと打ち解けて話してくれたかもしれない。

取り敢えず、次へ進める材料は手に入った。寒さが厳しくなる中、駅の方へ引き返す。ただ歩いていると寒さに負けてしまいそうだったので、電話をかけることにした。三山に——いや、社長と直に話したい。かなり勇気のいる行為だった——竹内は、「いつでも直接電話してきていい」といつも言っているが、そう簡単にはいかない。しかし今日は、思い切って電話してみることにした。

「今、福井に来ています」

「ご苦労……三山から聞いている」

「谷中さんのご両親は、亡くなっていました」

「……そうか」短く言って、竹内が黙りこむ。

俺は、摑《つか》んだ情報を報告した。念のために、これから長男の居場所を割り出して連絡を取ってみるつもりだ——そう告げると「今すぐそこまでする必要はないだろう」と竹内は一歩引いた。

「連絡先が分かる可能性はありますよ」

「無理するな。アメリカにいる人間が、わざわざこんなことを計画するとは思えない。長男がネタ元である可能性は低いだろう」

「ええ。でも一応、連絡先は割り出しておこうと思います」

「そうか……無理するな」

「お気遣い、ありがとうございます」

電話を切って、駅のすぐ傍まで来ていることに気づく。ブロックを積んだ小屋のような駅舎に入って時刻表を確認すると、次の電車は三十分後……当たり前か。東京の電車の運行ダイヤが特別なのだろう。タクシーで福井駅まで戻ろうかとも考えたが、タクシーなど一台も見当たらない。遅い時間ではないから、まだ大丈夫だろう……問題の不動産屋に電話を入れ、営業時間だけを確認する。午後七時まで——十分間に合う。

ホームへ出たら寒風に身を晒《さら》すことになる……座る場所もなく、何とも不親切な駅だと苦笑しながら、俺はスマートフォンを取り出した。長須に電話をかけて事情を説明する。

話し終えても、長須はしばらく反応しなかった。さすがに彼の許容範囲を超えてしまったのだろうか……声をかけようとした瞬間、長須が話し出した。

「今回の件の方が、はるかに始末が悪いですね」

「そうですか？　違法行為はないと思いますが」

「明確な違法行為でなくても、スキャンダルとしてはこちらの方が大きい。週刊誌辺りが食いついてくるかどうかは分かりませんが、仮にネットに流れたら、祭りになるでしょうね。それを否定したり取り消したりすることは、非常に難しい。表沙汰《おもてざた》にならないうちに、一刻も早い解決が必要です」

「ということは――やはり警察ですか？」

「ええ」

「第三者に――御社は別ですが――社長のプライベートな事情を話すのは気が進みません」

「竹内さんはどういう判断なんですか？」長須が慎重に訊ねた。

「私に一任されています――そして私は、ＴＣＲさんの判断を仰ぎたいと思います」

「私としてはやはり、警察に届け出ることをお勧めします。このスキャンダルが表沙汰にならないうちに」

「今夜、もう一度相談させていただいていいですか？」

「構いませんよ。何時にしますか？」

「ちょっと分かりません。今、福井にいますので」

「福井？」長須が声を張り上げる。「わざわざ福井まで行ったんですか？」

「電話で聞けるような話ではないですからね……何か、まずかったですか？」長須の声に、かすかに非難するような響きを感じて、俺は慌てて訊ねた。

「失礼なことを言いますが、あなたはこういうことに関しては素人です。調査しているうちに、無駄な波紋を起こしてしまう恐れも強い」

「波紋？」

「どこかで犯人の網に引っかかってしまう可能性がある、ということです。ただ聞き込みしているだけのつもりでも、どこかで監視されているかもしれない。犯人は、御社の内情にもかなり通じているはずです。あなたが竹内さんの右腕であり、今回も極秘に動き回っていることは知られていると考えた方がいい。だからあなたを尾行する――私が犯人ならそうしますね。あなたの動きが分かれば、対策を立てられますから」

「つまり、私はヘマしたということですか？」

「実際にそうかどうかは分かりません。ただ、こういうことは私に任せてもらいたかったですね。私なら、痕跡《こんせき》を消して聞き込み調査もできます」

「早計でしたね……」俺は認めざるを得なかった。

「あなたが焦るのも分かりますが――今日は、何時ぐらいに戻れそうですか？」

「実は、これからもう一件、話を聞けそうな相手がいるんです」不動産屋の事情を話した。長須は止めてくるかと思ったが、意外や「それは聞いた方がいい」と言ってきた。

そして、できるだけ疑われない嘘を教えてくれた。

「『AZフーズ』の名前を出すんですよ」

「それは、まずいんじゃないですか？」どこから疑われるか分かったものではない。名前など出したくもなかった。

「あなた、特別企画室の人でしょう？　主に新規出店や新規プロジェクトに関する仕事をしているんですよね」

「ええ」今さら何を、と思った。

「現場――その家はどんな場所にありますか？」

「田舎ですね」

「なるほど。近くにロードサイド店はありますか？」

「県道に、コンビニエンスストアとマクドナルドがあったと思います」

「じゃあ、御社が出店計画している、ということで話を進めればいいじゃないですか。そこから先は――土地の話になれば、あなたの方が得意でしょう」

「それはそうですけど……」

「自信を持ってやって下さい。大きな嘘をつく時は、その周りは真実で固めるんです。あなたは『AZフーズ』の社員ですから、その立場で上手く立ち回って下さい――それと、今日はどんなに遅くなっても構いませんから、会っておきましょう」

「それでは申し訳ないですよ」

「これは契約のうちですよ。それに今は、それだけ緊急事態なんです」

長須の声は、これ以上ないほど真剣だった。

午後七時過ぎに福井駅を出て、来た時のルートを引き返して十一時過ぎに東京駅着——今日中にトンボ返りするには、それが一番効率的なようだった。金沢まで出て新幹線を使った方が、距離的には近い気がするが、接続がよくない。

福井に日帰り出張するのはかなりきついのだが、不動産屋で粘って、少しだけ手がかりが得られたから、よしとしよう。アメリカ在住の、谷中夫妻の長男の連絡先が手に入ったのだ。どうやら、シリコンバレーのIT系企業で、研究者として働いているようである。

長須、そして社長と話しても、まだ出発までには余裕があった。駅ビルにレストランがいくつか入っているので、そこで夕食を済ませていくことにする。福井の名物は何だったか……と店を覗《のぞ》いているうちに、金沢に本店があるラーメンのチェーン店を見つけた。金沢に出張した時に食べたのだが、なかなか美味《うま》かった——福井で金沢の物を食べるのも一興だと思い、店に入る。

確かここは、野菜ラーメンが名物だったはずだ。味は味噌《みそ》、醤油《しょうゆ》、塩など各種揃っていて、それに餃子《ギョウザ》をつけてセットで食べることにする。このチェーンは、北陸三県、あとは関西に何店舗かあるだけで、関東地方への出店はまだないはずだ。金沢ではなかなか繁盛していたが、この味は関東ではどうだろう。今、ラーメンはパンチのある濃厚なトンコツ味か、さっぱりした塩系かの両極に分かれており、このチェーンの穏やかな味は、受けが悪いかもしれない。もっと安ければ広まる可能性もあるが、かなり上質な材料を使って手間もかけているのは明らかで、これ以上安く出すのは不可能だろう。

しかし、こういうのも悪くないな。

濃い、パンチのある味に慣らされてしまっているので、野菜の甘さが滲み出たスープが舌と胃袋に優しい。体が芯《しん》から癒《いや》されていく感じだった。

美味い物を食べている時には、嫌なことを忘れる。食べることは癒しだ。だから俺は……ただ金儲《もう》けをしているわけではない。人に癒しを与えているのだ。

12年前

「あんたの親、人殺しなんだって？」

俺は固まった。何杯目かの生ビールを出した相手。三人連れのうちの一人が、もうすっかりできあがっている。どうしてこんなことが客に知られているんだ？　もしかしたら、ネットで俺の名前が出回っているのか？　父の名前をあぶり出すのは難しくないにしても、俺の名前までは分からないはずだが……。

頭を下げ、そのまま踵《きびす》を返して引き下がろうとした。しかし客の暴言は止まらず、俺を引き止めた。

「おい、何だよ。返事できないのかよ」

振り向くべきかどうか、迷った。店員はあくまで機械であるべし――特にこういうチェーン店では。注文を取り、料理と酒を運び、最後に金を受け取る。客と無駄話をするのは、給料のうちに入っていない。

「どうなんだよ！　え？　お前、人殺しの息子なのか？」

俺は振り返った。騒ぎを聞きつけたのか、店長が厨房《ちゅうぼう》から出て来る。他の客も、こちらのやり取りに注目していた。焦って頬が赤くなったが、言葉が荒れないように気をつける。

「何か問題がありますでしょうか」

「そんな奴を働かせていていいのかよ。気に食わねえな」

こんなことを言いそうな人間には見えない――スーツにネクタイ姿の普通のサラリーマンなのだ。ヤンキーっぽい奴なら、こういう言いがかりをつけてきそうなものだが……いや、サラリーマンの方がストレスが溜《た》まっているはずだ。きっと、昼間の鬱憤《うっぷん》をここで晴らそうとしているのだろう。

「不快になられたなら、申し訳ないですが――」

「ああ、気に入らないね。店長、こんな奴を働かせておいていいのかよ」

「まあまあ、お客様――」店長が割って入ろうとしてくれた。本当は、こういうトラブル対応は苦手な人なのに。

「危なくてしょうがねえよ。人殺しの息子がいる店なんてよ」

「分かりました」俺は少しだけ声を張った。「では、辞めさせていただきます。それでよろしいですか？」

　俺は前かけを外した。二年間のバイト中、ずっと使って馴染《なじ》んでいる前かけ。これを身につけると、「さあ、仕事だ」という気分になる。

「何だよ、格好つけてるのか？」客が酔眼で睨《にら》みつける。

「いいえ。お客様が不愉快になるのは本意ではありません。すぐに辞めさせていただきます」

「ああ、辞めろよ。辞めちまえ。人殺しの子どもが、まともに働けると思うなよ。お前なんか、野垂れ死にするしかないんだしよ」

　俺は黙って一礼し、前かけを店長に渡した。胸の中を怒りが駆け抜けたが、何とか抑えて低い声で男に告げる。

「辞めますが、その前に一言言わせて下さい」

「ああ？」サラリーマンが、酔眼で俺を睨んだ。焦点が定まっていない。

「私も外食することはあります。その際に、店員さんのプライベートな話をすることはありません」

「お前の場合は、プライベートじゃないんだよ。事件の関係者——世間を騒がせた事件の関係者なんだから」

「それで、あなたに何か迷惑がかかったでしょうか。本当に私が邪魔者だと思ったら、呑《の》んでいない時に言っていただけますか？　たぶん、今あなたの話を聞いても、私は納得できません。まともな答えが返ってくるわけがありませんから」

「何だと」

　サラリーマンが立ち上がり、横に座っていた連れが慌てて腕を摑《つか》んだ。それを振り解《ほど》き、俺に向かって来ようとする。店長がすかさず間に入ってくれた。

「生意気なんだよ、お前は！」

「生意気だと感じられたら、すみません。でも、店の中で騒ぐのはやめていただけますか？　他のお客様の迷惑です」

「ああ？」

「犯罪者の子どもは、必ず犯罪者なんですか？」俺は店長の脇をすり抜けて、一歩前に進み出た。手を伸ばせば、相手の胸ぐらを摑める距離である。しかし俺は、両手をだらりと垂らしたままだった。その姿勢で、ぐっと顎《あご》を突き出してやる。殴りたければ殴れ。殴ってさっぱりするならそうすればいいのだ。ついでに店内の備品を何でも壊せばいい。そうしたら、この客を警察に突き出せる。

　しかしサラリーマンは、一瞬怯《ひる》んだ。半歩下がりながら、「その目だよ。お前のその目が、人殺しの目なんだ」と吐き捨てる。

　完全な言いがかりだ。酔っ払いの戯言《たわごと》にしても酷過《ひどす》ぎる。だが俺は、何とか怒りを呑みこんだ。この店では本当によくしてもらったし、辞めたくはなかったが、仕方ない。

「私はこれで失礼します。でも、これだけは覚えておいて下さい。私は、人殺しの子どもであることは十分自覚しています。だから目立たないように、人と衝突しないように気をつけながら生きてきました。それでも、火の粉が降りかかってきたら、自分の身は自分で守ります」

「生意気言うな！」

　客が吐き捨てる。俺はまた一礼して踵を返し、厨房に向かった。ここまでは追って来ないだろう……一歩踏み出すごとに、冷静になってくる。あの客も、昼間はストレスのたまる仕事をしているのだろう。酒が入ればストレス解消になる——そこに、自分より弱い立場、抹殺しても構わないような人間がいれば、そいつをダシにすればいい。

　そういう人はいる。

　とにかく、この店にはもういられない。こんなに迷惑をかけてしまったのだから、明日から何食わぬ顔で出て来るなんて、絶対に無理だ。

「浅野君」店長が慌てて追って来た。

　振り返り、一礼する。店長はひどく慌てた様子で、顔は真っ赤になっていた。こういうトラブルには慣れていないのだ。

「お客さんには謝った。お代はもらわないで帰ってもらうことにしたから、君は気にするな。明日からも出て来いよ」

「駄目です。今のお客さん、また来るかもしれません。それに、僕に事情があることが、他のお客さんにも知られてしまいました。僕がいると、店に迷惑がかかります」

「だけど、自分で稼がないといけないんだろう？　うちみたいに割のいいバイトは簡単には見つからないぞ」

「分かってます。でも、しょうがないですから……お世話になりました」

俺は、厨房の片隅の壁に引っかけてあったコートを取った。袖《そで》を通さず、肩に引っかけただけで、裏口から出て行く。「浅野君！」と店長の声が追いかけてきたが無視して、大股《おおまた》で歩き続ける……隣のコンビニエンスストアの前まで行って力尽きた。歩けない。俺は明日から、どうしたらいいんだ。

店先の灰皿のところでしゃがみこむ。煙草を吸っていればともかく、ただしゃがみこんでいるだけでは格好がつかない──さっさと立ち去るべきなのだ。ここは俺のいるべき場所じゃない。俺のいるべき場所は……どこにもないかもしれない。

ふと、前に誰かが立つ気配がした。まさか、さっきの客が懲りずに追って来たのか？　ここで殴り合いになったら、もっと厄介なことになる。何とか逃げる手はないものか……とにかく相手が誰なのか確かめないと。のろのろと顔を上げると、目の前に五十歳ぐらいの男が立っていた。両手に缶コーヒー。

「君は、『AZコーヒー』を知ってるか？」低く深みのある声だった。

「え？」

「『AZコーヒー』だよ。あちこちにチェーンの店があるだろう」

「ああ……見たことはあります」

「入ったことは？」

「そんな金はないです」つい自嘲《じちょう》的に言ってしまった。

「そうか……美味《うま》いんだが、この辺には店はないんだ。これで勘弁してくれ」

男は屈《かが》みこみ、右手を差し出した。

「もらう理由がありません」

「熱いんだ。早く取ってくれ！」男が声を張り上げる。

言われるまま、慌てて腕を伸ばして缶コーヒーを受け取った。確かに熱い。握っていられず、慌てて腿《もも》の上に置く。

男は俺の横にしゃがみこみ、缶コーヒーを開けた。相撲の蹲踞《そんきょ》のような姿勢を取ると、高そうなコートの裾《すそ》が地面を擦《こす》ったが、気にする様子もない。

「缶コーヒーは甘いな」一口呑んだ男が不満を漏らし、煙草をくわえた。「吸うか？」

「未成年です」

「おお、そうか。てっきり二十歳にはなってると思ったよ。ああいうあしらいは、未成年には無理だ」

俺は思わず男の顔を凝視した。「ああいうあしらい」？　店でのさっきの出来事のことだろうか。もしかしたら、この男も客だった？　客席で見た記憶はないが……。

「酒を出す店での客あしらいは大変なんだ。もちろん店としては、気持ちよく呑んで金を使って欲しい。いい思いをして店を出てもらって、次もまた来て欲しい。だから客に絡まれても、適当に流してあまり相手にしないのが一番だ。でも、毅然《きぜん》と対応しなければいけない時もある……今日の客が、まさにそうだな。ああいう人権意識も常識も人間としての優しさもない人間には、ぴしりと言ってやらなければならない。君のやり方は、百パーセント正しかった。大したもんだよ」

「あの……飲食業の方なんですか？」

　男がきょとんとした表情を浮かべ――その顔を見て、俺は男の年齢を四十代に修正した――次の瞬間には爆笑した。煙草の煙が変なところに入ったのかむせてしまい、しばらく咳《せき》が止まらなくなる。

「……ああ、失礼。もちろん、飲食業の人間だよ」

　男が背広の胸元に手を突っこんで、名刺入れを取り出した。一枚名刺を抜いて俺に手渡す。店から漏れてくる光で見ると……「ＡＺフーズ　代表取締役社長　竹内一正」とある。「ＡＺフーズ」……「鳥美」を経営する会社じゃないか。

　俺は慌てて立ち上がろうとして、缶コーヒーを取り落としてしまった。拾おうと手を伸ばしても届かず、今度は地面にべたりと手をついてしまう。這《は》いつくばるような格好になって、みっともない……竹内は「慌てなくていいから」と笑いながら言った。

　俺は缶コーヒーを拾い、立ち上がった。竹内もゆっくりと立ち上がる。まだ長い煙草を灰皿に捨て、缶コーヒーを一口飲んだ。

「今、店にいたんですか？」

「ああ」

「どうして……」

「視察、みたいなものだ。一人で店に行って、皆がどんな風に働いてるのか、観察してるんだよ」

「そうなんですか……」見られていた、と思うと急に不安になる。本当に辞めるつもりではあるが、何だか後味が悪い。

「もちろん、私があそこで口出しすることはできた。しかし、それだと騒ぎが大きくなるからな。君は上手く立ち回ったよ。大したものだと思う」

「店は辞めます」俺は頭を下げた。「あんな騒ぎを起こしてしまって、店長にもお客さんにも申し訳ないですから」

「気にすることはないんだぞ」

「でも……僕は、そういう人間なんで」そういう人間とは——人殺しの子ども。しかしそれは言えなかった。自分でその事実は認めたくない。

「それは分かっている。俺は、それぞれの店の事情もよく知っている——いや、もちろん全部把握しているわけじゃないが、特殊な事情がある場合は、全部報告を受けているから」

「僕は『特殊な事情』なんですね」

「こういうケースはあまりないからね」竹内がうなずく。「とにかく、辞めてどうする？」

「それは……別のバイトをします」

「当てはあるのか」

「選ばなければ、仕事は何でもあると思います」

「働きながら学校へ行っているそうだな」

竹内はどこまで事情を知っているのだろう──自分が丸裸になっているような気分になり、不安が募った。しかしこの質問には、「ええ」と認めざるを得ない。竹内の前では、見栄を張ったり嘘をついたりしても無意味、という感じだ。

「そうです」

「だったら、バイトは続けないとまずいな」

「そうなんですけど──」

「鳥美のバイトはどうだ？　君には合っているか？」

「合っていると思います」

「だったら、辞めるのは惜しいな。店長からも、君の働きぶりは素晴らしい、と報告が入っていた」竹内がうなずく。

「ええ……」

「うちとしては、優秀な人材は手放したくないんだ。でも、あの店ではもう働きたくないだろう。そこで、だ」竹内がにやりと笑う。「幸い、うちはチェーン店でね。君の家か学校に近い別の店舗を紹介しよう」

「まさか……」

「どうして『まさか』なんだ？」竹内が、本当に不思議そうな表情を浮かべた。

「そんなこと、できるんですか？」

「私は社長だよ」

「社長が、それぞれの店のバイトの採用なんかを指示できるんですか？」

竹内がまじまじと俺の顔を見た。やがて、満足そうな笑みを浮かべる。

「君、何歳なんだ」

「十八です」

「高校三年の年齢か……働いているとはいっても、普通、そういうことはなかなか分からないんだがな」

「そういうことというのは……」

「社会や会社の仕組みだよ。君は、現場で十分鍛えられているようだな――それと、これは言わずもがなかもしれないが、今日の客が言ったことは気にするな」

「ああいうことを考えている人がいる……それは理解できます。ストレスが溜まって、どこかに吐き出したかったんでしょう」

「いや」竹内が真顔になった。「あの客はただのクソ野郎だ。今後、うちのチェーンでは一切出入り禁止にする。二度と敷居を跨《また》がせない」

別れた後、竹内の名刺を裏返して驚く。「ＡＺフーズ」が経営しているチェーンがずらずら並んでいるのだが、その数、十。俺が知っている店も知らない店もあったが、いずれにせよとんでもなく大きな会社なのは間違いない。

だからこそ、違和感がある。そんな大きな会社の社長が、一人で店を回って、バイトの採用にまで口を出すものか？

後に分かった。

竹内はまさにそういう男――大企業の社長がやりそうにないことをやるような人間だったのだ。

現在

東京駅に着いて、午後十一時過ぎ。ただ電車に乗っていただけなのに妙に疲れているが、今夜はまだ仕事がある――長須と話をしなければならない。

彼はわざわざホームで待っていてくれた。ＴＣＲは――長須は、コンサルティング料として受け取っている額以上の仕事をしてくれていると思う。

「予定通りでしたね」長須が腕時計をちらりと見た。

「わざわざ迎えに来てくれたんですか？」声をかけられてほっとしながら訊《たず》ねる。

「どこかで待ち合わせるのは時間の無駄ですよ。車で家までお送りしますから、その中で話しましょう。それとも会社へ行きますか？」

「いや……」家の場所を他人に知られることには抵抗があったが、この際仕方がないだろう。今は何より時間が大事だ。「いいんですか？」

「私は構いませんよ。どちらですか？」

「門前仲町です」

「ああ」長須が苦笑した。「近いですね。あまり難しい話はできないな」

「それでも、話しましょう。明日回しにはしたくない」

長須は、八重洲《やえす》口の駐車場に車を停めていた。白いトヨタ・プレミオ。どこを走っていても目立たない車だ。

「あなたの車ですか？」

「まさか」長須が苦笑した。「会社の車ですよ。自分で乗るんだったら、こんな地味な車は選ばない」

「マイカーは……」

「今のところ、必要ないので」長須が肩をすくめた。

長須は、交通量の少なくなった道路で慎重に車を走らせた。俺は、まだ話していなかった情報——不動産屋から聞き出した長男の連絡先——の件を中心に話したが、話し終えないうちに、車は永代通りに入ってしまった。この先も道路は空《す》いているようなので、あと五分ほどで着いてしまうだろう。

案の定、ちょうど話し終えたところで俺のマンションの前に到着した。長須はエンジンをかけたまま、ハンドルを抱えこんで背中を丸める。

「アメリカにいる長男には、まだ連絡は取ってないんですね？」前方を凝視したまま長須が確認する。

「ええ」

「いろいろ考えたんですが、やめておいた方がいいでしょう。そこまでやる意味があるとは思えません。情報が拡散してしまう恐れもありますから……それで、現段階では、あなたの判断はどうですか？　警察に届け出る気になりましたか？」

「いや」俺は顎《あご》を拳《こぶし》で擦《さす》った。「やはり避けたいところです。何とか極秘裏に運びたい」

「うちとしては――社長の判断なんですが、警察に届け出ない以上、今回は協力しない方がいいという判断です。いや、協力しないわけじゃないですね。相談には乗りますが、解決するために直接手を貸すことはしない」

「危険だからですか？」

「リスクが大き過ぎる、ということです。見捨てるわけではありませんが……」長須が言い訳するように言った。

「今まで、他社でもこういう状況になったことはありますか？　そちらが協力しないで、クライアントが危機に陥ったことは……」

「あるかないかも含めて言えません――すみません、一応、これは守秘義務に入ることですので。あなただって、自分の会社の事情を他の人にペラペラ話されたらたまらないでしょう？」

「もちろんです。明日、会社の方で確認しますが、自分たちで何とか解決する方向になるかと思います……相談は受けてくれるんですよね？」

「もちろんです。そういう契約ですから――一つ、アドバイスしておきますが、命を賭《か》けることはありませんからね」

「私が、ですか？」俺は思わず唾《つば》を呑《の》んだ。そんなに危険なことなのか？　向こうが要求する金を払い、口封じができればそれで十分ではないか。

　本当に口封じできるのか？　ワルは絶対に諦《あきら》めない。一度金を奪った相手は、何度でも餌食《えじき》にしようとするはずだ。やはり警察に……しかし、状況を考えると難しい。警察に事情が流れ、この脅迫が事件として立件されれば、マスコミに情報が漏れる恐れがある――いや、間違いなく漏れる。中国当局への賄賂問題もそうだし、社長の個人的なスキャンダルも、大きなトラブルの元だ。上場企業として、コンプライアンスが問題になり、株主からも突き上げられるだろう。

　俺が守るべきものは何だ。

　考えるまでもない。会社――社長だ。竹内には、返しきれない恩がある。そんなことを言えば、竹内は笑い飛ばすだろうが、俺は真剣だ。

崩れてグズグズになった人生を立て直す機会をくれたのは、竹内である。本人にすれば大したことはないのだろうが、助けてもらった方はそうは考えない。

「明日、また連絡します」

「そうして下さい。私自身は、何とか御社の力になりたいと思っているんですよ。脅迫犯は、たとえ金を受け取っても、それだけで引くとは限りません」

「こちらもそう思っていました」

「とにかく、十分気をつけて下さい」長須が忠告する。「会社を守るのは大事かもしれませんが、あなたが命を賭けることはないんですよ」

礼を言って車を降りる。走り去る車のテールライトを見送りながら、長須は何か重要な事実を摑《つか》んでいるのではないかと俺は訝《いぶか》った。そうでなければ……。「命」などと軽々しく言い出すとは思えない。

翌朝、俺は昨日に引き続き竹内、三山の二人と相談した。竹内は社長室ではなく、隣の応接室に俺たちを招き入れた。まさか、朝から酒を呑むつもりか？　しかし竹内は、冷蔵庫からミネラルウォーターを三本取り出しただけだった。普段は、竹内が口をつける前には絶対に飲まないのだが、今日は無意識のうちにキャップを捻《ひね》り取って飲み始めてしまった。昨日の調査——一日がほぼ無駄足だったと実感し、妙な疲れを覚えている。寝不足もあった。あれこれ考えて昨夜は眠れなくなってしまったのだ。

「ご苦労だった」顔色がよくない——しかし竹内の口調は丁寧だった。

「あまり役にたったとは思えません」俺は首を横に振った。「昨夜必死で考えたのだが、どうしても上手《うま》いアイディアが浮かばなかった。「昨夜、ＴＣＲの長須さんとも会って相談しました」

「夜中にか？」竹内が目を見開いた。「それはよくないな。ブラック企業扱いされるぞ」

ジョークだと分かっていたが、まったく笑えなかった。竹内が一つ咳払《せきばら》いして、水を飲む。

「ＴＣＲの判断は？」

「引き気味です。手に負いかねる、という判断のようで、やはり警察へ引き渡すのが妥当だと言われました」

「そうか……」竹内が煙草を一本引き抜き、指の間で転がした。火を点《つ》けないまま、パッケージに戻す。

「社長、これは危機管理会社としての責任放棄じゃないですか」三山が怒りの表情を浮かべる。「こういう時のために、毎年高い顧問料を払っているんですよ。責任問題だ」

「光永さんが無理だと言うなら、無理なんだ」竹内が三山を睨《にら》む。「俺は、彼を全面的に信用している。彼が判断を間違うわけがない。とすると……やはり警察に届けるしかないな。そうすれば、ＴＣＲも全面的に協力してくれるだろう。脅迫犯を排除できる可能性は高くなるはずだ」

「そのために失うものも多いです」俺は静かに言った。この件については、既に冷静に計算している。中国での賄賂工作、竹内個人のスキャンダル……これらの情報が流出した時のマイナスは計り知れない。絶対に外部に出ないように抑えるべきだ。

「分かっている。しかし、警察にも届けない、ＴＣＲの助力も期待できない、そういう状況でどう解決する？」

「向こうが要求してきた金を払うしかないと思います」俺は言った。今のところ、考えられる唯一の方法だ。

「いや、それは――」三山が声を張り上げかけたが、途中で言葉を呑んだ。

「お前には、他にアイディアがあるか？」竹内が三山に鋭い視線を突き刺した。

「失礼しました」

三山がすぐに引き下がる。基本的には非常に鋭く優秀な人間なのだが、竹内に対しては単なるイエスマンになってしまう。

俺は、言うべきことがある時には言う。感情的になったり、論点を外したりしない自信があるし、竹内も敢《あ》えて俺が逆らうのを楽しみにしている節があった。

「金は払います。しかしそれだけでは解決になりませんから、向こうの正体を探ります。金を払う時に、証拠が残る銀行振り込みなどを利用するとは考えられませんので、直接の受け渡しを指示してくると思います。直に接触すれば、必ず正体の手がかりが摑めるはずです。向こうが何者か分かれば……様々な方法で圧力をかけられます」

「圧力とは？」

「いつでも警察に突き出すことができる、と脅すんです。接触の記録を全て残しておく必要がありますから、専従の担当者が必要になりますが」

「分かった。その線で進めてくれ。お前に任せていいな？」

「そのつもりです」俺はうなずいた。「できる限りのことをやらせていただきます」

「信頼できる人間を使え」

「分かりました」信頼できる人間——誰がいるだろう。さっと考えてみたが、適当な人材が思い浮かばない。ふと、正俊の名前が脳裏を過《よ》ぎる。あの男は、基本的に犯罪者だ。そういう人間は、危ない橋を渡ることも躊躇《ちゅうちょ》しないのではないか。

しかし、正俊が俺の頼みを聞いてくれるとは思えない。俺たちの間にある溝は、絶対に乗り越えられない深さと広さがあるはずだ。

「とにかく、逐一状況を報告してくれ。俺にやれることがあるなら——」

「社長は絶対に動かないで下さい」俺はぴしゃりと言った。「私の役目は、社長を守ることです。矢面に立つことだけは避けていただきたい」

12年前

店が替わることを、俺は伯母《おば》にだけは話しておいた。ただし理由については、「人手が足りなくなった店に移る」。客とトラブルになったなんて、絶対に言えない。

伯母は、むしろ喜んでくれた。「あんたも、そういう風に必要とされる人になったのね」と。

伯母の顔を真っ直ぐ見られなかった。

新しい店への出勤初日、俺はどことなくよそよそしい雰囲気を感じた。前の店でのトラブルは、当然知られているのだろう。もちろん、俺の経歴も――俺には経歴らしい経歴はなく、敢《あ》えて言えば「俺の親の経歴」だが。

といっても、露骨に悪口を言われたり、過去のことについてしつこく聞かれたりすることはなかった。何となく避けられている感じがするだけ……これはしょうがないだろう。そのうち慣れるかもしれないし、慣れないかもしれない。駄目なら、また仕事を変わればいいだけだ。俺を受け入れてくれる場所は、日本のどこかにはあるだろう。東京にこだわる意味もない。

二週間ほどは、何事もなく無事に過ぎた。店のスタッフとも馴染《なじ》んできて、普通に会話もできるようになった。チェーン店なので、オペレーションも基本的には同じで、仕事にもすぐに慣れた。この店のある繁華街は、前の店があった池袋と違ってささやかなもので、昼間も客が行列を作るようなことはない。夜も、酔っ払って騒ぐ人がいるわけでもなく、それほど緊張することはなかった。

土曜日……定時制高校が休みのこの日は、夜まで働くことになっている。ただし未成年ということもあって、閉店まではつき合わない。夜十時がタイムリミットだ。閉店まででいて後片づけをしてもいいのだが、法律的に俺の年齢が問題になるそうだ。こっちは、一円でも多く金が欲しいのに。

とにかく、十時に上がってすぐにコートを着こみ、こちらに背中を向けている店長に「お疲れ様でした」と挨拶《あいさつ》をした。この店長は三十歳ぐらいの愛想のない男で、接客態度も今ひとつ……俺の目から見ても、「無愛想」と言っていいぐらいで、何故店長になれたのかさっぱり分からなかった。

店長がびくりと身を震わせる。レジのところで金の計算をしているようだが——ちょっとおかしい。閉店してもいないのに、もう今日の上がりを締めているのだろうか。

「ああ、お疲れ」どこか空々しい声で言ったが、俺を見てはいない。「そうだ、焼き鳥が余りそうだから持っていくか？」

「あ、はい」

伯母が喜ぶだろう。「鳥美」の焼き鳥、特に塩は美味《うま》いのだ。伯父《おじ》にも食べさせたいのだが、今は入院中なのでどうしようもない。

「そこにあるやつ、適当に持っていってくれ。余りそうだから」

店長が、厨房《ちゅうぼう》の作業台の方に向けて顎《あご》をしゃくった。焼き鳥が、金属製のトレイに何本か置いてある。残念ながら塩ではなくタレだった。プラスティックのトレイに五本を入れ、きちんとビニール袋にしまう。既に冷めかけていたが、温め直してもびくともしない。焼き方のマニュアルがきちんとしているのか、よほど素材がいいのか。

ちらりと店長の方を見ると、レジから一万円札を二枚抜いて、素早く自分の前かけのポケットに入れたところだった。どきりとして、俺はすぐに目を逸《そ》らした。

俺は閉店まで働いたことがないのでよく分からないのだが、店の金は金庫で管理しているはずだ。営業時間が終われば一日の売り上げを計算してレジから金庫に移し――翌日はその逆になる。開店準備の時に、金庫からレジへ金を戻す……こんな時間にレジに手をつけることはないはずだ。

店長は間違いなく、店の売り上げを盗んでいる。

俺は何も言わず、裏口から店を出た。冬の空気は冷たく肌を刺すようだったが、頭の中は熱く、考えがまとまらなかった。

魔が差す、ということもあるだろう。毎日金を扱っていれば、つい手を出してしまうこともあるかもしれない。金の計算は店長が全部やっているから、誤魔化すのは難しくないはずだ。

まずいよな……。

最初に考えたのは、店長は俺が見ていたことに気づいたかどうか、だった。もしも気づいていたら、厄介なことになる。こっちは店長の秘密を握った。でも店長には、バイトを採用したりやめさせたりする権限がある。この店を追い出されたら、この先どうすればいいのだろう。

かといって、誰かに告げ口するのも難しい。俺には本社の人と話す機会はない。会う中で一番「偉い」のが店長なのだ。……ふと思い出して財布を取り出し、竹内の名刺を手に取る。いきなり電話やメールで連絡したら、相手にしてくれるだろうか。まさか。さすがに竹内も、そんなことはしないだろう。

参ったな。

とぼとぼと歩き出す。妙に腹が減っていた。夜までバイトをする時は、家に帰って遅くに食事をするのだが、今日はそこまで持ちそうにない。焼き鳥は手元にあるが、歩きながら食べるわけにはいかない……ふと、隣のファミレスが気になった。ここは「ＡＺフーズ」のチェーンではないのだが、そこまで気を遣うことはないだろう。幸い今日は、財布の中は少しだけ温かい。

中途半端な時間なのか、店内は空《す》いていた。メニューを眺め渡し、安くて腹に溜《た》まりそうなもの——和風ハンバーグを頼んだ。広い四人がけの席に一人で腰かけ、ぼんやりと窓を見る。暗い窓には、自分の疲れた顔が映っているだけだった。

仕事をするのは大変だ。もちろん、仕事そのものを覚えるのにも時間がかかるし、酒を出す店では客とのトラブルもある。しかし、店員の問題は……いわば内輪の犯罪であり、どうしていいのかまったく分からない。たぶん、無視するのが一番いいのだろう。知らんぷりをしていれば、店長も俺には手を出してこないはずだ。

でも、それでいいのか……悪いことをした人間が何の罰も受けずに、のうのうとしていていいのだろうか。罪を犯せば罰を受ける——自明の理ではないか。俺の父親が刑務所に入ったのと同じことである。

ハンバーグの味は……何となく薄い感じがするけど、ファミレスなんてこんなものだろう。考えてみれば、この前ファミレスに入ったのはいつだったか。もしかしたら、あの事件が起きる前だったかもしれない。町工場が休みになる日曜日の夜に、何度か行った記憶がある。母も工場を手伝っていたので、日曜に食事の用意をするのが面倒になることもあったのだろう。どんな味だったかは覚えていない。

気づくと、いつの間にか十一時になっていた。まだ終電を気にする時間ではないが、遅くなると伯母が心配する……慌てて金を払い、店を出たところで、バイト仲間の大下《おおした》愛花《まなか》がこちらに歩いて来るのに出くわした。店で二人だけいる女の子のうちの一人で、確か大学三年生。何となくコマネズミのような人だ、と思っていた。小柄で動きが素早く、くるくるとよく働く。笑い声は明るく、いかにも客に好かれそうなタイプだ。

「あら」愛花も俺に気づき、にこりと笑って手を振った。他意はない……誰に対しても、同じように愛敬《あいきょう》を振りまくのだ。「どうしたの？」

「ああ、ちょっと腹が減って……飯を食ってました」

「お店で食べていけばよかったのに」

「営業中には食べられませんよ」

愛花がすっと近づいて来て、俺の横に立った。「駅まで一緒に行く？」とさらりと告げて、さっさと歩き出す。

会話はない……というか、何を話していいか分からない。しかし歩いているうちに、話すべき話題があると気づいた。店長のことだ。一人で胸に秘めておくのはきつい。

「あの……あの店長、どんな人なんですか？」

愛花がいきなり立ち止まり、振り向く。店長が追って来ないかと心配しているようだった。

「どんな人って、どういう意味？」愛花が顔をしかめる。

「ええと……」さすがに言い出しにくい。

「何？　何が言いたいの？」愛花が急に勢いづいて訊《たず》ねた。

「店長、店のお金を……」俺は右手をコートの胸元にすっと入れた。

「ああ……」愛花の顔が蒼《あお》くなる。「見たの？」

「今夜」

「私も。今日じゃないけど」

「じゃあ、何度もやってるんですね？」目撃者は自分だけではないのだと分かって、少しだけほっとする。

「たぶん」

「だったら、結構な金額になってるんじゃないですか？　まずいですよね」

「まずいけど、私たち、バイトだから」愛花が唇を噛《か》む。

「店長だってバイトじゃないですか」俺は食い下がった。どうにも納得できない。

「だけど、店長は店長よ。私たちが何か言えるわけじゃないし」愛花が両手を組み合わせて指を弄《いじ》った。

「本社に知られたらまずいんじゃないですか」

「それは……まずいでしょうね」

「どうなるんでしょう」

「そんなの、分からないけど」愛花が首を傾げる。

「逮捕されるとか？」

「やだ」愛花がもう一度、店の方に視線をやった。表情は険しい。まるで、自分が犯罪者と一緒に働いているのが我慢できない、とでも言うように。「知らんぷりしてる方がいいんじゃない？」

「でも、いずれ問題になるんじゃないですか？　本社に知れたら大事《おおごと》ですよね。それに俺たちは……黙っていて、後になってから知っていたことがバレたら、ますますヤバくないですか？」

「そんなこと、分からないけど……店長がさっさと辞めてくれれば一番いいんだけど、辞めないでしょうね。もう十年も働いてるんだから」

「そんなに？」俺は目を見開いた。

「普通のバイトで入って、三年前に店長に昇格して……あの店の主みたいなものね」

「そうですか」

辞めればいい——辞めさせればいい？　様々な要素が頭の中で絡み合う中、俺は一つだけ有効な手があることに気づいた。辞めるように説得すればいい。そうすればトラブルは大きくならないだろう。それに何より、俺の正義感は満たされる。

説得するしかない。それが誰にとっても一番いい方法だ。

週明けの月曜日、昼番のバイトに入った俺は、何度もミスをした。オーダーを間違えたり、客に呼ばれているのに気づかなかったり……それだけ緊張していたのだと思う。普段、こんなことは絶対にないのに。

二時に昼営業が終わると、賄いの昼食の時間になる。店長が、いつも食べ終えた後で店の裏に回って一服するのを、俺は知っていた。店長より少し後に食べ終えるように調整し、裏口から出る。案の定、店長は建物の壁に背中を預けて煙草を吸っていた。俺をちらりと見たものの、無視している。すっと近づき、彼の横に立った。

店長は依然として何も言わない。しかし、煙草を持つ指先がかすかに震えているのに俺は気づいた。分かっている——俺が何を知っていて何を言いに来たか、悟ったのだろう。

いきなり切り出して、果たして店長は納得するだろうか。不安だったので、俺は最初から切り札を出した。卑怯《ひきょう》だとも思ったが、この際、仕方がない。

「俺、社長と知り合いなんです」

「社長？」

「竹内さんです。『AZフーズ』の竹内社長」

「何で？」

「俺がどうしてこの店に来たのか、知ってますよね？　前の店で客とトラブったんです。竹内さんが助けてくれました」

店長が無言でうなずく。今まで噂話もされなかったのはありがたい限り……まさか、竹内が自ら店員たちに釘《くぎ》を刺してくれたとは思えないが。

「店長、店の金を抜くのはまずいんじゃないですか？　俺だけじゃなくて、他のスタッフも知ってますよ」

店長がうつむく。煙草の揺れが大きくなった。立ち上る煙もゆらゆらしている。

「ばれてるんですよ。でも俺、上には言いたくないんです。俺たちまで変な目で見られそうだから」

「俺は何もやってないぞ」店長が反論したが、言葉に力はなかった。

「証拠もありますよ」

嘘。しかし俺の嘘に敏感に反応して、店長が顔を上げた。

「写真、撮ってありますから。バッチリ写ってます」

「何なんだよ！」店長が急に声を張り上げる。「俺を脅すのかよ！」

「脅しませんよ。辞めて欲しいんです」

「え？」

「金を抜くのをやめて……それで、店も辞めて欲しいんです。自分から」

「どうして俺が……」

「店の金を盗んだらまずいでしょう。いずれはバレますよ。俺たちが何も言わなくても、会社は仕入れの額や売り上げを細かくチェックしているはずだから……そうなったら、辞めさせられますよ。辞めさせられるどころか、今まであなたがポケットに入れた金は弁償しないといけないだろうし、それ以外にも賠償金を要求されるかも……下手したら逮捕ですよね」

「逮捕って」店長の顔がすっと蒼褪《あおざ》める。「警察に？」

俺は黙ってうなずいた。余計なことは言わない方が、恐怖が頭に染みることもあるはずだ。

「逮捕されたら大変ですよね。今後は仕事もできないし、どうなるんでしょうね。店長、田舎はどこでしたっけ？」

「——青森だ」

「青森へ帰って、仕事はありますか？　それに、東京で逮捕されたことも、地元には伝わるんじゃないですか？」

「辞めてどうなるっていうんだよ」

「今まで、いくら抜いたんですか？」

「俺がやったなんて、認めないぞ」

「そうですか……辞めて、今まで抜いた金を返せば、穏便に済むと思いますけど。何だったら、俺がついていきましょうか」

「ふざけるな！」

店長が道路に煙草を投げ捨て、俺に向かって来た。いきなり腕を伸ばすと、シャツの胸ぐらを摑《つか》む。俺はかっとして、身を切るような寒さを忘れた……手は出さない。ただ黙って、すぐ近くにある店長の顔を見る。睨《にら》まない。ただ、見る。

「何て目、してるんだよ……」力なく言って、店長が手を離した。

「俺は、社長とはいつでも連絡が取れるんです。結構、ワンマンで有名な人ですよね。社長の耳にこのことが入ったら、辞めるだけじゃ許してくれないでしょうね」虎の威を借る狐だ。情けないが、正義を貫くためには竹内の名前も利用してやろうと決めていた。

「お前……」

「どうします？」

「お前に言う必要はない」

店長が俺の脇をすり抜けて店に戻る。力が感じられない——勝った、と思った。

新しい店長がやって来て、一か月が過ぎた。前の店長が辞めたことについては、誰もおおっぴらに話そうとしない。唯一、愛花とは少しだけ話したが……。「辞めてよかったね」。事情を知らない彼女は、ほっとした表情でそう言うだけだった。俺が辞めさせたんだ——そう話してしまおうかとも思ったが、自慢になるような感じがしたので口をつぐんでおくことにした。

ある日、昼のシフトを終えて店を出ると、突然「浅野君」と声をかけられた。思わず足が止まり、体が固まってしまう。

竹内が、黒塗りの車の前に立っていた。

「乗りなさい」

「いえ……あの、これから学校なので」

「まだ時間はあるだろう。少しドライブしよう」

それ以上反論できる感じではなかった。竹内が先に後部座席に乗りこみ、俺はその隣に座った。何とも立派な車……シートはパンと張っていて座り心地がいいし、革の香りが気持ちよく鼻をくすぐる。カーステレオからは、低い音量でピアノの旋律が流れている。あまりに高級過ぎて、居心地が悪い。実家の工場は自動車部品を作っていたから車には縁があったのに、父が乗っていたのは十年落ちの小さなセダン——車好きなら絶対に選ばないタイプだ——だったし、伯父はそもそも車を持っていない。車に乗ること自体、久しぶりなのだと思い出した。

車は、商店街の細い道路を縫って走り出し、すぐに目白《めじろ》通りに出た。道路は空いていて快適——竹内が切り出した。

「店長を馘《くび》にしたようだな」

「馘なんて……」

　竹内が豪快に笑う。

「馘、は間違いか。引導を渡したというやつだな。話は聞いている」

「どうして僕が何かしたと分かるんですか？」ちょっと怖くなってきた。あの店にスパイでも放っているのだろうか？　もしかしたら愛花とか？　でも俺は、店長との間に何があったか、愛花にも話していない。もしかしたら彼女はどこかに隠れて、そっと聞き耳を立てていたのかもしれないが。

「私にはいろいろ伝手《つて》がある……いや、それは言い過ぎだ。辞めた店長が、君と話したことを打ち明けたそうだ。反省していたらしい」

「そうですか……」結局店長は、退職の挨拶《あいさつ》もせず、いきなりいなくなった。翌日、何事もなかったかのように、新しい店長が送りこまれてきた。

「いい度胸だな」

「いえ……やっぱり、悪いことだと思いました」

「こういう話は、少なくはないんだ」竹内が打ち明けた。「金をちょろまかす店員は、いくら注意してもいなくならない」

「そうなんですか？」

「現金を扱う商売だからな。目の前に金があれば手が出る……人間は弱いものだよ」

俺は無言でうなずいた。そうかもしれないが、俺は違う。父親が罪を犯してから、自分は絶対に間違ったことをしないようにしよう、と決めてきた。

「あまりいいやり方ではなかったと思います」俺は正直に打ち明けた。「辞めさせるのに、社長の名前を出してしまいました。知り合いだから、いつでも連絡が取れると言って――すみません」俺はすかさず頭を下げた。

「構わんさ」竹内がまた笑った。「俺の名前を使うぐらいは何でもない。損害がかなり防げたんだから、よかったよ」

「損害、どれぐらいだったんですか？」

「三十万」

多いのか少ないのか、俺には判断できない。現金商売とはいえ、店に置いてある金はそれほど多額ではないはずだから、少しずつ抜いてこの額になったのだろうか。

「こういうことは、なかなか表沙汰《おもてざた》にならないんだ。表沙汰になるのは、大抵本社の会計がチェックして、金額に誤差が出た時だ。それで担当者を問い詰めて、金を盗んだことを認めさせる――今回のように、内部告発のような形で話が出ることは、まずない。少なくとも俺の記憶にはない。君はずいぶん、正義感が強いんだな。勇気もある。ついでに言えば策士でもある。こういうやり方が、一番人を傷つけずに済むんだよ。本社に直接訴える手もあったはずだが、それだと騒ぎは大きくなっていただろう」

「本社の中で知っている人は、社長だけです。社長に電話するわけにはいきませんし……」

「そうしてくれてもよかったのに」

「まさか」

短い沈黙。再び口を開いた時、竹内の声は少しだけ低くなっていた。

「君の身の上についてはよく分かっている」

「馘ですか？」

「どうして」竹内が不思議そうに言った。

「犯罪者の子は――」

「関係ない」竹内が俺の言葉を遮った。「親は親、子は子だ。それに君は、『加害者の息子』ではなく『被害者』だ。世間が何と言おうと、俺はそう判断する」

この言葉は、俺の胸にぐっと刺さった。今までこれほどはっきり、大人に庇《かば》ってもらったことはなかったかもしれない。もちろん、警察の人や伯母夫婦は別だが。これまでずっと、できるだけ他人と交わらないようにして穴に籠《こ》もるような意識で暮らしてきたのに、急に社会への窓が開けたようだった。

「今、定時制高校に通ってるんだよな？」

「はい」

「勉強は上手《うま》くいってるか？」

「何とか、バイトと両立しています」

「大学はどうする？」

「それは……」あり得ない。大学へ行くとなると、はるかに多くの金が必要だ。こういうバイトを何年続ければ……そんな選択肢はなかった。

「成績はどうなんだ？」

「定時制の成績では、一般的な……大学受験に関係するような成績なのかどうかは分からないと思います」

「行く気はあるのか？」

「ありません」俺は即答した。「無理です」

「金の問題だな？」

「……はい」俺がどれだけ困窮してるかも、竹内は把握しているだろう。それを認めるのは悔しかったが、嘘をつくわけにもいかない。

「分かった。俺が金を出そう」

「え？」

「奨学金のようなものだ。君のように優秀な人間が大学へ行かず、一生アルバイトで暮らしていくのは社会的な損失だ——別に、アルバイトを馬鹿にするわけじゃないがね。うちの店も、アルバイトに支えられているんだから」

「それは分かりますけど……」

「急に金を出す、と言われても困るか」

「そこまで僕に目をかけてくれる理由が分かりません」

「目、かな」竹内がさらりと言った。「俺はこの会社を、一代でここまで大きくした。そのために絶対に必要だったのは、人を集める能力だったと思う。優秀な人間をどれだけ手元に置けるかで、会社が成長するかどうかは決まる。俺はまだまだこの会社を経営して大きくしていくつもりだから、優秀な人材はいくらでも欲しい」

「僕が優秀かどうかは……」

「君は優秀だ。私は、人を見る目には自信がある。だから、会社もここまで大きくなったんだ」

「大きい会社だということは分かりますが――」

「面倒臭い男だな、君は」呆《あき》れたように竹内が言った。「人が金をくれると言う時は、汚い金でない限り、素直に受け取っておけ。そしてもちろん、俺の金は汚れていない」

「それはそうだと思いますが……」

「ただで金をもらうのが嫌なら、貸すことにしよう。条件が一つだけある。大学卒業後は、うちの会社に入れ。貸した金は、給料から差っ引いてやる。それならイーブン――単なる金の貸し借りの問題だろうが」

人生を「ＡＺ・ラーズ」に預ける、ということか。ある意味、「人買い」のようなものである。

だが俺は……そこにしがみつこうと決めた。

好きで、泥の底を這《は》い回るような人生を続けているわけではない。もしも這い上がるチャンスがくれば、といつも妄想していた。だが、そのチャンスがどんな形で訪れるかは、まったく分かっていなかった。

世の中には偶然がある。想像もつかない偶然が。

この日、俺の人生は交差点を折れ、それまでとはまったく違う道路に入った。

現在

最悪の予想が簡単に当たることもある。

疲れ切って、午後十時に帰宅した時、俺は家の前で固まってしまった。

その疲れ切った老人——老人に見えた——が自分の父親だと認知するのに、時間はかからなかった。二十年も会っていないし、向こうは異様に老けていたのに、何故かすぐに分かったのだ。

遺伝子。

最初俺は、踵《きびす》を返してすぐにマンションから立ち去ろうかと思った。父も、夜通しあそこに立っているわけにはいくまい。夜中までどこかで時間を潰《つぶ》していれば、諦《あきら》めて帰るのでは……。

気づかれた。

父はすぐに、よろよろと歩き出す。顔を見れば必死なのは分かるが、どうしてもスピードが出ないようだった。服役中に体調を崩したという話だったが、まだ治っていないのか、あるいは足を怪我しているのかもしれない。

俺は動けなかった。

夜になって冷たくなった春の風が、頬を撫《な》でていく。目を合わせるな。さっさと走って立ち去れ——そう考えたものの、俺はその場で突っ立ったままだった。

「健人」

声はしわがれ、風に消えてしまいそうだった。こんなはずじゃない……昔の父の声は朗々としていて、工場で部下に指示する声が外にまで漏れてきたものだった。何もそんなに怒鳴らなくていいのに——しかしそれが、あの頃の父の声だった。

「謝りに来た」

「帰ってくれないか」そんなことを言おうと考えていたわけではないのに、自然に言葉が口を衝いて出てくる。「こっちには用事はない」

「謝らせてくれないか」

「必要ない」

「しかし……」

「何で東京にいるんだ？　長崎にいる、と聞いたけど」

「ああ、兄貴のところだ」

「だったら黙ってそこへ帰って、後は大人しくしていてくれないかな。俺には自分の生活がある――あんたに滅茶苦茶にされた後、自分で何とか立て直した人生だ。誰にも邪魔はさせない」

「邪魔なんかしない……」父が眉《まゆ》を顰《ひそ》めた。驚いたことに、眉に白いものが混じっている。まだ六十なのに。

　二メートルの距離を置いて向き合っているだけで、陰々滅々たる気分になってきた。こんな男が俺の父親なのか……しょぼくれている、というのが二十年ぶりに会った正直な印象だった。俺が知っている父は、こんな男ではなかった。がっしりした体格、太い腕、体臭の代わりに漂うオイルの臭いに野太い声。しかし今、背中は少し丸くなり、髪も薄くなって、単なる老人にしか見えない。最近の六十歳で、こんなに年取って見える人も少ないだろう。服役中に患ったという病気の影響だろうか。

　父を許したことは一度もない。最初は……事件が起きてから何年かは、ひたすら憎んでいた。母と妹を殺した人間。俺の生活を滅茶苦茶にした人間。そんな奴を許すわけにはいかない。会ったら必ず殺してやる――子ども心に物騒なことばかり考えていたのを覚えている。

　いつしか俺は、父の存在を頭の中から消すように努力し始めた。たぶん竹内と出会い、人生の再構築に成功し始めた頃である。俺はあの事件の後遺症から脱して、竹内の庇護《ひご》下に普通の人生を歩み出した。そんな人間は、「殺したい」と思うほど人を憎んではいけない。

　普通に生きたいだけになった。

「こうやって訪ねて来られるだけでも迷惑なんだ。俺には俺の人生がある。そこにあんたが入る隙間はない」

「俺は……贖《あがな》ってはいけないのか？」

「法律的な贖罪《しょくざい》は済んでいる。俺は何もいらない。謝ってもらいたくもない」次第に声が大きくなってきたのに気づき、一度口を閉ざす。この辺は静かな住宅街というわけではないが、大声を出していれば嫌でも目立つ。こんな会話を誰かに聞かれたくはなかった。

「謝るのも許されないのか？」

「ああ」

　父が、突然その場で四つん這《ば》いになる。体調が悪くていきなり前のめりに倒れたのかと思ったが——土下座だった。本当に土下座する人を、俺は久しぶりに見た。

「やめてくれ」

「お前のためなら何でもする」父が顔だけ上げて俺を見た。その頬は涙で濡《ぬ》れている。

「やめてくれ」俺は繰り返した。胸の中に冷たい風が吹き、声がかすれる。

「命令でも何でも聞く。死ねと言われれば死ぬ」

「駄目だ」俺は声を低くした。「そんなことであんたを満足させるわけにはいかない。俺にとってあんたは、いないのと同じなんだ。透明な存在なんだ。透明な人が死んでも何とも思わない」

「頼む」父がアスファルトに額を擦りつけた。擦れる音が聞こえそうな勢いだった。

「駄目だ」俺は繰り返した。鼓動は激しく、吐き気もする。しかし俺は、父を睨《にら》みつけながら、ほとんど無意識に怒鳴ってしまった。「失《う》せろ！」

　あの日以来、人生で二番目に悪い出来事だった。

　結局俺は、何とか父を追い返した——どこへ帰るのかは知らないが。角の向こうに背中が消えるまで見送ってからマンションに入る。すぐにドアを施錠して、その場にへたりこんでしまった。父はいったいどうやって、ここを割り出したんだ？　一瞬、弁護士の鈴井が情報を漏らしたのではないかと疑う……いや、彼はそんなことはしないだろう。わざわざ警告してくれたぐらいなのだから、俺の不利になるようなことを父に言うはずもない。

　呼吸が荒くなってくる。過呼吸か？　焦るな。ゆっくり深呼吸して気持ちを落ち着かせろ——自分に言い聞かせて、浅く、ゆっくりと呼吸を続ける。次第に鼓動が平常に戻ってきた。腕を上げ、ドアハンドルを摑《つか》んで体を引っ張り上げる。

　父が来ることは、ある程度は予期していた。謝りたいだろうと思っていることも想像していた。しかし、実際に会った時にどうするかは、まったく考えておらず――あんな風に罵倒《ばとう》してしまうとは思ってもいなかった。

ドアに背中を預けたまま、真っ暗な中でしばらく深呼吸を続ける。もう大丈夫だと判断して灯《あか》りを点《つ》ける――狭いこの部屋に関しては、普段は何とも思わない。ただ寝るために帰るだけの場所。休息を取るためのプライベートなスペース。それが今は、俺を世間から隔絶し、閉じこめる牢獄《ろうごく》のように感じられた。

スマートフォンを取り出す。十時半……これから朝まで、この部屋に一人でいることには耐えられそうにない。俺はほぼ無意識に、有希子の電話番号を呼び出してしまった。手に持ったまま、画面が「通話中」に変わるのをぼんやりと眺める。すぐに、遠くから「もしもし」と声が聞こえてきた。もう一度、「もしもし」。悪戯《いたずら》電話だと思われているかもしれない――それはないか。俺からだということは分かっているはずだから。

慌てて耳に押し当て、「ああ」と短く声を漏らす。

「健人？」有希子の声は緊張していた。たった一声で異変を悟ったようである。「健人？　どうかした？」

「これからそっちへ行っていいかな」

「いいけど、どうしたの？　今、どこにいるの？」

「家」

「家って……」

「親父がうちの前まで来ていたんだ」

十一時過ぎに、俺は有希子のマンションに到着した。玄関に入った途端、有希子が心配そうに俺の腕に手をかける。少し下から見上げて、「顔色は悪くないわよ」と笑みを浮かべながら言った。

「顔色は、ね」俺は皮肉っぽく言ってしまった。「上がっていいかな」

「もちろん」有希子が脇にどいてくれたので、俺は靴を脱いだ。

部屋に入ると、ようやくほっとした。自分の部屋が穴蔵のように思えたのに、ここは居心地のいい、人の住む部屋……不思議なものだ。環境は人によって変わる。そこで初めて、俺は激しい頭痛を意識した。頭が痛くなることなどまずないのに。ソファに座ると、右手を額に当てて揉《も》む。

「頭、痛いの？」有希子が心配そうに訊《たず》ねる。

「少しね」

「薬は？」

「いや、飲んでない」

「ちょっと待って」

有希子がすぐに、頭痛薬とミネラルウォーターのペットボトルを渡してくれた。錠剤が喉《のど》を引っ掻《か》く感触を不快に感じながら、水を流しこむ。冷たい水が胃の中に落ち着くと、早くも少しだけ頭痛が引いたように感じた。

「あと、これ」

有希子が、俺の額に冷却シートを貼ってくれた。ひんやりとした感触に、一瞬体がびくりと揺れるのを感じる。

「頭痛は、大抵これで治るから」

「悪い」

「ちょっと横になったら？」

「そうだな……いや、話したいんだ」

「無理しないで」

有希子が俺の肩に手をかける。力を入れたわけでもないのに、俺はそのままソファに倒れこんでしまった。

一瞬、完全に意識が消える——気づいて、慌てて壁の時計を見ると、十一時四十分だった。少し寝ただけなのに、頭痛はだいぶ薄れている。代わりに喉がひどく渇き、咳《せき》が止まらない。

「風邪かもしれないわね」有希子がこちらを向いた。床に直に座り、ソファに背中を預けている。

「風邪を引くようなことはしてないけど」

「季節の変わり目だから」

違う。全ては父のせいだ。激しい精神的なストレスは、肉体にも確実に影響を与える。自分の弱さを実感したが、簡単に乗り越えられるものではない。

「喉、大丈夫？」

「何とか」

「お茶でも飲まない？」

「いいかな……」

「もちろん。私も飲みたいと思ってたから」

有希子が立ち上がり、キッチンへ向かった。俺は立ち上がろうとしたが、何だか目眩《めまい》がするような気がして、しばらく横になったままでいることにした。ほどなく、キッチンの方からお湯が沸く音が聞こえてくる。香りは……しない。紅茶やコーヒーを淹《い》れているわけではないようだ。

ほどなく、有希子がトレイにカップを二つ、それに蜂蜜《はちみつ》の小さな瓶を載せて戻って来た。

「カモミールティー。落ち着くから」

「ああ……」カモミールティーはそれほど好きではないのだが、有希子がわざわざ淹れてくれたものだ。それに、この状況にはいかにも相応《ふさわ》しく思える。

ゆっくりと体を起こす。目眩は感じなかった。頭痛もほぼ消えていた。普段薬など飲まないから、効果が急激に表れたのかもしれない。

ティースプーン一杯の蜂蜜を加え、慎重にかき回してからゆっくりと啜《すす》る。かすかな甘みで気分が落ち着いた。

「びっくりしたよね」

ローテーブルを挟んで俺の向かいに座った有希子が、静かに言った。

「いや、こうなるような気はしていた――可能性はあると思っていた」

「でも、そうなって欲しくなかったんでしょう？」

無言でうなずき、カモミールティーをもう一口飲む。蜂蜜が入ると、精神的な鎮静効果があるようだ、と実感する。

「俺、どうしたらいいんだろうな」

「私には何も言えないけど……あの、言葉は悪いけど、追い払ったんでしょう？」

「俺はそうしたつもりだったし、実際、いなくなった。ただ、親父がどう考えたかは分からない」

「謝るって言ってるんだから、謝らせたら？　それで向こうの気が済めば、もうあなたと会いたいとは思わないかもしれないわよ」

「いや」理屈ではなく感情に過ぎないと分かっていたが、譲れない。「謝ってもらうことすら嫌なんだ」

「ちょっと頑《かたく》な過ぎるわよ」有希子が溜息《ためいき》をついた。

「そうだよな。分かってる」俺は認めた。自分でも意固地になっているだけだとは理解している。しかし感情をコントロールするのは難しく、俺はまだそのコツを完全に身につけているわけではない。

カップを持ったまま、ゆっくり立ち上がる。目眩もなく、何とか無事に立ち上がると、窓辺に寄った。引き戸を開け、サンダルをつっかけてベランダに出る。冷たくなった風は心地好く、意識が次第に鮮明になっていくようだった。

ベランダは小さな商店街に面している。間もなく日付が変わろうとするこの時間帯になると、当然店はほとんど閉まっており、歩いている人もいない。両手でカップを包みこみ、カモミールティーに息を吹きかけながら少しずつ飲んだ。

傍に有希子がやって来て、身を寄せる。冷たい空気の中、彼女の体温がひどくありがたい。有希子は……俺の人生でたった二人だけの、全面的に信じていい存在だ。もう一人は、当然竹内。この二人には忠誠を誓い、絶対に護《まも》らなければならない。

「俺は、人殺しの息子なんだ」ぽつりとつぶやく。

「やめて」有希子が硬い口調で言った。「違うから。あなたは被害者なんだから。手本になるようなケースも少ないと思うけど――」

「こういう立場の人は少なくないと思うんだ」長年考えていたことだった。新聞で社会面の記事を読み、テレビのニュースを見る度に感じていて――最近、家族が家族を殺す事件が多くなったような気がする。事件が内向きになっているというべきか。その結果、昨日まで家族だったのが、今日は被害者と加害者の関係に転じてしまうケースが増えている。俺と同じように、一家心中で生き残って、中途半端な立場に置かれている人も多いだろう。そういう人たちと話し合えれば、と考えたこともある。微妙な立場の人間同士、傷を舐《な》め合って――たぶん、無意味だ。事件は一つ一つ、まったく違う。関係者の立場もそれぞれ異なる。直接話し合っても、互いに透明な瓶の中に入っているようなもので、顔は見えても声は聞こえないだろう。

「大丈夫だから――」

「簡単に言わないでくれないかな」俺はつい声を荒らげた。何の根拠もなく「大丈夫」と言うのは、あまりにも無責任ではないか。

「大丈夫」有希子が繰り返す。「だってあなた、追い返したんでしょう？　謝罪は受けつけないって言ったんでしょう？　それは、かなりきつく染みたはずよ」

「……ああ」

「そこまで拒絶されて、まだ来ようと思うかな。あなたのお父さんが何を考えているかは分かるような気もするけど、無理なことは無理でしょう」

「もちろん」

「もう一度来ても、やっぱり謝罪は拒絶する？」

「当然だよ」

「こういうこと……何度もあると不快かもしれないけど、そのうち必ず終わるから。もしかしたら、これが最初で最後かもしれないし」

「そうであって欲しいな」

有希子が俺にさらに身を寄せた。今夜ばかりはそれで安心できず、本当の俺はどこか遠くにいるような気分だった。

「ねえ、結婚しない？」

「無理だ——今は」俺は即座に拒否した。

「あなたはいつもそう言うわね」有希子が俺の顔を真っ直ぐ見る。不満ではなく、「理解できない」という純粋な疑念が感じられた。

この会話は、俺たち二人の間では何度も繰り返されてきた。結婚しようと持ち出すのはいつも彼女で、その都度俺は、「今は」無理だと逃げてきた。こんなことを繰り返していれば、有希子は呆《あき》れて去ってしまうかもしれないと恐れたが、実際にはずっと俺の傍にいてくれる。態度が変わるわけでもない。

知り合って五年以上か……出会ったのは、俺が入社した年、「ＡＺコーヒー」の新業態店を表参道に出店すべく、調査を行っていた時だった。彼女が働くクッキングスクールは全面ガラス張りで、外からよく見えるのだが、何の考えもなしにふとそちらを見た時に、突然彼女の姿が目に飛びこんできたのだった。講師も生徒もエプロン姿の中で、一人だけ普通の格好なので目立ったのかもしれない。後で聞いたら、たまたま事務連絡があって教室に入って来たというのだが……その翌日、近くのカフェで遅い昼食を摂《と》っている時に、二度目の偶然で彼女と一緒になった。それまでの俺は、女性とは距離を置いてきた――つき合ったと言えるのは、バイト先で一緒だった大下愛花一人だったが、彼女と別れた後は女性に縁がないまま生きてきた。その頃俺は、結婚しない――すべきではないと確信し始めていた。

家族なんて、ろくなものじゃないんだから。

しかし有希子は、俺の心に真っ直ぐ飛びこんできた。愛花の時は、彼女から告白されてつき合うようになったのだが、有希子との関係はもっと自然だった。カフェが混んでいて、たまたま相席になってしまったことをきっかけにして……そういう時、普通は結構気まずく、スマートフォンをいじって相手を無視したりするものだが、彼女は突然、真っ直ぐ俺を見詰めてきた。

「昨日、うちの教室の前にいましたよね」

まさか、覗《のぞ》き見していたと思われたのだろうか……どきりとして、もごもごと曖昧《あいまい》な返事をしてしまったのだが、彼女は平然としていた。笑顔さえ向けてくれた。

その時はぎこちなく会話を交わすだけで終わったのだが、彼女が発した言葉の一つ一つが、妙に胸に響いた。自分に欠けた何かを埋めてくれる存在かもしれない――別れ際、俺は彼女の連絡先を聞き出すことに成功した。もう女性とつき合うこともないだろうと思っていたので、自分でも意外だったが……つき合うようになってしばらくしてから、

「どうして声をかけたんだ」と彼女に訊ねたことがある。

彼女の答えは「この人には何かあると思ったから」――要は、自分でもよく分からな

かったらしい。

彼女は俺の事情を全て知っている。愛花にも話したことがあったが、結果的に彼女は、それが原因で去っていった。あれが普通の人間の感覚——人殺しの息子の中には、やはり人殺しの影が見えたのかもしれない。だからこそ、有希子が「結婚しようか」と口にするのは、冗談でも何でもないのだ。

「いつかね、こういう日がくると思ってたんだ」有希子がぽつりと言った。

「こういう日って？」

「あなたのお父さんが出て来て、あなたに謝りに来る日」

「そうだな……俺も予想はしていた。でも、その時にどうするか、全然シミュレーションしていなかった。考えられなかったんだよ」

「そんなこと、できないよ」有希子が俺の肩に頭を乗せた。「考えたくないことを無理に考えても、結論は出ないでしょう」

「そうだな」

しかし捨て置くわけにもいかない。

「あまり考えない方がいいわよ。私は、お父さんがもう来ない方に賭《か》けるわ」

「賭けはやめよう。あまり考えたくない」

「ごめん……私が何か言っても、助けにならないね」

「そんなこと、ない」俺は彼女に正面から向き直り、右肩に手を置いた。「君がいなかったら、俺は潰れてたと思う。今日だって、一人でいるのは怖かった。だから、こんな時間に君に会いに来たんだ。だけど、もう大丈夫だから」

「大丈夫って？」有希子の目が不安げに泳ぐ。

「帰るよ。今日は悪かった」俺は冷却シートを額から剥《は》がした。まだしっとりと濡れていて冷たい。

「どうして？　もう遅いわよ。電車もなくなるし、雨も降ってるし」

確かに。いつの間にか、三階下にある道路は黒くなっていて、はっきりと雨の匂いがした。雨はベランダにも一滴二滴と落ちこんできて、黒い小さな染みを作っている。

「電車がなくなったら歩いて帰ってもいい。雨に濡れるのもいいんじゃないかな」

「それが、あなたの悪い癖よね」有希子が溜息をついた。

「癖？」

「何でも自分一人で背負いこもうとすること。この問題は、一人で何とかできるようなことじゃないわよ。あなたは、一人で戦うべきじゃない。私がついているから」

「君に迷惑をかけるわけにはいかないんだ」

「最初にあなたと話した時、不思議な人だと思ったわ」

「ごく当たり前の人間だと思うけど」俺は冷却シートをまた額に貼りつけた。

「当たり前の人なんかいないでしょう。人は、一人一人違うんだから」

そして俺の場合、特殊過ぎる――人殺しの子ども。

「あのね、帰るって言うけど、明日土曜日じゃない。休みでしょう？」

「ああ——そうだった」最近、曜日の感覚がおかしくなってきている。父の問題もそうだし、会社に対する脅迫の件も……考え出すと頭が痛くなる。ＴＣＲの援助を断り、次の動きを待つだけでいいのかと考えて、寝不足の日々が続いていた。

「私、あなたと一緒にいるだけでいいのよ」有希子が突然言い出した。「家族の形はいろいろだと思うし」

「俺に、家族を持つ資格があるのかな」

「当たり前じゃない」有希子が怒ったように言った。「どうしてないと思うの？」

「悪い遺伝子を残したくないんだ」

「子どもを持つだけが夫婦の形じゃないでしょう。私はどっちでもいいの。二人で一緒にいることが大事なんだから」

　一緒にベッドに入ると、有希子はすぐに軽い寝息を立て始めた。いつものことだが、寝つきがいいのは本当に羨《うらや》ましい。

　俺は眠れないまま、数時間前に見た父の顔を思い浮かべた。はっきりとしたイメージにならない。脳裏に浮かぶのはむしろ、二十年前の父の顔だ。そして母。妹。弟。崩壊した家族。

　俺は一度家族を失い、人生を立て直すのに何年もかかった。

もしかしたら、また人生が崩れる時が来たのか？

10年前

俺の生活はすっかり安定した——忙しい、という意味で。一年浪人して入った大学で昼はみっちり講義を受け、夕方からは例によってアルバイト。大学に入ってからバイト先を、「鳥美」から「ＡＺコーヒー」に変えていた。大学卒業後に本当に「ＡＺフーズ」に入社するなら、傘下のいろいろな店で経験を積んでおくのがいいだろう、と考えたのだ。こちらの方が時給は安いのだが、取り敢《あ》えず金の心配はなくなった——竹内は本当に、学費を援助してくれたのだ。待望の一人暮らしを始めていたので、バイト代は生活費に回っている。たまには家に金を入れることもあった。伯父《おじ》の体調が、まだ完全ではないのだ。

　今は全てが充実している、と言っていい。一つだけ困っているのは、愛花と会う時間が取れないことだった。俺より三つ年上の愛花は、もう大学を卒業して働き始めていた。人材派遣会社の総務部門はなかなか忙しいようで、残業する日も少なくない。一方俺は、毎日夕方五時から十時までのシフトを入れており、休みは不定期だった。土日にシフトに入る時には、なるべく長く働くようにしていたから、休みのタイミングが合わない。実際に会うのではなく、メールでのやり取りばかりになっているのが、愛花には不満のようだった。アルバイト先で、店長の秘密を共有したことから親しくなったのだが、俺は少しだけ面倒臭くなってきていた。彼女が束縛したがるタイプだったとは……それでも俺は、愛花と別れる気はなかった。初めてまともにつき合った女性だし、大事にしたかった。

金曜日——何となくのんびりした雰囲気が流れ始めた夕方、俺はいつものシフトに入った。池袋駅の西口にあるこの店舗の客は学生が中心だが、夕方以降はサラリーマンが増える。男女比は七対三。全体に静かで働きやすい職場だった。

しかしこの日、俺は店に近づいた瞬間、異変に気づいた。

正俊。

先月——十二月に十四歳になった正俊は、すっかり背が伸びて大人っぽくなっていた。初対面の人は、中学生だとは分からないだろう。黒いカーゴパンツに迷彩柄のブルゾンという格好で、足元は編み上げの黒いブーツで固めている。短く揃えた髪は少し脱色し、ワックスか何かで逆立てている。

「よ」

気楽な調子で声をかけてきた。俺は胃の中に、尖《とが》った物を呑《の》みこんだような気分になった。

金だ。

最近正俊は、月に一度のペースで俺のバイト先に顔を出して、金を無心していく。俺が出すのが当然だと思っているようで、礼の一つも言わない。むかつくが……渡さないわけにはいかなかった。依然として施設で暮らしている正俊は、金には不自由しているのだ。それに、金がないと何をするか分からない。

小学校の時のバッグの盗難事件——あれは始まりに過ぎなかった。高学年になると、万引きで何度も警察に引っ張られた。俺はその都度施設に呼び出されて謝った。正俊が無言で右手を差し出す。結局、さっさと済ませるしかない。俺は尻《しり》ポケットから財布を抜き、一万円札を一枚抜いて渡した。正俊がにやりと笑う。馬鹿野郎、この一万円を稼ぐのに、俺は三日間働かないといけないんだぞ……。

「あれ、浅野じゃねえの？」

聞き覚えのない声——声がした方を見ると、見慣れぬ男が立っていた。同年輩だろうが、向こうがこちらを知っていて、こちらが分からないのが気にくわない。誰だ……その時、ふいに記憶が蘇《よみがえ》った。

小学生の時——転校初日に俺をぶちのめした奴だ。今は大学生だろうか……小学生の時の面立ちが少しだけ残っていた。ジーンズにパーカー、シンプルなライダースジャケットという格好だが、だいぶ金がかかっているように見える。こいつの家は、金持ちだったのだろうか。金持ちからしたら、俺はゴミみたいな人間に見えるのだろうか。

「何やってんだよ、お前」男がニヤニヤ笑いながら近づいて来た。「バイトか？」

俺は無言を貫いた。こいつと話すことは何もない。

「久しぶりだな。今、大学生か？」

「あんた、誰？」突然正俊が俺の前に出て、男と相対する。

「何だ、お前」男の目が急に細くなった。

「弟だよ」

「へえ」男が呆《あき》れたように言って、正俊の肩越しに俺の顔を見た。「お前、弟がいたのか？　人殺し兄弟か？」

　正俊がいきなり動いた。自分より大きな相手に臆《おく》することなく、一気に前に出て、横から膝《ひざ》を蹴《け》りつける。男の体が傾ぎ、短く悲鳴が上がった。それに合わさるように、女性の悲鳴——周りの注目を集め始めていることが分かったが、正俊は平然としていた。今度は靴の裏で胸を正面から蹴りつけると、男が仰向《あおむ》けに倒れる。正俊は素早く飛び上がり、男の胸の上に飛び乗った。空気が漏れる音がして、男が足をばたつかせる。

「正俊、やめろ！」

　正俊が振り返ってにやりと笑う。俺はぞっとして、声を出せなくなってしまった。こいつは……まったく平然と、いや、むしろ嬉《うれ》しそうに人を痛めつけている。俺は何とか気持ちを奮い立たせると、正俊の腕を掴《つか》んだ。まだ男の上に立っていた正俊は、バランスを崩しながらも引き下がり、今度は声を上げて笑った。

「お前ら……」男が上体を起こし、俺を睨《にら》みつける。「やっぱりそうだ。人殺しの子どもは人殺しなんだよ」

正俊が体を捻《ひね》り、俺の縛《いまし》めからあっさり逃れる。軽く幅跳びするようにジャンプすると、今度は男の顔面に蹴りを見舞って行った。周囲から大きな悲鳴。さらにざわつき——見ると、すぐ近くにある交番から制服警官が二人、駆けつけて来る。

「こら！」

大声で怒鳴りつけられると、殴られた男の方が慌てて立ち上がる。鼻血が垂れ、目が腫《は》れ始めていたが、そのダメージを感じさせない勢いで逃げ出した。被害者なのに……その場に取り残された俺と正俊は、突っ立ったままだった。被害者がいなくなったらどうなる？　警察官がやって来るまで、正俊はずっとニヤニヤしていた。

「失敗だな。殺しておけばよかったよ」と小声でつぶやく。

中学生の口からそんな台詞《せりふ》を聞いて、俺はぞっとした。今の手慣れた感じ——人をぶちのめした経験も、一度や二度ではないだろう。こいつは、俺の手の届かないところでいったい何をやっているのか。

どうせなら永遠に消えてくれればいい、と思った。

現在

事態が大きく、しかも急に動いたのは、大型連休の前だった。犯人からの四回目のメール——今度は具体的に、金の受け渡しを指示する内容だった。

この件を三山から聞かされた時、俺は思わず「払うんですか？」と確認した。

「無理だ」三山が即座に言って首を横に振った。「受け渡しの要求は今夜なんだ。会社にそこまでの現金はない」

「銀行は……」

「三億を急に引き出すのは難しい」

「じゃあ、どうしますか」

「それをお前が考えてくれ」

無茶な……長須に相談しようか、と思った。今回は協力を要請しないと決めたのだが、相談すれば話には乗ってくれるだろう。こういうことに慣れていない自分ではなく長須ならば、何か上手《うま》い手を考えつくのではないか。

「とにかく、社長と相談しよう」三山がせかせかした口調で持ちかけた。

「一本電話をかけてからでいいですか？」

「ああ——急げよ」

俺は廊下に飛び出して、スマートフォンを取り出した。長須は電話に出たが、反応は鈍い……この件はもう終わりだと思っているのだろうか。俺は必死にすがり、「何かアイディアだけでも」と頼みこんだ。長須は了承してくれたが、たぶん返事は来ないだろう、と俺は半ば諦《あきら》めた。

社長室での竹内との面会は、いつになく重苦しい雰囲気で始まった。竹内はしきりに煙草をふかし、広い社長室が白く染まっていく。高性能な空気清浄機でもカバーしきれず、煙草を吸わない俺は、すぐに息苦しさを覚え始めた。

「今晩までに三億を用意するのは極めて困難です」三山が最初に切り出した。

「だったらどうする」竹内が三山を睨《にら》んだ。

「一千万なら、社内で何とか……」

「三十分の一の金額で、犯人が納得すると思うか？」

竹内がさらに目を細め、三山はすぐに黙りこんでしまった。こんな風に怒っている竹内を見るのは初めてだった。

「浅野、どうだ」

「一千万円だけでも渡すべきだと思います」取り敢《あ》えず言ってしまった……しかしそこから急に、考えが回り始める。「前にも言いましたが、受け渡しの場で犯人と接触できるはずです。接触さえできれば、どういう人間なのか分かる——前にも言いましたが、犯人グループを割り出したいんです。それができれば、向こうと対等な立場に立てると思います」

「どうやって割り出す？」

「監視、尾行……手はあるはずです。予定通りに社内の人間を何人か動員します」俺は既に、信頼できる人間をピックアップしていた。全員が体育会系の若手。何かあっても、自分の身の安全を自分で守れるタイプだ。相手が銃でも持っていたらどうしようもないだろうが。

「社員を危険な目に遭わせるわけにはいかない」竹内が強張《こわば》った表情で言った。

「こちらでピックアップした人間には、きちんと事情を説明してありますし、まだ時間はあります。まずは、正確な受け渡し場所と時間を、脅迫犯とすり合わせしなければなりません」

「場合によっては警察に――」

「駄目です」俺は竹内の言葉を遮った。「この話を表沙汰《おもてざた》にするわけにはいきません。その危険を冒す気があるなら、ＴＣＲと協力して対策しています」

スマートフォンが鳴った。長須だろうと思ったが、取り敢えず無視する。今はまず、社長を説得しなければならない。

「私が現場で受け渡しを担当します。全責任を取ります。私の計画でやらせて下さい」

「お前が怪我するのは絶対に駄目だ」

「怪我しません。十分気をつけます」喋《しゃべ》りながら自分を納得させようとした。犯人も、リスクを負わないように気をつけるのではないか？　どこかに金を置かせて、後で回収するような方法を取る可能性が高い――少なくとも俺が犯人だったらそう考える。

犯罪者の立場に立って考えるのは、ぞっとするようなことだった。しかもそれが当たってしまったらどうする？　俺にもやはり、犯罪者の血が流れている証明になるのか？

また電話が鳴った。背広のポケットから取り出して確認すると、やはり長須……俺は

「出ないといけない電話です」と告げて立ち上がり、一礼した。そのまま二人に背を向け、社長室を出て行く。秘書課に出るドアではなく、裏口を使い、廊下に出た瞬間に話し始めた。

「金は、全額とは言いませんが、払う方向で話が進んでいます」俺はまず報告した。

「それでいいでしょう。偽札を使ったりしたら、犯人を激怒させますからね」

「要求額よりずっと少ないんですけど、犯人はどう出るでしょう？」

「満額が取れると思っている犯人はいませんよ」長須が意外なことを言い出した。「三億とふっかけておいて、一億でも取れれば十分だと考えるものです。どうしても必要な金額があって、それを手に入れようとする人間もいますけど、今回は違うでしょう」

「どうしてそう思います？」

「犯人が焦っていないからですよ。焦っていたら、脅迫の間隔はこんなに開かない。もっと立て続けにメール――いや、電話してくるはずです。脅している相手の反応がすぐに知りたいでしょうからね」

「一千万を用意する話になっています」

「要求の三十分の一ですか？　それはさすがに……」長須が絶句する。「よほど上手くやらないと、犯人は怒るかもしれません」

「上手くやるというのは……」

「話し合う、ということです。それは、犯人と直接会えれば、ですけどね」

「そこはまだ、犯人側と詰めていません。ただ、犯人は直接出て来ない可能性が高いと思います」

「私も同じ読みでした」

「私の狙いは、犯人の正体をあぶり出すことです。それさえ分かれば、こちらでも対応しようがある」

俺は、まだもやもやしたまま具体化していない計画を説明した。話し終えると、長須が「うーん」と渋い声を上げる。

「……どうですか？」

「お勧めはできません。危険です」

「危険を覚悟しないと、犯人には迫れないと思います」

「それは分かりますが……」

しばらく、長須と言い合いになってしまった。長須は、やはり警察に届け出るべきだと主張し、俺は「できない」の主張を撤回しなかった。結局最後は、長須が折れる。

「できるだけ多くの人を使って下さい」

長須は具体的なアドバイスをくれた。俺はその場で一々頭に叩《たた》きこみながら、計画を練った。まだ細部までは詰められないものの、イメージは固まり始める。大丈夫。上手くやれば絶対に失敗しないし、危険なこともない。

「最後にこれだけ——この件は、私の個人的なアドバイスです。何があっても、ＴＣＲ

として責任は負えません」

一瞬、むっとした。こちらは、高い顧問料を払っているのだ……しかし、今回に関しては協力は仰がない、と決めてしまっている。

納得して電話を切り、社長室に戻る。竹内と三山の苛《いら》ついた表情に迎えられたが、俺はできるだけ平静を装い、「ＴＣＲの長須さんと話しました」と告げた。

「今回は頼まないのでは？」三山が疑わしげに訊《たず》ねる。

「長須さんとは……個人的にもよく話します。会社ではなく、長須さん個人からアドバイスをもらいました」

状況を説明し、二人を納得させる。竹内は、「社員を危ない目に遭わせるわけにはいかない」と何度も繰り返したが、その言葉は次第に弱くなっていった。これしか手がない、と確信し始めたのだろう。もちろん、ＴＣＲに任せれば、もっと安全に確実に犯人にアプローチする手を考えてくれるかもしれない。しかし今のところ、これがベストの作戦だった。

俺は社長のアカウントを借り、脅迫犯にメールを返信した。


要求に対して、ある程度まとまった額を用意できます。受け渡しの場所と時間を指定して下さい。

余計なことは書かない。メールの内容から、こちらの意図を探られるような失敗は避けたかった。

すぐに返信はないだろうと考え、予《あらかじ》めピックアップして目的を説明しておいた「作戦実行要員」を招集する。三十分後、会議室に集合。その連絡を終えたところで、パソコンに意識を戻す。社長のアカウントを使っているので、社長宛に届くメールも丸見えだ。見ないようにしようと意識しても、件名だけは目に入ってしまう。果たして企業トップはどんな相手とどんなメールのやり取りをしているのか……覗《のぞ》きたい気持ちが抑えきれなくなる前に、犯人からメールが届いた。

午前一時半、多摩《たま》センター駅南口から出て、ペデストリアンデッキの先にある階段を上がりきったところに現金を置け。現金はまとめて黒いバッグに入れろ。必ず一人で来るように。それと、受け渡しに来る人間の携帯の番号が必要だ。

すぐに「了解しました」と返信した。長い返事は不要……よし、これで事態は回り出す。俺はちらりと腕時計を見た。午前十一時……受け渡しの時刻まではまだ半日以上もある。準備の時間は十分だ。

会議室には、俺自身を含めて十三人が集まった。全員が男、二十代で、緊張しきっていた。安心させられる材料は一つもない。三山、それに何故か早田も同席していたが、二人とも何か口を出すつもりはないらしく、腕組みしたまま険しい表情を浮かべている。

俺は取り敢えず、事実を淡々と告げることにした。

「今朝、犯人側からメールがあって、今夜――明日未明に金を受け渡すことになりました。要求は三億円ですが、取り敢えず一千万円しか払いません」

ほう、と溜息《ためいき》をつくような音が聞こえた。全員、不安げに目を細めている。要求額通りに払わずに、大丈夫なのか？　大丈夫にするんだ。俺は決意を固めて、さらに説明を続けた。そして、作戦についての指示。

「向こうは、一人で金を持って来るように指示してきました。この役目――金を持っていく役目は、私がやろうと思います」

後輩の石田《いしだ》が手を挙げ、発言を求めた。

「一人で大丈夫なんですか？」

「金を置いてくるだけだから、心配ないよ」俺は無理に笑みを浮かべた。「金を置いたら俺はさっさと引く――そこからが、君たちの仕事になります。受け渡しの時刻は午前一時半。この時刻には、小田急《おだきゅう》線、京王《けいおう》線、多摩都市モノレールとも運行は終わって、多摩センター駅近辺はほぼ無人になっているはずです。犯人が都心部ではなく、こういう場所で受け渡しをするのは、人目につかないと判断したためだと思われますが、そこに我々がつけ入る隙があります。現場で張り込み、犯人を尾行して正体を探る――これが今回、我々がやろうとしていることです。そのための道具も揃えました」俺はまず、自分の前に置いたインカムを手に取った。「皆さんご存じの、店舗用のインカムです。ネット接続なので、無線と違って、事実上距離に関係なく使えます。これで連絡を取り合いながら、上手く犯人を尾行する……場所を検討した結果、徒歩四人、車四人、バイク二人で尾行を行うことにしました。私も現場に行くので、合計十一人になります」

　金の受け渡しに指定されたのは、少し特殊な場所だ。後で下見に行ってしっかり確認するつもりだったが、要するに上下二重構造なのである。下には広い道路が走り、駅から多摩中央公園に向かっては、ペデストリアンデッキが通っている。数多くの商業施設には、道路からもペデストリアンデッキからもアプローチできる構造だ。デッキの終点には複合文化施設「パルテノン多摩」があり、さらに奥には多摩中央公園が広がっている。人気がない他にも、犯人側にとっては公園で受け取るメリットがありそうだ。広々とした公園は、あちこちから下の道路に抜けられるから、「逃げやすい」上に「尾行されにくい」はずである。特に午前一時ともなれば人は少ないから、公園の中で尾行している人間がいれば、間違いなく気づく。こちらにすれば、犯人を見逃さないようにするためには、ある程度の人数と車やバイクが必須《ひっす》だ。

「まず、犯人が最初に金に接触するタイミングがポイントです。そこで犯人を確認できれば、尾行するのはそれほど難しくないでしょう。犯人を見つけたら、確実にビデオ、あるいは写真で撮影することを忘れないで下さい。犯人を特定できれば、こちらは反撃に転じることができます」

　俺はそれからさらに、細かく作戦を指示した。しかし、まだ最終決定ではない。やはり下見をした上で、人員の配置などを決めねばならないからだ。

　一応の説明を終えると、俺は三山と早田に視線を向けた。三山は無言。早田はしばし考えていたが、やがて口を開いた。

「大事なのは金じゃない。怪我だけはしないように。危険だったら、とにかく金だけ渡してしまえ。後のことは考えなくてもいい」

　俺は目を細めた。ずいぶん後ろ向きな考え方……そもそも金を払うだけにしろ、と言っているようにも聞こえる。

　俺が考えているのはその先——犯人の正体をあぶり出すことだ。そのためには下見が大事なのだが、下見も危険を伴う。犯人側は既に、こちらの動きを見守っているかもしれないのだ。特に金の受け渡しを担当する俺は動きにくい——それでもやはり、自分で現場を見ておきたかった。

　最初の打ち合わせを終えると、俺は石田を誘って多摩センターまで行くことにした。石田は大学の後輩で、就職活動の時にＯＢ訪問してきてから、ずっと俺を慕っている。こちらとしては、何をしてやれるわけでもないのだが……現在の仕事も俺とはまったく違う。各フランチャイズを統括する「営業部」の関東地区担当——各地の店舗を訪問して仕事ぶりをチェックするのが仕事で、本社にいる時間は極端に短い。忙しい石田を今回の作戦に引き入れたのは、大学まで陸上競技を続け、中距離の選手として活躍していた実績があるからだ。走って犯人を追うことにでもなったら、これほど頼りになる男はいない。

新橋から多摩センターに行くとしたら、まず電車を考える。時間も読めるし……しかし俺は今回、会社の車を使うことにした。電車では、際どい話ができないからだ。車は敢えて「ＡＺフーズ」の社名が入った地味なワゴン車を選ぶ。犯人側が見ても、営業で走っているだけと勘違いしてくれるかもしれない、という計算だ。

普段から車で走り回っている石田が運転を引き受けてくれた。助手席に座って車が動き出すと、途端に眠気を感じる……やはり寝不足によるダメージがきているのだ。俺は両手で頬を張り、痛みで何とか眠気を追い払おうとした。

「お疲れですか？」

石田がすかさず訊ねる。この男は昔からそうだ……言葉は悪いが、人の顔色を読むのが抜群に上手い。よく言えば「気配りの人」だ。

「ちょっと寝不足なだけだ」

「この件、そんなに大変なんですか？」

「大変は大変だよ」俺は認めた。「でも、何とか頑張らないと」

「そうですねえ」

会話が途切れる。石田の緊張ははっきりと伝わってきたものの、運転は依然としてスムーズだった。カーナビも使わず、まったく迷わずに先へ進む。霞《かすみ》が関《せき》から首都高に乗り、四号線から中央道へ。ちょうど空《す》いている時間なので、中央道を外れて稲城《いなぎ》大橋《おおはし》を渡り終えた時にも、会社を出てから四十分ほどしか経っていなかった。

「意外と早かったな」

「ここからが長いんですけどね。多摩センターは、車で行くには不便なんですよ」

最初は、マンションなどが建ち並ぶ、典型的な郊外の風景が広がっていた。しかしそのうち建物が少なくなり、やがて道路の両側は完全に緑だけの光景になってしまう。

「ここは公園か何かかな」

「ゴルフ場です」石田があっさり言った。

「詳しいんだな」

「この辺にもよく来ますから……それより、飯、どうします？　もういい時間ですけど」

「そうだな……」俺自身は食欲はないのだが、石田に飯を食わせないわけにはいかない。石田は、とにかく食べることが好きだ。だいたい「ＡＺフーズ」の志望動機が「食べ歩きが趣味だから」だったぐらいである。ある意味、外食産業で働くために生まれてきたような男だ。

俺は頭の中で、この周辺の地図を広げた。地形や道路の具合は分からないが、どこに店舗があるかはだいたい分かっている。

「近くに『富美久』があるよな？」

「多摩センター店ですね。こっちから行くと多摩センター駅のちょっと手前です。典型的なS店ですよ」

S店＝郊外型店。広大な駐車場を備え、メニューもファミリー向けにアレンジしている。ただし昼間の客層は、移動の多いサラリーマンばかりだ。

「あそこなら早いな」

「まあ……いいですかね」石田は乗り気ではなかった。

「何だ、不満か？」

「食べ飽きてるんですよ」

「そりゃそうだろうけど……時間もない」

「しょうがないですね」

ゴルフ場を抜けると、今度は一戸建ての目立つ街になる。今、どの辺りにいるのだろう……俺は頬杖《ほおづえ》をついて、窓の外を眺めた。風景はどんどん変わる。多摩ニュータウン通りに出ると、こんな状況にもかかわらず何故か気分が晴れてきた。片側二車線、中央分離帯もある広い道路で、街路樹も綺麗《きれい》に整備されている。いかにも新しく造った感じ――しかし多摩ニュータウンも、できてからもう何十年も経つはずだが。

「富美久」多摩センター店は、確かに典型的なS店だった。建物の一階部分と裏に大きな駐車場があり、午後一時を回っているのに、ほとんどのスペースが埋まっていた。繁盛しているのはいいことだが、これでは食べ終えるのに時間がかかるかもしれない。料理を提供する時間も細かくマニュアルで決められているのだが、この店はどうか……。

　店内もほぼ埋まっていた。禁煙スペースのテーブル席に落ち着くと、石田が「ここ、S店の第一号店なんですよ」と言った。

「ああ、そうだったな。確かに結構歴史がある感じだ」よく言えば。実際にはかなり古いだけである。「いつだ？」

「二十年前ですね」

「最近、S店はイマイチ成績がよくないだろう」

「競合も増えましたし、顧客の嗜《し》好《こう》も変わりましたからね……郊外店はガタ落ちです。都心部では逆に売り上げが伸びてますから、全体的にはトントンですけどね。ただ、S店はいずれ、整理しないといけないかもしれないなあ」

　外食産業の問題点はこれだ。一度出店すれば永遠に続くわけではない。街の人口や年齢構成は間違いなく変わるので、何十年も同じ売り上げをキープできるわけではない。売り上げが落ちて回復の見込みがなければあっさり引き、新しい店に資金を投下するのが常道——とはいえ、一つの店を閉める時には、それなりに大変なのだ。働いていた人たちの整理、建物の処理、そして石田たち統括担当の人間は「努力不足」を責められる。

　そう言えば、俺が最初に勤めた「鳥美」の池袋店も、五年前に閉店していた。今は、別のチェーンの鳥料理の店になっている。仕方ないと分かっていても、たまに前を通る度に、侘《わ》びしい気持ちになる。

「富美久」と言えばやはりラーメンとチャーハンで、二人とも半ラーメンとチャーハンのセットを頼んだ。いい加減飽きてもいるが、逆に言えば安心できる味だ。文句を言っていた石田も、あっという間に食べ終えた。

「飼い馴《な》らされてますよね」紙ナプキンで口を拭《ぬぐ》って苦笑する。

「まったくだ」犯人は「ＡＺフーズ」のチェーン店に入ったことがあるのだろうか、とふと思った。もしかしたら料理なりサービスなりが気に入らずに、今回の犯行に至ったとか……まさか。些細《ささい》なことで切れる人も増えているが、いくら何でもここまで手のこんだことはしないだろう。

　俺はスマートフォンを取り出し、近くの地図を眺めた。小さな画面では、様子がよく分からない。大きな住宅地図を手に入れるべきかもしれないと思った。

「この辺、詳しいか？」

「よく走ってますけど、公園のことはよく分かりませんよ」俺が何を言いたいのか察したのだろう、石田が素早く言った。「うちの店とライバル店の場所は頭に入ってますけど、それ以外のことは……公園なんて行きませんしね」

「営業途中に一休み、はないのか？」

「一休みはありますけど、多摩中央公園はちょっと行きにくいんですよね」

「そうか……俺も知らない場所だ。お互いゼロの状態で視察しようか」俺は伝票を摑《つか》んで立ち上がった。

レジで支払いを済ませていると、奥から石田の知り合いらしい店長が出て来て頭を下げた。石田は一言二言言葉を交わしていたが、すぐにさっと手を上げて、「じゃあ」と別れを告げた。余計な話は禁物。

車を駅の近くに停め、一時間以上かけて公園とその周辺を探索した。その結果出た結論は「十一人では足りない」。公園の出入り口は何か所もあり、理想を言えば全てに監視をつけるべきだが、その準備は間に合いそうにない。結局、最初に見つけて徒歩で尾行するのが一番だ、という結論に至った。車とバイクをどこで待機させるかは、地図を見ながら検討しなければならない。もちろん犯人も、ずっと歩いて逃げるはずはなく、公園のすぐ近くに車を置いているはずだ。

会社へ戻り、拡大した多摩中央公園の地図の前で、あれやこれやと相談する。結局、駅に近い方のバス通りに車とバイクを一台ずつ、配置することにした。犯人が最短距離で逃げようとしたら、パルテノン多摩に近い——ほぼ真下と言える——この道路に車を停める可能性が一番高い。

十人全員を集めての会議を再度開き、俺は状況と作戦を説明した。あくまで犯人の身元につながる材料を調べるだけで、その場で犯人を押さえようとしてはいけない——そう釘《くぎ》を刺したが、一部の人間は納得しなかった。特に反論したのは、花山《はなやま》という男である。集めた十人の中でも一際——他のメンバーよりも一回り大きい。身長百八十五センチ、体重も百キロはあるようで、少し動くとスーツが悲鳴を上げそうだった。去年まで、

「AZフーズ」アメフト部でタイトエンドをやっていたから、この体格も当然なのだが……。

花山がいきなり立ち上がり、「その場で犯人を捕まえた方が確実だと思いませんか？」と提案した。

「捕まえてどうする？」俺は花山に鋭い視線を向けた。

「説諭して、反省させて……何だったらボコボコにしてやってもいいですよ」花山が右手を握った。メロン並みに大きいあの拳《こぶし》で殴られたら、「ボコボコ」レベルでは済まないだろう。

「駄目だ。それだと、こっちが犯罪者になってしまう恐れがある。あくまで尾行して、正体を突き止めることを第一に考えよう。それに、もしかしたら仲間がいるかもしれない——いや、きっと仲間はいると思う。一人捕まえても何にもならないぞ」

「どうしても捕まえなければならない状況になったらどうするんですか？　例えば、目の前で相手が転んだりとか」

「そこまで考えなくていい。転んだら、相手が立ち上がるのを黙って見ていればいい」

「何か、まどろっこしいですね」

「警察の介入は絶対に避けたいんだ。警察が絡んでくると、知られたくないことも知られてしまう。君たちが一番に考えなくてはいけないのは、会社を守ることだ」本当は「社長を守ることだ」と言いたかったのだが、ここはあくまで、公式見解に徹する。竹内に対する思いは、俺の個人的なものだ。

「できるだけトラブルを少なくして、安全にやる——それだけを心がけて欲しい。犯人の身元に繋《つな》がる材料を集めるよう、集中してくれ。犯人の顔、車やバイクのナンバー、そういうものをチェックし忘れないように」

「あ、自転車もあった方がいいんじゃないですか」石田が突然言い出した。

「自転車？」

「犯人は、自転車に乗ってくるかもしれません。逃げるには自転車の方が小回りがききますから」

確かにそれも一理ある。多摩センター付近は、都心部と違って自転車よりも車の方が動き回るのに便利なはずではあるが……念には念を入れ、だ。

「車は……ワンボックスかワゴン車——自転車が乗るような車は用意できるか？」

「俺の車がセレナです」花山が手を上げる。「自転車もありますよ」

「分かった。それじゃ、車と自転車、両方をお願いします」花山に向かってうなずきかけ、全員の顔を見渡して改めて告げた。「現場には集合しません。午前一時までに、それぞれの待機場所に直接行って下さい。何人も一緒にいると、怪しまれるかもしれないので……犯人から逆に監視されている可能性もあると考えて下さい。直前までの連絡は携帯で構いませんが、一時半になったら使用は控えて、連絡がある場合は基本、インカムでお願いします。今夜どうするかは……状況によって改めて指示します。以上です」

全員が無言でうなずき、一斉に立ち上がった。ふと不安になる。この連中に、こんな修羅場を任せてしまっていいのだろうか。誰もが、暴力や脅迫とは縁のない普通の会社員である。もちろん、俺自身もそうだ。

何か大きな、あるいは予想もできないトラブルが起きたら——考えないようにしよう。あらゆることが起こり得るから、今からシミュレーションしても無駄なのだ。

午後六時。三山への報告を終えたタイミングで、俺は竹内に呼ばれた。今度は社長室ではなく、隣の別室。俺が入って行くと、竹内は持っていたウィスキーのグラスをそっとリカーキャビネットに置いた。代わりに冷蔵庫からミネラルウォーターを取り出し、ソファに座る。俺に向かって素早くうなずきかけたので、向かいに浅く腰を下ろした。竹内が煙草に火を点け、煙越しに俺を見詰める。

「作戦は決まったか」

「はい」

俺はできるだけ詳細に説明した。竹内は相槌《あいづち》を打たず、うなずきもせずに耳を傾けていたが、俺が話し終えると、短く一言「分かった」とだけ言った。うなずいたタイミングで、長くなった煙草の灰がズボンに落ちる。それにも気づいていない様子で、相変わらず俺を凝視し続けている。

「気をつけろ」

「十分気をつけます」

「それと……申し訳ない」

竹内が頭を下げる。俺は何も言えなかった。社長の謝罪はやはり重い。

「面倒な仕事を押しつけてしまって、お前に対しては本当に申し訳なく思う。とにかく、怪我だけはしないように気をつけてくれ。今日の一千万は、ドブに捨てるつもりで構わない」

「いえ、必ず犯人を割り出します」

「やはり……今からでも警察に届け出た方がいいだろうか」竹内が珍しく弱気に言った。

「駄目です」俺は即座に否定した。「私の使命は、会社と社長を守ることです。そのためにベストの作戦を立てたつもりです」

「ＴＣＲには、一応状況を説明しておけ。今は一緒に動かないとしても、もしかしたら後始末を頼むことになるかもしれないからな」

「そんな風にならないように努力しますが……連絡します」

「頼む」

竹内が身を乗り出し、煙草を灰皿に押しつけた。そこで初めてズボンに灰が落ちているのに気づき、ゆっくりと払い落とす。ペットボトルを握り、水を長々と飲んでから、すぐに新しい煙草に火を点けた。

「俺が全面的に信頼している人間は、多くはない」

「はい」

「もちろん、社員はよく働いてくれている。会社に利益をもたらしてくれる。しかし、社員は社員だ。ビジネスで結びついた関係でしかない……だいたい俺は、社員は家族だ、などという考え方は嫌いだ」

　俺は黙ってうなずいた。この話は前にも何度も聞いたことがある。この次の台詞《せりふ》は、「家族だと甘えも出てくる」だ……案の定、竹内は「家族は互いに無償で支え合うから、甘えてしまう。ビジネスにおいては、それは決していいことではない」と続けた。

「社長のお考えは十分承知しています」

「お前は別だ」

「はい？」

「会社の中で、お前だけは家族だと思っている。だから目をかけて、今までずっと傍に置いてきた」

「それについては、感謝してもしきれません」

「お前に恩を売ったわけじゃない。お前の立場に同情したわけでもない。正義感と能力に惚《ほ》れこんだだけだ。こういう人間が自分の息子なら、と本気で思っているよ」

「とんでもないです」自分はただの人殺しの息子——この件が、いつか竹内を危うい立場に追いこむのではないか、と俺は密《ひそ》かに心配していた。

「だから今回の件も、恩を返してもらおうと思って、お前に話を振ったわけじゃない。

お前しか頼れる人間がいないんだ」

「三山さんがいるじゃないですか」社長の右腕、近い将来の幹部候補と誰もが認める男。

「三山は家族ではない。こういうことは、家族にしか相談できないし、頼れない」

「だったらご家族は……例えば早田さんは？」

竹内が唇を引き結ぶ。何か言いたいのだが、言うべきかどうか迷っている。俺は無理に突っこまないことにした。喋るか喋らないか決めるのは竹内自身であり、俺が口を出すことではない。

「いつか話そう。例えば……この件を無事に乗り越えられたら」

「分かりました」

「絶対に怪我するなよ。会社よりも俺よりも、お前が大事なんだ」

7年前

箱を受け取った途端に、俺は困惑した。ずしりと重い――腕時計だとは分かるが、こんな重い腕時計をはめたことはない。俺が普段使っている時計は、バイト代から何とか費用を捻出《ねんしゅつ》した二万円のクォーツ時計である。

「竹内さん、これは――」俺は顔を上げた。

「入社祝いだ」

「時計ですよね？」

「ああ。君、時計には詳しいか？」

「いえ」俺はつい左腕を引っこめた。食事に誘われたので一張羅のスーツを着てきたのだが、ごついデザインのクオーツ時計は、スーツのバランスを崩してしまう。

「開けてみなさい」

言われるままに、ゆっくりと包装を剝《は》がす。絶対に破れないように、そっと……出てきた時計は、黒い文字盤、金属製のブレスレットのクロノグラフだった。

「はめてみろ——君の時計は貧乏臭くていけない」

チクショウ、これだってずいぶん役にたったんだ——そう思ったが、俺は言われるままに自分の時計を外し、新しい時計をつけた。ずっしりと重く、冷たい。左腕を今までと同じように自由に動かせるかどうか、自信はなかった。

「どうだ？」竹内が、どこか面白そうな口調で訊《たず》ねる。

「重いですね」

「そりゃそうだ」竹内が、外したばかりの俺のクオーツ時計を掌《てのひら》に載せ、上下させた。

「こいつも別に悪くはない。日本の時計技術の高さの象徴だ。しかし、就職して働くようになったら、それなりにいい時計をするべきだ。これ見よがしの金時計や、いかにも高そうな時計である必要はないが」

「この時計はいかにも高そうですが……」

俺は文字盤を凝視した。このフランス料理店は照明が少し暗いので見辛《みづら》いのだが、「Speedmaster PROFESSIONAL」の文字は見て取れる。

「オメガのスピードマスター。値段はそこそこ……三十万円クラスだ」

俺は思わず息を呑《の》んだ。三十万円が手首に載っていると意識するだけで、急に緊張する。

「三十万円は、こういう機械式腕時計では入門編の値段だ。ただ、有名な時計だから、それなりに威張っていい」

それから竹内は、スピードマスターに関する蘊蓄《うんちく》を披露し始めた。初めて月へ行った時計。それを伝承するためもあって、当時と同じ手巻き式を今でも維持している——云々《うんぬん》。時計好きな人がいることは頭では分かっていたが、竹内がそういう人種だとは思ってもいなかった。

「社会人になったら、時計と靴にだけは気を遣え。時間を確認するだけなら携帯で十分だという人もいるが、そのためだけに、いちいち携帯をポケットから取り出すのも失礼だろう。腕時計なら、左腕をちょっと突き出せば済む」

「はい」

「靴もそうだ。高い靴を買う必要はないが、どんなに歩き回る仕事でも、きちんと手入れした靴を履け。例えば俺たちの仕事では、靴を脱いで店や人の家に上がりこむこともあるが、そういう時に、磨いてもいない、くたびれた靴を見られると、かなり恥ずかしいぞ。要するに、綺麗《きれい》な時計と靴を身につけてさえいれば、『私は身だしなみに気を遣っている、ちゃんとしたサラリーマンです』と世間にアピールできるわけだ。最近は冬でもネクタイをしない無礼者が増えているが、時計と靴だけは必ず身につけるだろう」

「分かりました」

「自分でちゃんと稼いで自由に使える金が増えたら、今度は好きな時計を買えばいい。スピードマスターは若者向きだし、年齢なりの時計というのはあるからな」

「社長は……」

「俺はこれだ」竹内が左腕を突き出した。これもちょっと変わった時計――円形ではなく、八角形だった。文字盤だけが深い青で、全体にはスポーティかつ優雅な感じがする。

「オーデマピゲのロイヤルオーク」

「高そうですね」俺は思わず、正直な感想を漏らしてしまった。

「お前の時計の十倍……とは言わないが、それに近い」

手首に三百万円。もはや完全に俺の理解を超えている。そして竹内は、それを自慢する様子もない。

「まあまあ、とにかく食べよう」

前菜が運ばれてきたので、竹内が嬉《うれ》しそうに手を揉《も》んだ。銀座《ぎんざ》にあるこの店は行きつけのようで、ウェイターと親しげに、今日の料理について話し始める。フォアグラ……名前だけは知っているけど、どんなものかは分からない。恐る恐るナイフを入れ、小さく切って口に運んで驚いた。表面は綺麗な黄金色になるぐらい焼かれているのだが、中はほとんどとろけんばかりで、真っ白だ。口に入れると、濃厚な内臓系の味が乱暴に広がると同時に、いきなり溶けてなくなってしまう。何だ、これ？　俺の頭の中には存在しない食べ物だ。

「美味《うま》いか？」

「初めて食べたので、美味いかどうかも分かりません」

「こういう店にも慣れろ。美味い料理を食わない、興味を持たない人間には、外食産業で働く資格はないからな」

「はい」俺と外食産業――「ＡＺフーズ」との関係も長くなった。中学を卒業してからすぐにアルバイトとして働き始めて、もう八年にもなる。会社員だったら「中堅」と言っていいぐらいだろう。もちろん単なるアルバイトであり、店の経営などにタッチする立場ではなかったのだが、竹内の言うことは何となく分かる。チェーン店では、まったく同じ材料をマニュアル通りに作って同じ味で供するのが基本だが、それでも店によって味が違ってしまったりする。それがいい悪いではなく、料理とはそういうものなのだ。それを敏感に感じ取るためには、いろいろな物を食べて舌を鍛えていくしかないだろう。

「たまには不味《まず》い物も食べた方がいいぞ」竹内が面白そうに言った。「どうして不味いのかを考えるのも勉強になるからな」

「不味い店を探すのは、そんなに大変ではないと思います」

「というと？」

「私は高い店には行けませんが——ラーメン屋なら、美味いか不味いかは入る前から分かります」

「不味い店の特徴は？」

「オーラがありません」

笑われるか、「ふざけるな」と雷を落とされるかと思った。しかし竹内は、無言でうなずくだけだった。

「それは、俺も分かるな」

「そうなんですか？」

「上手《うま》く説明できないが、それぞれの店が発する雰囲気というのは、間違いなくあるんだ。こういう店が——」竹内が店内をぐるりと見回した。「美味いのは当たり前だ。この値段で不味かったら、すぐに潰《つぶ》れてしまう。ただ、美味くないのに長年続いている店もあるわけだから、その辺が飲食店の謎だな」

「はい」

「そういうことは、うちの会社で学んでくれ。それで、だ。君には入社してすぐに本社に来てもらう」

「最初は、研修を兼ねてどこかの店で働く、と聞いていますが」俺は眉《まゆ》を顰《ひそ》めた。

大学へ行く金を出す——竹内にそう言われた時に交わした約束を俺は守り、就職活動では「AZフーズ」一本に絞った。数年前までは就活はかなり厄介だったのだが、今は多少門戸が広がっている。「AZフーズ」は外食産業の中では人気の就職先で、いくら竹内が「来い」と言っても、簡単には受け入れてもらえないと思っていたが――スムーズにいった。実際に竹内の意向が働いていたかどうかは分からないが。

そして秋。しばらく連絡のなかった竹内から、「就職祝いをしてやる」と呼び出されたのだった。しかも二人きりで――初めて入るフランス料理店。先に着いて待っている時には、これは一種の嫌がらせではないか、とさえ思ったものだった。竹内は俺に恥をかかせようとしているのかもしれない……。

もちろん、その誤解はすぐに氷解したが。これは本当に就職祝いであり、また「実地研修」でもあったのだ。俺としては、どうせ高いものなら、中華料理の方がよかったのだが……初めて食べるフランス料理は確かに美味かったが、何だか口があたふたしてしまって楽しめない。

スープは濃厚な――「飲む」ではなく「食べる」感じ――ポタージュ、メーンはステーキだったが、凝ったソースがかかっていて、牛肉の旨味《うまみ》が倍加されたようだった。肉も、塩と胡椒《こしょう》だけでさっぱり焼いた方が美味いわけじゃないんだ……。

初めて呑むワインで、少し酔いが回ってきた。だいたい普段は、酒は呑まないようにしているのだし……頬が熱い。竹内はまったく平然とした様子で、「こういうのが本場のフランス料理というわけじゃないからな」とぽつりと言った。

「そうなんですか？」

「前菜から始まって、スープ、魚、野菜――そういうのは、フランスでも特別な宴会料理みたいなものだ。普通のフランス人は、昼にはステーキにフレンチフライ、みたいな簡単な食事を摂《と》る。あるいはポトフを作って、中身を料理として食べて、汁をスープにする。どうして日本では、フランス料理というと、大袈裟《おおげさ》なコースの食事になってしまったのかね。この辺の事情を調べている人がいると面白いんだが」

「ええ」

　この人は、金儲《もう》けだけで「ＡＺフーズ」をやっているわけではないのだ、と悟った。食べることが大好きで、料理に並々ならぬ興味と情熱を持っている。好きが高じてこういう商売をしているのか、仕事柄詳しくなったのかは分からないが、前者のような感じがした。竹内には、妙に子どもっぽいところがある。仕事のこと、料理のことを喋《しゃべ》っている時には止まらなくなるのだ。子どもが、自分の好きな玩具《おもちゃ》の話をしているのとよく似ている。

「君の弟はどうしてる？」

「はい……」びくり、とした。隠すわけにはいかない。もしかしたら、この就職もご破算になってしまうかもしれないが、隠しておいて後でバレるよりはましだ。「今、少年院です」

　正俊の素行は一向に改善しなかった。俺は何度も注意し、時には手を上げたこともあったのだが、何の効果もなかった。たかりに来た時に、ついつい金を渡してしまったのが悔やまれる。あんな風に甘やかしてしまったから、あいつはどんどん脱線していったのではないだろうか。

結局、一年前——十六歳の時に傷害事件を起こし、少年院送りになった。相手はそれほどひどい怪我を負ったわけではないが、金がないので示談交渉ができなかったことと、それまで何度も警察のお世話になっていることがマイナス要因として働いた。

ただ……俺は少しだけほっとしていた。少年院に入っている限り、正俊からは連絡がない。俺は初めて、正俊の呪縛から逃れられた気がした。

「そうか」竹内の表情が暗くなる。「君も苦労するな」

「私の責任だと思います」

「違う。当時の大人たち——君たちの周りにいた大人たちの責任だ。あの時、君は十歳だったな？」

「ええ」

「弟さんは四歳だった。周りの大人たちが、きちんと世話をすべきだったのに、それができなかった」

「できない状況だったんです」金さえあれば——伯母《おば》夫婦は俺たち兄弟を一緒に引き取ってくれたかもしれない。そうすれば俺が正俊をきちんと監視し、悪い方向へ進まないように目を光らせておくこともできた。長崎の、父の兄夫婦も弟を引き取ることを拒否し、結局施設に入るしかなかった……。

「今後、どうするつもりなんだ？」

「少年院から出てきたら、それなりに……面倒を見るとは言えませんが、何らかの形で助けるつもりです」

「君が納得できる形でやればいい」竹内がうなずいた。「どういう形であれ、私は支持する」

「はい」

「しかし……一つだけアドバイスしておこう」

「はい」繰り返し言って、俺は背筋を伸ばした。竹内の表情は真剣になっている。

「君の弟さんの事情は理解はできる。しかし許容できるかどうかは別問題だ。今後彼が、君の人生に悪い影響を及ぼす可能性もある」

　俺は無言でうなずいた。「可能性」ではなく、既に悪影響を受けている。少なくとも、精神的なダメージは小さくない。

「捨てればいい」

「捨てる、ですか」

「そうだ」竹内がうなずく。「家族としての縁を切るんだ」

「そんなことができるんでしょうか」

「努力は必要だろう。しかし、この先ずっと、弟さんが君にダメージを与える恐れがあることを考えれば、縁を切る努力をした方がましだ」

「はい」

「君の家族は、一度崩壊した。しかし君は、わずか十歳の時に経験したその不幸を、自分の力だけで乗り越えた。もう一度できないことはないだろう。もう一度、家族を再構築するんだ」

「しかし、弟を切り捨てたら、私は完全に一人になります」

「結婚すればいいじゃないか」竹内がさりげなく言った。「親は選べない。子も選べない。親戚《しんせき》もそうだ。しかし結婚相手だけは、自分の意思で選べる。結婚というのは、そういうものだ。自らの意思で新しい家族を作るチャンスなんだ」

「はい」素直に返事してはみたものの、気分はどんよりしていた。結婚なんて絶対無理だな……二年ほど前に愛花と別れて以来、女性とは縁がない。いや、結婚して子どもをもうけることなど、考えもしない方がいいと思い始めていた。

「何だ、君は彼女もいないのか」俺が情けない表情を浮かべているのに気づいたのか、竹内がからかうように言った。

「残念ながら」苦笑しながら——苦笑を作りながら頭を下げる。

「まあ、社会人になれば出会いも広がる。必ずどこかに、君に合う女性がいるよ。君の中にある空洞を埋めてくれる女性が」

そんな重荷を背負わせてしまっていいのだろうか。不幸自慢をするつもりはないが、俺が抱えた空洞は大きく深い。そこに向き合えるような女性がいるとは思えなかった。

「まあ、結婚はそう簡単にはいかないかもしれないが、私がいる」

　俺は竹内の顔を真っ直ぐ見た。

「私は君のことを息子だと思っている。困ったことがあったら、いつでも言ってくれ」

「……どうしてそんなに、私によくしてくれるんですか？」

「君には、目をかけるだけの価値があるからだ。そしてもう一つの理由は……話すべき時が来たら話そう」

現在

　多摩センター駅で少し時間潰《つぶ》しをして、午前一時十五分、俺はペデストリアンデッキ――正式にはパルテノン大通りという名前らしい――を歩き出した。一種の空中回廊で、並木が整然と並び、商業施設が両側に建ち並んでいる。店は全て閉店し、歩く人もほとんどいない。四月も終わりに近いこの時期にしては肌寒く、俺は背広のボタンを留めた。

　やがて商業施設が途切れ、正面に階段がはっきり見えてきた。この両側がパルテノン多摩だ。そして階段を上がりきったところには、四本の門柱に支えられた金属製の大門がそびえている。何となく、古代の神殿を彷彿《ほうふつ》させるような造りだ。

　パルテノン大通りは道幅が二十メートルほどもあるせいか、人気が少ないとうら寂しい。綺麗《きれい》にタイル貼りされているのだが、既に誕生から何十年も経っているためか、ところどころで歪《ゆが》んだり、不規則に盛り上がったりしている。

右腕には、しっかりと黒いトートバッグを抱えていた。適当なものがなかったので、以前「ＡＺコーヒー」でフェアをやった時のノベルティグッズである。ファスナーで閉まるので、中に入れた一千万円が丸見えになることもない。

一千万円の現金を持つ機会など、実生活ではまずない。俺も新規出店などで数千万円単位の金を動かすことはあるが、実際には書面上で動くだけである。今まで現実に手に持った最高額はどれぐらいだったか……階段が近づくに連れて、鼓動が高鳴ってきた。

見上げるとかなり高い階段で、途中に踊り場が四か所ある。上がりきったところで息が切れていたら恥ずかしいな、と思いながら一瞬立ち止まった。インカムに向かって「階段下に到着。予定通り運ぶ」と囁《ささや》いた。反応はなし——これでいい。いちいち反応されると、混乱してしまう。

階段の第一段に右足をかけた瞬間、携帯電話が鳴る。犯人側に教えたのは、業務用に使っている会社の携帯の番号だった。電話がかかってくる可能性は高いと思っていたが、実際に着信音が鳴るとどきりとする。確認か？　電話に出る前に、腕時計を確認する。竹内にもらったスピードマスターは、今夜も着実に時を刻んでいた。手巻きなのでメインテナンスは面倒臭いが、今は毎晩寝る前にきっちり巻き上げるのが習慣になっている。

番号が非通知になっていることを確認して、電話を耳に押し当てる。「金は持って来たか」という第一声が耳に飛びこんできた。初めて聞く犯人の肉声。聞き覚えはない――いや、この人工的な感じは、ボイスチェンジャーを使っているに違いない。俺は、緊張のあまり軽い吐き気を覚えたが、何とか我慢して「持って来た」と答えた。

「今、どこにいる？」

これは引っかけかもしれない。犯人はどこかに隠れて、こちらの動きを監視しているはずだ。

「多摩中央公園の階段の下だ」

「階段のどちら側だ？」

「真ん中」

「上へ行かずに、公園に向かって右側の階段を降りろ。下まで行くと公衆電話がある。金はその中へ置け」

「階段の上ではなく？」俺は思わず確認した。話が違う。

「公衆電話の中だ。もう一つ、そちらのメールアドレスを教えろ。社長宛ではないやつだ。今後の連絡はそれを使う」

非通知設定にしていても、通話記録を探られるのを恐れているのか……フリーメールの方が、正体がバレないと計算したのだろう。自分用のメールアドレスを告げると、すぐに通話は切れた。俺は急いでインカムで状況を報告した。顔を動かさぬよう――不自然な動きにならないように気をつける。人気はないものの、犯人が近くで監視している可能性はある。

「犯人から電話があった。予定変更。下にある公衆電話に金を置く。一番、二番は要注意」

一番と二番は、パルテノン多摩の真下で待機している車とバイクだ。推定していた受け渡し場所に一番近いので、手厚くしておいたポイントである。犯人は予定を変更することでこちらを混乱させ、監視から逃れようとしているのかもしれないが、今のところこちらの対策は大きく外れてはいない。

俺は敢《あ》えて、ゆっくりと階段を降りた。待機している連中に、心の準備をさせないと……犯人は特に時間を切っていなかったから、焦る必要もないだろう。そもそもの約束の時間にも、まだ余裕がある。

暗い階段に、下から風が吹き上げてくる。思わず身をすくめ、バッグをきつく抱きしめた。一千万円の札束といってもそれほど大きなものではなく、バッグはぶかぶかである。楽にマンションの頭金になる額が入っているとは思えなかった。

二か所の踊り場を経由して階段を降りきり、歩道に出ると、街灯の灯《あか》りがやけに眩《まぶ》しく感じられる。左側にある電話ボックスには照明がついているので、ぼんやりと浮かび上がっているようだった。

人気はない。焦る必要はないだろうと考え、俺は周囲の様子を素早く脳裏に焼きつけた。片側二車線の広い道路を、植え込みのある中央分離帯が分けている。道路脇は整然とした街路樹。向かいは巨大な商業施設だった。頭上にはパルテノン大通り――下から見ると、単なる跨線《こせん》橋である。薄汚れた裏側を見ているうちに、急に不安になってきた。

　これは何か、壮大な冗談なのではないか？　確かに人気はない。こういう場所なら金の受け渡しをしてもおかしくないが、犯人はどうやって接近して来るつもりだろう。そして俺は、金を置いた後でどうしたらいい？　しかし、いつまでも突っ立っているわけにはいかず、電話ボックスに向かって歩き始めた。

　扉を開けると、独特の饐《す》えた臭いがかすかに流れ出す。今時公衆電話を使う人などほとんどおらず、掃除も行き届いていないのだろう。

　電話ボックスの床に直にバッグを置く。扉を閉める前に、ざっと中を眺め渡したが、特に異常は察知できなかった。

　犯人はいったいどこに隠れているのだろう。そして俺はどこへ――外へ出ると、電話ボックスの先に少し引っこんでいる場所を見つけた。どうやらここは、パルテノン多摩の車寄せの入り口らしい。俺はそこへ引っこみ、壁に背中を預けた。鼓動は激しい。冷たい風が体を虐《いじ》めたが、体の中が熱く、気にもならなかった。かすかに頭痛もするような……首だけ突き出して周囲を確認する。予定通り右側後方百メートルほどのところに、ワンボックスカーが停まっている。左側にはバイク。ヘルメットを被《かぶ》った男――フルフェイスなので顔は見えない――が、シートに横座りしてスマートフォンをいじっていた。

　こちらの配備は完璧《かんぺき》。

ふと気づくと、車が走ってくる音がした。向かい側——向かい側？　俺は顔が蒼褪《あおざ》めるのを感じた。あれが犯人の車だとしたら、追跡は難しくなる。こちらのワンボックスカーもバイクも反対側を向いており、中央分離帯を乗り越えて方向転換するのは難しい。

ブレーキ音が響く。顔を出して確認したいという欲望と必死に戦った。犯人は金を回収したいだけだろうが、状況には注意しているはずで、こちらが顔を晒《さら》すわけにはいかない。俺はスーツのポケットに入れたコンパクトデジカメを取り出した。レンズが明るいのが売りの機種で、フラッシュなしでも何とか撮影できるかもしれない。

「動くな。写真だけちゃんと撮ってくれ」俺はインカムに向かって囁いた。発信を控えるようにと決めてはいたが、こちらが一方的に喋《しゃべ》っているだけなのでどうしても不安になる。俺の指示は届いているのだろうか。

音がかすかに聞こえる。ゴム底の靴——たぶんスニーカーがアスファルトを蹴《け》る、ごくごく小さな音。リズムから、全力疾走しているのだと分かった。次いで、電話ボックスのドアが開く音がした。そうだ——手入れが悪いのか、開け閉めの時にぎしぎしと耳障りな音がしたのを思い出した。

すぐに、もう一度電話ボックスのドアの音がした。間隔は五秒ほど——中身も確認せず、バッグを取り上げてすぐに出て行ったのだろう。犯人の姿を直接見たいという欲望を、俺は何とか抑え続けた。向こうも焦っているだろうし、武器でも持っていたら大変だ。「怪我するな」という竹内の警告が脳裏に蘇《よみがえ》る。

五秒待って、俺は歩道に出た。

いた。道路の向かいに、一台の黒いセダンが停まっている。俺は車に詳しくないので、車種までは分からなかった。犯人は——小柄な男だと見たが、ちょうど車のドアを開けて乗りこもうと身を屈《かが》めていたので、そう見えただけかもしれない。

　ドアが開き、車の室内灯が鈍く灯る。その瞬間、俺は凍りついた。手にしたカメラを持ち上げるのも忘れ、呆然《ぼうぜん》と車を見るしかなかった。

　ぼんやりした室内灯の中、運転席に座っている男の顔が見える。マスクと大きな眼鏡で顔の大半を隠しているにもかかわらず、正俊だということはすぐに分かった。

　まさか……まさか。正俊が犯人グループにいる？　あいつが手引きをしていた？　いや、そんなはずはない。確かに正俊は俺と連絡を取れる立場だが、犯人グループが摑《つか》んでいた「ＡＺフーズ」、それに竹内個人のスキャンダルは、俺も知らなかったのだから。

　車がタイヤを鳴らして急発進した。慌ててカメラを持ち上げ、シャッターを切る。正俊の顔までは写らなかったはずだが……そもそもきちんと撮影できただろうか。手ブレ補正機能では間に合わないぐらい、手が震えていたはずだ。

　次の瞬間、バイクのエンジンがかかる音が聞こえた。すぐに甲高くなり、発進したのが分かる。振り返ると、植え込みの切れ目を利用してＵターンしようとしているのだ。危ない——しかしバイクは、車高が高くタイヤも大きいオフロードタイプである。十センチほどある中央分離帯の段差を楽々乗り越え、セダンを追い始めた。俺は「無理するな！」とインカムに向かって叫んだが、バイクは追跡をやめない。

　クソ、聞こえていないのか？　一人きりで追跡するのは危険だ。

　その時、待機していたワンボックスカーが俺の目の前で停まる。俺は急いでリアドアを引き開け、後部座席に滑りこんだ。花山が振り向き「どうしますか？」と訊《たず》ねる。

「後を追おう」

「間に合いませんよ」

「どこかでＵターンしてくれ。バイクだけで追わせるわけにはいかない」

　花山が乱暴にアクセルを踏みこみ、跨線橋の真下の、中央分離帯の切れ目に突っこんでいく。ワンボックスカーだから車高は高いが、ロードクリアランスはそれほど大きくない——しかし何とか十センチの段差を乗り越え、無事にＵターンした。

　バイクもセダンも、とうに見えなくなっている。花山は交差点の中程まで車を進めてスピードを落とした。俺は左右を見渡し、左側——駅方向へ向かう道路の前方に、ごく小さなテールライトを見つけた。バイクだ。

「左だ！」

　叫ぶと、花山が急いでハンドルを切り、アクセルを踏みつける。巨体を揺らすように、ワンボックスカーのスピードが一気に上がった。しかし、バイクのテールランプは一向に大きくなってこない。

「飛ばせ！」

指示すると花山はさらにスピードを上げ、道路の両側に建ち並ぶビルがあっという間に飛び去る。しかしそれも無駄な努力で、駅の手前の赤信号で引っかかってしまった。バイクもセダンも見えなくなっていた。

俺はインカムに向かって怒鳴った。

「相川《あいかわ》！　今、どこだ！」

返事はない。バイクを走らせていると、かなりの騒音に全身を包まれる。こちらの呼びかけが聞こえていない可能性すらあった。

「どうします？」花山が不安そうに訊ねる。

「待機だ」

信号が青になり、花山が車を進めた。交差点を渡りきったところで左に寄せて車を停める。目の前に見えているのはホーム……ではなく歩道橋のようだ。

「やられたな……」俺はシートに背中を預けた。いつの間にか、背中は汗で濡《ぬ》れている。

「写真は押さえたか？」

「いや、ちょうど反対側で植え込みが邪魔になりましたし、距離も遠くて……」花山がでかい図体に似合わぬ小声で答えた。

「そうか」ここは責められない。俺は自分のカメラの画像を再生した。やはり暗い上に、手ブレしている。セダンは影のように写っているだけ……何枚か確認すると、奇跡的に上手《うま》く撮れた一枚があった。運転席に座る正俊の姿が、室内灯に照らされてそこそこしっかり写っている。

無意識のうちにボタンを弄《いじ》る——「消去しますか？」のメッセージが出てきて、慌て「メニュー」ボタンを押して戻った。貴重な証拠だ。しかしこの写真は、俺の立場を一気に悪くする可能性がある。消すべきではないか？　俺の頭の中にだけ留《とど》めておくべきではないか？　鼓動が速くなり始め、気持ちが悪くなってきた。しかし何とか耐え、他の写真も確認していく。

斜め後ろの位置から撮影したので、ナンバープレートが確認できた。しかしはっきりとは写っていない。辛うじて見えるのは、右側の「７２」のみ。これだけでは正確なナンバーは割り出せない。

大きな手がかりはあった。だが、そこから——正俊の方向からアプローチするわけにはいかない。

スピードマスターを弄り、ストップウォッチを起動させる。車内には言葉もない。インカムも静か……誰も発言しなかった。ストップウォッチの秒針が一回り——二回り。インカムに、バイクに乗っている相川の声が響いた。

「振り切られました！」

しまった、と思うと同時に、俺はほっと息を吐いた。これでよかったんだ……このまま追跡していたら、相川が危ない目に遭っていたかもしれない。俺はストップウォッチを止め、時刻を確認した。午前一時三十八分——指定の時刻から八分しか経っていない。

もう、ずいぶん長い時間が過ぎてしまったようだが、わずか数分の勝負だったのだ。

「今、どこにいる？」

「多摩ニュータウン通りで……どこかな……」

「近くに何がある？」頼りなさに苛立《いらだ》ちながら俺は訊ねた。

「左側に眼鏡店があります」

「駅から見てどっち方向だ？」

「右です」

犯人は都心部へ向かったわけだ。その場で待機するように指示して、俺は花山に車を出すよう命じた。花山が一つ溜息《ためいき》をついて、ワンボックスカーを発進させる。

多摩ニュータウン通りに出て三分ほど走ると、ハザードランプをつけたバイクが路肩に停まっているのを見つけた。花山がバイクのすぐ後ろに車を停めたので、俺はすぐに外へ飛び出した。バイクの傍に立っていた相川が駆け寄って来て、ヘルメットを脱ぐ。髪はぼさぼさで、顔は汗で濡れていた。

「犯人を見たか？」

「いや、顔は見てないです」

「ナンバーは？」

「それは見ました」相川がすらすらとナンバーを告げる。間違いない。下二桁《けた》の「72」も一致している。俺は素早くスマートフォンにメモした。これで犯人グループの手がかりを一つ摑めた。

「他に何か気づいたことはないか？　何人乗ってた？」

「たぶん、二人だと思います。運転していた人間と、後部座席にもう一人」

「男、だよな？」

「たぶんそうです」

「一度も振り返らなかったのか？」

「ええ」

尾行されているとは考えていなかったのだろうか。あるいは気づいていても、顔を晒すのを恐れて後ろを向かなかったのか。犯人が何を考えていたかは分からなかったが、取り敢えず、ただ見送っただけではない。半歩だけかもしれないが、前進はしているのだ、と自分に言い聞かせた。

電話が鳴った。犯人からのメールだ——一気に鼓動が速くなる。俺はワンボックスカーに飛びこんだ。


ずいぶん少ないな。バカにしてるのか？　残り二億九千万は、いつ渡してもらえるんだ？

俺は急いで「金額のことなら、また電話して欲しい」とメールを返した。

返信はない。犯人は、夜の闇の中に消えてしまった。クソ、この悪夢はまだ続くのか？

俺は一人会社へ戻り、会議室で椅子を並べて横になった。当然ベッドと同じわけにはいかず、しかも寒い――夜間は空調が完全に止まるから仕方ない――ので眠れるわけもなかった。屈辱と恐怖も、睡眠を邪魔する。

恐怖の方が大きい。この事件は俺にとって、破滅への第一歩だ。実の弟が会社の恐喝に嚙《か》んでいた――責任問題にならないわけがない。竹内がいくら俺を買ってくれていると言っても、これは我慢の限度を超えているだろう。馘《くび》を覚悟した。同時に、これまで必死に積み上げてきた全てを失うことも。

結局眠れぬまま、横になっていることも諦《あきら》めた。壁の時計を見上げると、午前四時。いったいどうすればいいんだ……俺は椅子に浅く腰かけ、必死で考えた。しかし混乱と疲れで、考えがまったくまとまらない。解決策を思いつくどころか、上にどう報告するかも決められないままだった。自宅で待機していた三山には、電話で「犯人は金を引き取っていきました」とだけ報告したが、詳しい事情は話していない。遅い時間に電話で説明するには、ややこし過ぎる内容だった。

話さない、という手もある。

いや、状況はきちんと報告するが、正俊が犯人グループにいたことだけは言わない。いずれはばれるかもしれないにしても、できるだけ先延ばしにしたかった。その間に、何か上手い対策を思いつくかもしれない。

テーブルに突っ伏し、そのまま何とか眠ろうと努力する。この感覚は……俺は嫌な記憶に襲われた。基本的に俺は、寝つきは悪くない。有希子ほどではないが、ベッドに入ってから何時間も、まんじりともせずに過ごすようなことはない。

しかし子どもの頃——事件の直後は、ずっと不眠気味だった。父親が家族を殺したという恐怖と嫌悪、これからどうなるか分からない不安、そして小学校で向けられる冷たい視線。そういうものが、姿の見えない怪物になって俺を襲い、眠りを貪《むさぼ》り食った。

今夜は絶対に眠れない。あの頃と同じように。

しかし人間とは不思議なもので、次に気づいた時には、壁の時計は午前六時をさしていた。無意識のうちにスピードマスターに手を伸ばし、竜頭を巻き上げる。毎晩の習慣を、昨夜だけは忘れていたのだ。一杯に巻き上げれば二日は動くから、毎日巻く必要もないのだが、これが習慣なのだ。

俺は基本的に、生活のローテーションが崩れるのが嫌いだ。毎日やることができなかっただけで、途端に居心地が悪くなる。

これ以上は眠れないだろう。俺は特別企画室に向かい、自席についてパソコンを立ち上げた。社長のアカウントをチェックしたが、犯人からのメールはない。自分用のメアドにもメールは届いていなかった。

唐突に空腹を覚えた。

引き出しを開け、非常食として保管してあるチョコレートバーを頬張る。硬く甘く、キャラメルが入っているので歯に張りつくようだった。飲み物なしでは、一本を食べきるのは不可能――二口食べただけで、ゴミ箱に放り捨てた。

馬鹿馬鹿しい。こんな非常事態でも腹が減るとは。

二十年前の事件の後も――何が起きたか理解もできず、ただ自分の世界が押し潰されるような恐怖と戦っていた日にも、食事は摂《と》っていた。食べることこそが人間の基本だと、無意識のうちに分かっていたから、アルバイトに外食産業を選び、その後で「ＡＺフーズ」に入社することにも抵抗がなかったのかもしれない。人間は誰でも食べる。食べなければ生きていけない。それ故、食べ物商売は絶対になくならない――食いっぱぐれがない、という意識もあったかもしれない。

父は「食いっぱぐれた」。商売が上手くいかず、銀行の協力も得られなかったが故に、一家心中にまで追い詰められたのだ。もしも父が普通のサラリーマンで、毎月決まった給料をもらっていたら、あんなことにはならなかったかもしれない。あるいはもっと景気がいい時代だったら、銀行も手を差し伸べていただろう。

あれこれ考えているうちに、午前七時が近づいてきた。七時には、ビルの一階にある「ＡＺコーヒー」が開く。あそこで改めてちゃんと朝食を摂って、今日一日に備えよう。寝不足はどうしようもないが、エネルギー補給はできる。

トイレで顔を洗い、ペーパータオルを大量に使う。いくら拭《ふ》いても、顔の脂がどうしても取れない感じがした。鏡を覗《のぞ》きこむと、疲れた男の顔が見返してくる。目は落ち窪《くぼ》み、隈《くま》ができて、髪は乱れていた。

情けない限りだ。

正俊はまたも、俺にダメージを与えることに成功した。要するに俺はやられっぱなしである。

一階に降りて、開店したばかりの「AZコーヒー」に入る。モーニングセットの、ハムとアスパラガスのパニーニを頼み、コーヒーは大きなカップでもらった。日比谷通りに面したカウンターにつき、コーヒーの最初の一口を飲んだ時、俺に続く今朝二番目の客が入って来る。新橋は朝も早い街なのだ。

何だか気が急《せ》き、パニーニをガツガツと食べてしまう。コーヒーにはミルクと砂糖を加えた。普段はブラックなのだが、今朝はたっぷり糖分を補給しておくつもりだった。

コーヒーを半分ほど飲んだ時、竹内の車が会社のビルの地下駐車場に入っていくのが見えた。反射的にスピードマスターを見ると、まだ七時十五分だった。基本的に竹内は朝が早いが、それでもこれは早過ぎる。緊急事態なので、普段よりも早く会社に出てきたのだろう。

俺はコーヒーもパニーニの皿もその場に残したままで、店を飛び出した。本当はやってはいけないのだが、地下駐車場に至るスロープを駆け下りる。竹内がエレベーターに乗りこむ直前に間に合った。

声をかける前に、竹内が俺に気づいてうなずきかける。俺はすぐに、一緒にエレベーターに乗りこんだ。狭い空間に二人だけ……竹内が先に口を開く。

「怪我はないな？」

「ありません」

「他の連中は？」

「全員無事です」

「よかった」

よかった？　一千万円は捨ててもいいとは言っていたが、本当に金のことなどどうでもいいような口ぶりである。三山から報告を受けて、状況が悪化したことは知っているはずなのに。

社長室のあるフロアに到着する。他に人気はない。緊急時の数時間後なのに……思ったが、この件はほとんどの社員が知らないことなのだ。

竹内は自分の社員証で秘書室のロックを解錠し、真っ直ぐ社長室に向かった。デスクにアタッシェケースを置くと、ソファに向かって顎《あご》をしゃくる。俺は竹内がソファに座るのを待って、自分は浅く腰を下ろした。

「三山から簡単な報告は受けた」

「それ以上に詳しい報告はないんですが……一歩、いや、半歩前進とは言えます」

「いいニュースを無理に先に伝える必要はない」

「いえ。聞いて下さい」

俺は強硬に押した。竹内の目がすっと細くなる。煙草を取り出して火を点《つ》ける――今日最初の一本ではないだろう。

「犯人が使っていた車のナンバーが割れています。それで犯人を割り出すことは可能だと思います」

「分かった。ナンバープレートに関しては、俺が何とかしよう」

「それで社長のお立場が危なくなるようなことはないですか？」

「そこは心配するな。自分の身は自分で守れる」

「犯人の携帯の方なんですが……ＴＣＲに非公式に協力を依頼しようかと思います」

「光永さんはいい顔をしないだろうな」

「あくまで非公式に、です」俺は繰り返した。「担当の長須さんと連絡を取ってみます。彼は、今回の件では手を出さないと言っていましたが、個人的には協力してくれると思います」

「分かった。やれることは全てやってくれ」竹内が、まだ長い煙草を灰皿に押しつけた。

「犯人側は、さらに金を寄越すように要求してきました。それについては申し訳ないと思っています」

「一千万円だけ渡すことは、俺たち全員で決めたんだ。お前の責任ではない」

「どうしますか？　さらに金を用意しておきますか？　犯人側を刺激しないためには、

一方的な拒否は避けた方がいいと思いますが……」

「一度甘い顔を見せると、こちらが枯れるまで食いついてくるぞ。昔ながらのヤクザのやり方だ」

俺はぞっとしながら、「暴力団だと思われますか？」と訊ねた。

「分からん」竹内が首を横に振る。「暴力団は、わずかな隙をついて狙ってくるものだ」

暴力団のことはよく分からないが、ただ乱暴なだけではあるまい。相手の懐に入りこむために、情報収集も得意にしているはずだ。そういう連中に一度弱みを握られたら、竹内が指摘する通りに、死ぬまで搾り取られるだろう。それこそ、以前のようにＴＣＲに助けてもらえばいいような気もするが。

もちろん、相手の正体はまだ分からない。

「……とにかく、やれることは全部やってみます」

「お前には迷惑かけるな」

「この程度では、まだ社長へのご恩は返せていないと思います」

「俺の恩がどの程度のものだと思う？」竹内が皮肉っぽく笑った。「お前の大学の学費……あんなものは、言い方は悪いが俺にとってははした金に過ぎない」

「金の問題じゃないんです」俺はついむきになって言った。「私を引き上げてくれて……家族として認めてくれたことです」

竹内が唇を引き結ぶ。唇の両側に、深い皺《しわ》ができた。機嫌が悪いのではなく、考えこんでいる時の表情だと俺には分かっていた。

「では、早々に動きます」

俺は立ち上がった。竹内は座ったまま俺を見上げると、「無理するな」と小声で言った。

「無理します。今こそ無理をする時だと思います」

「この会社は……いずれは誰かに託さなければならない。俺もそろそろ、そういうことを考えなければいけない年齢だ」竹内が唐突に言った。彼にしてはずいぶん弱気な言葉だ。

「まだ早いですよ」竹内が活力をなくすことなど考えられなかった。

「たとえ創業者であっても、いつまでも地位にしがみついてずるずると会社に居座るべきじゃない。俺には他に、やりたいこともあるしな」

「食の博物館ですか？」

竹内が無言でうなずく。竹内は以前から、「食に対するあらゆる知識を集約したい」「外食産業の歴史を博物館の形で残したい」と言っていた。できればそれに付属する研究施設も。実際、そのための土地探しをしていた時期もあって、俺も何度か出張につき合ったことがある。

「博物館は、素晴らしい計画です。でも、実現させるのはもう少し先でいいんじゃないですか？」

「それほど遠い未来じゃない……とにかく大事なのは、この会社の将来を担うお前たちを傷つけないことだ。お前たちを守ることに比べれば、俺なんかどうでもいい」

ＴＣＲには、午前九時には人が来るはずだ。もちろん長須の携帯に電話をかけてもよかったのだが、厄介な話を電話で済ませてしまうのも気が引ける。俺はＴＣＲのある赤羽橋に行き、長須を待ち伏せすることにした。

駅から、会社のあるビルへ行く道は一本だけ。先日彼に教えてもらったカフェの店先でコーヒーを飲みながら待つことにする。

朝、忙しく人が行き来している中で、一人店先でコーヒーを飲むのは、何だか変な気分だった。ガラス越しならともかく、歩道に向かった席に窮屈に腰かけながら……無意識のうちにうつむいてしまう。

「あれ」

声をかけられ、びくりと顔を上げる。小さなテーブルにカップを置いておいたのだが、手に持っていたら零《こぼ》していたかもしれない。腕時計に視線を落とすと、いつの間にか時間が「飛んで」いた。一瞬眠ってしまったのかもしれない。

長須が隣に座った。

「どうしたんですか」

「昨夜……」

「無事だったんですね」長須がほっとしたように言った。

「ご覧の通りです。ちょっと話せませんか？」

「そうですね……」長須が左腕を持ち上げて腕時計を確認し、「ま、いいか」とつぶやく。

「会社へ行かないといけないですよね？」

「タイムカードがあるわけじゃないので、大丈夫です。ここで話しますか？」

「できれば」店頭は賑《にぎ》わっているが、自分たちのことを気に留めている客などいないだろう。それに、できるだけ抽象的に話すつもりだった。

「じゃあ、取り敢えずエスプレッソを一杯飲ませて下さい」

　コーヒー待ちの客の列に並んだ長須がまた隣に座るまで、五分かかった。俺は大きなカップに入ったコーヒーを半分ほど飲み終えていた——もう冷えている。今日は何杯コーヒーを飲むことになるのだろう、とふと不安になる。普段の俺にとってコーヒーはエネルギー源のようなものだが、今は胃を痛めつける毒薬という感じだった。

「どうも」

　長須が小さな丸椅子に腰を下ろし、エスプレッソのカップを口元に運ぶ。エスプレッソを飲む文化が日本に定着したのは、この二十年ぐらいのことだろうか。スターバックスのメニューにさりげなく書かれた「エスプレッソ」の文字に気づいた人が注文して——という感じだったかもしれない。しかし、スターバックス・クローンの店では気楽にエスプレッソが飲めるものの、普通の喫茶店ではエスプレッソを出す店はまだ少ない。

「AZコーヒー」でもエスプレッソは出していない。あの店は、あくまで昔ながらのコーヒーをどの店でも同じ味で出すことをコンセプトにしている。

「予定通りに一本、渡しました」

「八桁でしたね」

長須がカップ越しに俺を見る。俺は無言でうなずいた。

「それで収まりましたか？」

「いえ……直後にメールがきました」

「まずいな」長須が舌打ちする。「いや、それは予想できていたことですよ。だから私は……警察に届け出るように言ったんです」

「分かっています。こちらはそうなることも覚悟して、自分たちで何とかしようとしたんですから」

「怪我人はいませんね？」

「全員無事です」俺はコーヒーカップを持ったまま両手を広げた。

「誰かに見られませんでしたか？」

「あそこが無人だったとは言いません。でも、午前一時過ぎの多摩センターは、そんなに人が多いわけではなかったですよ」

俺はスマートフォンを取り出し、メモ帳を立ち上げて「尾行、失敗」と打ちこみ、長須の顔を見た。長須は思い切り眉根《まゆね》を寄せている。

「危険なことを……」嫌そうにつぶやく。

「無事でしたよ」俺は短く反論した。次いで「車のナンバー」と打ちこむ。

「分かったんですか？」

「ええ。ナンバーは直接見ました」

「おかしいな」長須が首を捻《ひね》る。

「何がですか？」

長須もスマートフォンを取り出した。背中を丸めるようにして何か打ちこむ……俺のスマートフォンに、メッセージの到着を告げる音が鳴った。

犯人が迂闊《うかつ》過ぎる

「そうですか？」

俺の疑問に対して、長須がまたメッセージを打ちこみ、やり取りが始まった。

まるで素人です

本当に素人ですか？

分かりませんが、用心がない

調べることは可能ですか？

少し時間を下さい

俺は顔を上げて告げた。

「ナンバーについては、うちの社長が調べると言っています」

「竹内さんが？」長須が首を傾げる。

「何か伝手があるようです」

「社長が自分で動くのはまずいな……でもナンバーについては、うちはノータッチの方がいいですね」

「どうしてですか？」

「同じ日に、同じナンバーの照会が二件もあったら、警察も怪しく思いますよ」

「なるほど……」理に適《かな》っている。

「それで？　分かったらどうするんですか」

長須の問いに、俺は無言で首を振った。

「やめた方がいいですよ」俺の意図を察したのか、長須が短く忠告した。

「しかし、その先はＴＣＲの協力をもらうわけにはいきません」

「危険です。向こうは今、第一段階は上手くいったと調子に乗っている。でも、自分たちの正体が知られたと思ったら……牙《きば》をむくかもしれない」

俺は唾《つば》を呑《の》んだ。二杯目のコーヒーのせいではなく胃が痛い。

「何か考えます。何か、上手い手を」

「いや、考え直して下さい。警察に引き渡すべきです。まだ、引き返せないポイントまでは行っていないと思いますよ」

ノー。俺は黙って首を横に振った。竹内のために、自分で何とかすると決めている。

3年前

あいつはいつも、忘れた頃に突然現れる。今回も数年ぶりだった。

成人した正俊は、すっかり普通の姿になっていた——スーツを着て、ネクタイも締めている。短くした髪はワックスか何かで逆立てていたが、そんなカジュアルな髪型をしたサラリーマンはいくらでもいる。

出所直後に、俺は正俊と面会して、長い時間説教をした。俺も庇《かば》いきれない、金で解決できない問題もある、自分で立ち直る努力をしないといつか野垂れ死にするぞ——正俊は無表情で聞いていた。それを見て俺は、自分の説教が無駄に終わることを確信していた。

こいつは絶対に立ち直らない。むしろ、悪の道への第一歩を踏みこんだばかりで、これからますます深入りしていくだろう。むしろ、俺が逃げる方法を考えるべきではないか。

逃げなかった。

少なくとも積極的に逃げようとはしなかった。

本格的に姿をくらまそうと思ったら、まず携帯の番号を変えて引っ越してしまうのが手っ取り早い。追跡は、素人にはなかなか難しい――しかし何故か俺はそうしなかった。正俊を何とか助けたい、立ち直らせたいと思ったから？　違う。本当にそのつもりだったら、それこそ一緒に住んで監督指導すべきだ。しかしそこまでする気にはなれず、かといって縁切りするだけの強い意思もなく……。

あの時俺は、「もう二人しかいないんだから」と言った。たった二人、生き残った家族。しっかり生きないと、殺された母親や妹にも申し訳ない。

その言葉を、正俊がどう受け取ったかは分からない。俺が会いに行ったことすら、余計なお世話と感じていた様子だった。

突き放すべきか、徹底的に面倒を見るべきか――少年院を出た時にはっきり決めなかったことで、俺は面倒に巻きこまれたのだ。

スーツ姿の正俊は、ビル一階の「ＡＺコーヒー」の前で待っていた。両手にコーヒーのカップ。俺が残業したら、ホットコーヒーがアイスに変わってもずっと持ち続けるつもりだったのだろうか。

正俊が無言でカップを差し出した。俺は受け取らなかった。

「何だよ、自分のところのコーヒー、嫌いなのか？」

「今日は飲み過ぎてるんだ」

本音は——お前の手が触れたコーヒーなんか飲みたくもない。

「まあ、いいよ」正俊があっさり言った。「あんたが飲まないなら俺が飲む。ここのコーヒー、好きだから」

「何の用だ」俺は歩き出した。どうやって振り切ろうかと考えながら——家まで連れて行くわけにはいかない。

「ちょっと報告があってね」

「近くに公園がある。そこで話そう」

「色気がないね」

「関係ないだろう」

俺は歩調を早め、近くの公園まで急いだ。中に入るまでは無言。公園は、帰宅ルートをショートカットしようとするサラリーマンが行き交っている。正俊はベンチに腰かけた。カップを一つ脇に置き、もう一つを啜《すす》った。俺を上目遣いにちらりと見ると、「座らないんだ？」と不思議そうに言った。

「今日は一日中座ってたからな」

「へえ」関心なさそうに言って、正俊がコーヒーをまた一口飲む。

「で？　どうした。報告って何だ？」

「ああ、就職したんでね」正俊がさらりと言った。

「就職？」俺は眉《まゆ》を顰《ひそ》めた。正俊の保護司とは何度か話をしたが、この一年ほどはご無《ぶ》沙汰《さた》――それまで、就職の話はまったく出ていなかった。

「そうだよ」

「どこへ？」

「あんたは知らないような小さな会社だよ」

「どんな仕事をしてるんだ？」

「いろいろ」

正俊は目を合わせようとしない。俺は、嫌な予感が膨らんでくるのを感じた。

「まともな会社なんだろうな」

「まともな会社なんか、この世にあるのかね。どの会社だって、多かれ少なかれやばいことをやってる。でかい会社は、見逃されてるだけだろう」

「何言ってるんだ、お前」

「あんたの会社だって、いろいろあるだろう」

「うちは何もない」

「へえ」

つまらなそうに言って、正俊があっさり引き下がった。一体何がいいたいのか、さっぱり分からない。俺は体重を右足から左足に移し替えた。体がゆらりと揺れ、急に足元が不安定になってしまったようだった。

「ま、別にいいんだ。一応、報告だけはしておこうと思ってさ」

「まともな会社なんだろうな」俺は念押しした。

「俺がいつまでも、ろくでもないことをしてると思ってるのか」正俊が睨《にら》む。

「今まではずっとそうだったじゃないか」

「偏見だな」正俊が鼻を鳴らす。

俺が心配しているのは、暴力団の影だった。暴力団の息のかかった「フロント企業」はいくらでもあるし、暴力団が正体を隠して会社を作る場合もある。最近の暴力団は高齢化が進んでいる、というニュースを俺は最近新聞で読んだばかりだった。構成員の平均年齢は五十代――それ故、常に若い構成員を探している。ただし、昔なら暴力団に入ったような素行の悪い人間は、今はその道に進まず、若い仲間同士でつるんで悪さをやっているという。いわゆる「半グレ」とか言われる連中で、これもタチが悪い。繁華街の店では、そういう連中の噂をよく聞く。

「ま、今後は俺もちゃんと仕事をするよ」

「そうか」安心はできなかった。

「信用してないな？」

「問題は、一年後にどうなってるかだ」

「そんな先のことは分からない」

正俊が、手にしたカップの蓋《ふた》を取り去る。そのまま、自分の足の間にコーヒーを垂らし始めた。細く、ゆっくりと……地面で跳ねたコーヒーが細かい飛沫《しぶき》になり、靴を濡《ぬ》らす。あれは染みになる——しかし正俊は気にする様子もなかった。

「クソ不味《まず》いコーヒーだな」吐き捨てるように言った。傍に置いたカップも取り上げ、蓋を開けて中身を地面に垂らす。

「好きじゃないのか」

「そんなこと言ったか？　だとしたら、社交辞令ってやつだよ。あんたは、こういうコーヒーが一杯売れると、どれぐらい儲《もう》かるんだ？」

「そういう計算はできない」

「阿呆《あほ》らしい」正俊が二つのカップを同時に握り潰《つぶ》した。「そんな風にちまちま仕事をして、何が楽しいんだ？　そんな生き方、馬鹿馬鹿しいと思わないか？」

「これが俺の生き方だ」俺としてはそう言うしかなかった。

「親父がどうしてあんなことをしたか、知ってるか？　金がなかったからだ」

俺は無言でうなずいた。正俊が、目を細めて俺を睨みつける。

「金さえあれば、あんなことにはならなかったんだよ。だから俺は、これから稼ぐことにした」

「それなら、真っ当な仕事をしろよ」

「金に色はついてないんだ」

正俊は、これから違法な仕事をすると打ち明けたも同然だった。しかし俺は何も言えなかった。言う立場にもない――衝突すると、この場で二人とも砕けてしまいそうだった。

「三年後――どっちが金持ちになっているかだな」

「俺は金持ちにはならない。普通のサラリーマンだから」

「そうか。俺は大金を稼いで、日本を脱出してるかもしれないぜ。その時は、どこかから絵葉書でも送ってやるよ」

「何をするつもりなんだ?」

「今言っちまったら、面白くないだろう」正俊が乾いた笑い声を上げる。

「なあ……働くなら真面目に働いた方がいいぞ。きちんとした仕事をして――」

「俺が何か、法律に反するような仕事をすると思ってるのか? 昔のことがあるからか?」

俺は思わず周囲を見回した。ほとんどの人がこの公園を通路代わりに使っているだけだから、こちらのやり取りなど聞かれてもいないだろうが、やはり気になる。

「あんたは世間体ばかり気にしてるんだな」正俊が馬鹿にしたように言った。「さっきも言っただろう。金に色はついてないんだよ」

「だけど、やった行為で捕まることもある」

「俺が、何か悪いことをするという前提で話してるな」正俊が凄《すご》んだ。

「絶対にやらない――きちんとした仕事だと証明できるか?」

「そんなことする必要、ない」

「なあ、真面目に地道に働けよ。その方が、長い目で見れば絶対にいい」

「真面目に働いた親父はどうなった？　真面目に働いてたのに、結局はあんなクソ野郎になっちまったんじゃないか？　俺は、あんな風にはならない――むしろあんたの方が危ないぜ」

「俺が？」唾《つば》を呑《の》む。苦い薬を呑みこんだようだった。「どうして」

「真面目にやってる人間が必ず報われるわけじゃない。真面目にやってるのに上手《うま》くいかないとなったら、いきなりブチ切れるんだよ。それで人を殺す」

　俺ははっと息を呑んだ。そう……今考えると、俺は父と同じような道を歩んでいる。自営業とサラリーマンという違いはあるが、ただ地道に、日々の仕事をこなして金を稼ぐ――「ＡＺフーズ」が永遠に安泰である保証はなく、いつかは経営に暗雲が立ちこめるかもしれない。その時――金銭的に不安定な状況に陥った時、俺はどうなるだろう。

「そう言えば、あんたには結構金をもらったな。もらって当然だと思うけど……でも、もらいっ放しだと気分が悪いから、そのうち利子もつけてまとめて返してやるよ」

「必要ない」

「俺とは関わり合いを持ちたくないか」

「どうでもいい」

「そうか」正俊が膝《ひざ》を叩《たた》いて立ち上がった。「三年後に、俺たちはどうなってるかな。

俺は、あんたが惨《みじ》めな生活を送ってるのが目に浮かぶようだよ」

「俺を恨んでいるのか？」

「俺は、この世の全部を恨んでるよ」正俊が真顔で言った。「もしかしたら、その『全部』の中には俺自身も含まれてるかもしれないな」

現在

その日の夕方には、新しい情報が手元に揃った。犯人が使った車の名義人——大きな手がかりになる。

特別企画室の他のメンバーに聞かれるわけにはいかないので、俺と三山は廊下で相談をした。

「本当にこれで、犯人とつながると思うか？」三山はあまり情報を重視していなかった。

「調べてみないと分かりません」俺も半ば疑っていた。用心深い犯人なら、足がつきそうなことはしないはずだ。これが突発的な犯行なら、アリバイ工作や隠蔽《いんぺい》工作はできないだろうが、この脅迫に関しては、犯人は入念な準備を積み重ねてきたはずである。簡単に身元が割れるようなヘマはしないだろう。

「どうやって調べる？」

「車の所有者の住所は分かっていますから、直接行ってみます」

「一人でか？」三山が目を細める。「それは危ないぞ」

「他の人に迷惑をかけるわけにはいきません」

「お前一人でやる方がよほど危ない——せめて花山を連れて行け。あいつなら、いざという時にボディガードになる」

「そういうことを避けたいんですよ」俺は反発した。「余計な動きをすれば目立ちます。犯人に察知されたくない」

「一人は駄目だ。これは命令だ」

しばらく押し問答が続いたが、結局俺が折れるしかなかった。三山は純粋に心配してくれているだけなのだ。

俺は、午前中だけ自宅で休んで、午後からは会社に出て来ていた花山を呼び出した。花山は俺の顔を見た瞬間、「大丈夫ですか」と心配そうに訊《たず》ねた。

「何が」

「顔色、悪いですよ」

「寝てないだけだ。心配するな」

俺は今後の計画を説明した。話を聞いているうちに、花山の表情がどんどん険しくなる。俺は思わず「そんな顔、するなよ」と言った。

「ヤバくないですか？」

「ヤバくならないように、十分気をつける。危ない橋は絶対に渡らない。俺はむしろ、お前の方が心配だ。昨日はだいぶ、いきり立ってたじゃないか」

「昨日は……本番前は、何だか本当のことみたいに思えなかったんですよ。ドラマか何かを見てるような感じで」

「分かるよ」

俺自身、現場で犯人から電話がかかってくるまでは、手の込んだ悪戯《いたずら》ではないかとかすかに疑っていた。どこかで隠れて見ている犯人が「マジで持ってきやがったよ」と笑い、びくびくする俺の姿を密《ひそ》かに動画で撮影してネットにアップする――それはそれで大問題だが。犯行の本当の深刻さを思い知ったのは、逃げ去る車の中に正俊の姿を見た時だった。三年前に会った時のあいつの捨て台詞《ぜりふ》――「三年後に、俺たちはどうなってるかな」が頭の中を駆け巡った。一年前の電話も……お前は結局、本格的な犯罪者の仲間入りをしただけじゃないのか？

「浅野さん？」

「ああ、いや……悪い」俺は一つ頬を張った。もう少し――今日はとにかく行けるところまで突っ走ってしまおう。「車を出してくれるか？　まず、車の持ち主の家に行ってみよう」

「向こうに直接声をかけることはしないですよね」

「わざわざ顔を見せる必要はないよ」

「よかった」花山が胸を撫《な》で下ろした。「相手は相当やばい奴らですよね？　いきなり殴りこむなんて、勘弁して欲しいです」

「昨夜の勢いはどうした？　言うことがずいぶん違うな」

「俺も、人並みに慎重なんですよ」

俺は花山の分厚い胸板にパンチをくれた。花山はまったく怯《ひる》まなかったが、表情だけが歪《ゆが》む。

「胸を張れよ。お前がビビると、俺もビビるんだ……とにかく、ひっそりと行こう」

事前に、グーグルマップで現地の様子を確認しておいた。奇妙な感じ……何とＴＣＲのすぐ近くである。駅で言えば赤羽橋でなく麻布十番《あざぶじゅうばん》の方が近いのだが、ＴＣＲから歩いて五分ほどの場所にあるのは間違いない。

ストリートビューで見た限り、ごく普通のマンションのようだった。一階部分に車が二台入る駐車場があるが、停まっている車はどちらも、今日未明に俺たちを振り切ったセダンではなかった。ストリートビューではナンバーは隠してあるのだが、そもそも車種が違う。車の持ち主はここに住んでいるのだろうか……ＴＣＲが近いので長須に協力を仰ごうかと思ったが、彼には既に十分過ぎるほど迷惑をかけている。これ以上、手を煩わせるわけにはいかない。

花山の運転で会社を出る。今回は社有車とは分からないように、ボディに何も書いていない車を使った。助手席に座り、短いドライブの間に一眠りしようかと思ったのだが、目が冴《さ》えてしまう。眠りを妨げる要因の一つは、背広の内ポケットに入れた携帯電話だった。犯人とつながるツールの一つ。これがいつ鳴り出すか分からず、常に緊張を強いられている。もしも電話に出られないと、会社が破滅してしまうかもしれない、と俺は妄想した。

現場から少し離れた場所に車を停めるよう、花山に指示した。花山は、法務局の出張所に近い一方通行の道路で、車を路肩に寄せた。しかしどこかぎくしゃくとした運転で、前輪が歩道に乗り上げてしまう。もう少し前に出すと、今度は前輪が落ちて、俺の体は少しバウンドした。

「すみません」花山が遠慮がちに小声で謝る。

「今から緊張してどうする……行くぞ」

俺は先にドアを開けて外へ出た。先ほどから降り出した雨のせいで、歩道は黒くなっている。雨に濡《ぬ》れたアスファルトの香りが立ち上る。傘が必要なほどの雨量ではないが、思わず肩をすくめてしまった。

大きく迂回《うかい》して問題の住所へ近づく。結構年季の入った小さなマンションで、一階の駐車場には車が二台停まっている——先ほどストリートビューで確認した時は、一台が青いコンパクトカー、もう一台が白いＳＵＶだったのだが、実際には青いコンパクトカーではなく白い小型のセダンだった。前を通り過ぎる時にナンバーを確認して、俺は一瞬足を止めてしまった。

「どうしました？」花山が不安げに訊ねる。

「ナンバーを確認しろ。ＳＵＶの方だ」

無言……直後、花山が「あれ？」と短く声を上げた。「車とナンバーが……違いますよ」とつけ加える。

俺は頭を下げ、歩調を速めてマンションの前を立ち去った。十分離れたと判断したところでスマートフォンを取り出し、メモしておいたナンバーと照合する。

確かに違う。今日未明、多摩センターで現金を奪って走り去った車は、黒いセダンだった。しかし実際には、そのナンバーがＳＵＶについている。事情が分からず、俺は一瞬混乱した――しかしすぐに、何が起きたのか見当がついた。

単にナンバーをつけ替えただけ。推測を話すと、花山もすぐに同調した。

「あのＳＵＶの持ち主が協力したんでしょうね。ナンバーを交換して……犯人が黙って持っていったとは思えません」

「そうだろうな」

「どうします？　これでもう、行き止まりじゃないですか？」

「いや」俺はすぐに否定した。「あのナンバーの車――ＳＵＶの所有者は分かっている。あのマンションに住む女性だ――直接聞いてみればいい」

「そんなことして大丈夫なんですか？」花山が、不安げな表情を浮かべる。口角がぐっと下がった。

「大丈夫も何も、やるしかないだろう。相手に知られずに調べるには限界がある」

「つまり……」

「気が変わった。これからマンションの部屋を訪ねる。ドアをノックして呼び出して、どういうことか確かめるんだ」

花山の喉仏《のどぼとけ》が上下した。「本当に大丈夫ですかね」と言う声も震えている。

「しっかりしろ」俺は花山の腕に軽くパンチを食らわせた。「お前、図体がでかいだけで、臆病《おくびょう》者なんだな」

「しょうがないでしょう」花山が大きな掌《てのひら》で腕をさすりながら言った。「こんなの、警察の仕事ですよ」

「そりゃそうだ。でも、警察官じゃなくてもやらなくちゃいけない時がある。それが今なんだ」

俺はさっさと歩き出した。いつの間にか雨は強くなっており、髪が濡れ始めるのを意識する。花山が慌てた様子で後に続いた。

マンションは五階建てで、問題の部屋は二階にあった。階段で上がって、ドアの前に立つ。「江戸川《えどがわ》」の表札。このナンバーの車の持ち主、江戸川美沙《みさ》という女性がここに住んでいるはずだ。

インタフォンを鳴らし、一歩下がる。鼓動が速くなってきた。花山は一歩下がったところで待機している。反応がない……外廊下なので、雨が吹きこんできて、床が少しだけ濡れていた。俺の靴にもその被害が及ぶ。よく磨くよう、竹内に言われていた靴。

　返事がないので不在かと思い、振り向いて花山の顔を見た——その瞬間、インタフォンから「はい」と返事があった。俺は慌ててインタフォンの前で少し屈《かが》み、「江戸川さんですか？」と訊ねた。

「はい」

「『AZフーズ』の浅野と申します。江戸川美沙さんですね？」

「そうですけど……」

　声には戸惑いが感じられ、俺は違和感を抱いた。今の口調には、不自然な感じがない。「AZフーズ」の人間が、「どうして」「自分を」訪ねて来たのか、全ての状況が理解できていない様子だった。

「車の件でちょっとお話ししたいことがあります。ドアを開けてもらえませんか？」

「車？」

「あなた名義で登録されているSUV——下に停まっている車です」

「何の話ですか？」

「車のことについて伺いたいんです」こういう場合、どこまでこちらの手の内を見せていいものか……迷いながらも、とにかくドアを開けさせないと話にならない、と俺は決心した。インタフォン越しでは誤魔化されてしまうかもしれない。無駄に脅迫したくはなかったが、ここは強引な手に出るしかないだろう。「ドアを開けて下さい。開けない場合、警察を呼びます」

「警察……」

「あなたは犯罪に関わっている可能性があります」

「帰って下さい」美沙の声が強張《こわば》る。「変な因縁をつけないで下さい。こっちが警察を呼びますよ」

「是非そうして下さい。こちらで呼ぶ手間が省けます」

沈黙……インタフォンの受話器を置いたのかと思ったが、そういう時に特有の「かちゃり」という音がしない。

「浅野さん……」花山が小声で忠告してきた。「あまり強引に出るとヤバいですよ」

「時間がないんだ」俺は振り返り、花山を睨《にら》んだ。こいつはあまりにも弱気過ぎる。

ほどなく、控えめな「かちゃり」という音が聞こえた。クソ、切られたか……しかし十秒後、鍵《かぎ》を開ける音が聞こえ、ドアが細く開いた。

美沙は、三十歳ぐらいの女性だった。中肉中背、ジーンズに長袖《ながそで》のTシャツというラフな格好で、濃紺のエプロンをつけている。中から、何かを醤油《しょうゆ》で煮しめたような香りが漂ってきた。夕食の準備中か……俺は最初に「お時間は取らせません」と言った。

「あの……どういうことですか？」

「あなたは、車のナンバープレートを誰かに貸しましたね？」

「え？」

「ですから、ナンバープレートです」

「それは、どういう……」

　まずい。美沙の戸惑いはどう見ても本物だ。何も事情を知らない可能性もある。実際、ここの駐車場はオープンで、誰でも入りこめるから、犯人は人通りが少ない夜中に密かにナンバープレートを交換して、朝になってから戻したのかもしれない。

「あなたの車のナンバープレートが、犯罪に使われた可能性があります。うちの会社は被害者です」

「ちょっと――」美沙が慌てたように言った。「意味が分からないんですけど」

「今言った通りです。昨夜――今日未明に、ある犯罪が起きました。その現場で目撃された車に、あなたのＳＵＶのナンバープレートがついていた。あなたは、偽装工作に手を貸したんじゃないんですか？」

「何なんですか、それ」美沙の顔から血の気が引く。「そんなことするわけ、ないじゃないですか」

「どうしてするわけがないんですか？」

「私は、犯罪なんて……」

　奥から「ママ」と呼ぶ幼い女の子の声が聞こえてきた。母親だったのか――そう言えば、左手薬指に地味な結婚指輪をしている。既婚者、母親が悪いことをしないというわけではないが、俺は疑念のゲージを少しだけ下げた。

「ちょっと待って下さい」

美沙が奥に引っこむ。俺は急いでドアを押さえ、隙間から中を覗《のぞ》きこんだ。狭い玄関に続く短い廊下。子どもがいる家の玄関は、靴が散らばって混乱しがちだが、この家は綺《き》麗《れい》に片づいていた。サンダル、男物のスニーカー、アニメのキャラクターがついた子ども用の靴が各一足ずつだけ。しかもきちんと並べて置いてある。下駄箱の上には小さな一輪挿し。触るわけにはいかないが、本物の花のように見えた。

　きちんとした家だ――犯罪になど、永遠に関わりがないような。

　しばらくして美沙が戻って来た。俺がドアを押さえているのを見て顔をしかめたが、結局サンダルを突っかけて外に出る。子どもには話を聞かせたくない――理解できるとは思えないが――と思ったのだろう。ドアを閉めたが、いつでも開けられるようにというつもりなのか、後ろ手にドアハンドルを持ったままだった。

「いったい何の話ですか？」

「昨夜、どこにいましたか？　昨夜というか、今日の午前一時半頃ですが」

「私を疑ってるんですか？」美沙の顔が蒼褪《あおざ》める。

「説明できますか？」

「家にいたに決まってるじゃないですか。寝てましたよ。子どもがいるんです」美沙が強い口調で反発した。

「そうですか……だったら車はどうなってましたか？」

「車は……」美沙がうつむく。

「車はどうしたんですか？」

何かあったのだ、とピンときた。それこそ、誰かに頼まれてナンバープレートを交換したとか。美沙は下を向いたまま、なかなか顔を上げない。やがて上目遣いで、「犯罪って……本当に何があったんですか？」と訊ねる。

「詳しいことは言えません。ただ、うちの会社が被害に遭ったんです。『AZフーズ』をご存じですか？」

「いえ……」

「『AZコーヒー』や中華の『富美久』を運営している会社です」

「ああ、はい」美沙が顔を上げる。「分かります。でも、そんなニュースなんて見ませんでしたよ。ニュースはよくチェックしているんですけど」

「ニュースにはなっていません」

「どういうことですか？」

「全ての事件がニュースになるわけではないでしょう」

「よく分かりませんけど……」美沙の顔に困惑が広がる。

「車はどうしたんですか？」俺は話を引き戻した。

「それは――」

「いいですか？　例えばあなたがナンバープレートを誰かに貸していたら、犯罪に加担したことになるんです。つまり、共犯者ですよ」

美沙の顔がまた蒼褪めた。一瞬で、様々な想像が脳裏を去来したに違いない。特に心配なのは、自分の娘のことだろう。娘を残したまま刑務所に行くことにでもなったら……俺は彼女が抱いた恐怖を利用することにした。

「何があったのかきちんと話してくれれば、我々はあなたの名前を表には出しません。迷惑が及ばないようにしますよ。娘さんにとっても、お母さんがいなくなったらまずいでしょう？」

美沙の目が潤む。半ば脅迫するように女性を泣かしてしまったのだが、何とも思わなかった。俺の方が、背負っている物ははるかに大きい。

「家族は大事ですよね。一人でも逮捕されたりすると、家族はバラバラに——滅茶苦茶になります。でも私は、家族を壊すつもりはありません。特にあなたの家族は。きちんと全部喋《しゃべ》ってくれれば、あなたの名前は絶対に表に出しません」

「……車を貸して欲しいと言われただけです」美沙が打ち明ける。

「誰から？」ようやく話が転がり出した——俺は彼女に一歩詰め寄った。

「知り合いです」

「当然、名前は分かっているんですよね？」

「白井《しらい》さんという人なんですけど……白井泰久《やすひさ》さん」

「何者ですか？」

「知り合いです」

「だから、どういう知り合いですか」

俺はまた一歩前に出た。美沙が下がり、踵《かかと》でドアを蹴《け》飛《と》ばしてしまう。

「学生時代の……」

「友だちですか？」

美沙が無言でうなずく。俺はそれからゆっくりと時間をかけて、美沙と白井泰久という男の関係を聞き出した。大学時代の同じサークル――「イベント研究会」という何とでも取れるようなサークルだった――の仲間で、卒業後もたまにＯＢの集まりで顔を合わせるような間柄である。白井は卒業後に自分で会社を興したというが、どういう仕事なのかは知らないという。

しかし俺は一番大事な情報――白井泰久の連絡先と住所はしっかり聞き出した。

これで一安心できたが、どうしても確認しておきたいことがあった。

「白井さんは、どういう人ですか？」

「一言では言いにくい人ですけど……」美沙が言い淀《よど》む。「分かりにくい人です」

「どんな感じで？」俺はさらに突っこんだ。

「表面上は軽いというか愛想のいい人で……でも、本音では何を考えているのか分かりません」

「何か悪いことをしそうなタイプですか？」

「そんなことはないけど、一発大穴を狙うというか……学生時代から調子のいいことばかり言ってました」

「最近はどうですか？」

「仕事のことは分かりませんけど……最後に会ったのは一年前ですし」

「今回は、どういう経緯で車を借りたいと言ってきたんですか？」

「仕事で使いたいけど、荷物がたくさん載る大きい車がないから貸して欲しいって、電話がかかってきました」

「いつですか？」

「二日……三日前です」

「でもあなた、白井さんとは一年も会ってないんですよね？」

「ですから、電話でそういう話があって、会社の部下に取りに行かせるからって……昨日の夕方、家まで取りに来ました。今日の昼には戻してもらいましたけど——そう言えば、取りに来た人も浅野さんって言ってました」

「そうですか。よくある名前です」どきり、とした。正俊が、白井の手下として働いていたのは間違いないだろう。それにしてもどうして、本名を名乗ったのだろう。バレないとたかをくくっていたのか？

　俺は礼を言い、その場を立ち去った。いつの間にか、三十分が過ぎていた。階段のところで久しぶりに花山の顔を見ると、顔は汗で濡れている。

「緊張しましたね」ハンカチで乱暴に顔を拭《ぬぐ》いながら花山が言った。

「そうか？」花山は一言も発していなかったのだが。

「浅野さん、ずいぶん乱暴でしたよね」

「緊急時だ。しょうがない」

「これで二人、名前が分かったんじゃないですか？　白井という男と、浅野……浅野さんと同じ名前ですね」

「よくある名前だよ」俺は美沙に言ったのと同じ台詞を繰り返した。

いつまで隠しておけるだろう。

俺は花山を一人で帰した。ここから先まで絡ませるのはまずい……正俊の正体がばれてしまう可能性があるから、できるだけ一人で調査を進めないと。

疲れはピークを突き抜け、体も心も痺《しび》れたように何も感じなくなっていた。白井の連絡先——住所は、同じ港《みなと》区内の白金台《しろかねだい》三丁目。港区の一番端で、少し歩くと品川《しながわ》区に入る場所である。最寄駅は、東京メトロ南北《なんぼく》線の白金台駅。俺は麻布十番駅まで歩き、二駅だけ地下鉄に乗った。

当該の住所は、大通りから奥に入った静かな住宅街で、「港区」という言葉が持つイメージと裏腹に、どこか下町っぽい雰囲気がある。細い路地に古い一戸建てが建ち並ぶ光景は、俺が生まれ育った大田区にも似ていた。

都心部ではよくある、コンパクトなマンションだった。ベージュのタイル張りの四階建て。郵便受けで確認すると、二〇四号室は個人名ではなく「BX」となっていた。凝ったロゴで、いかにも会社という感じである。

直接ドアをノックしてみるか――しかしそれは危険だ。もう少し白井という男に関する調査を進めておかないとまずい。美沙が言う通りに「調子のいい男」であるだけならともかく、こういう犯罪を企図する人間には、必ず暗い裏がある。あるいはさらに大きな闇との関係が。

「BX」が会社ならば、資金繰りに困って、一気に大金を奪おうと計画を立てたのかもしれない。アイディアを出したのは正俊かもしれない。俺の名前を出したかどうかは分からないが……。

一度外へ出た。雨は本降りになっており、俺は途中で仕入れた傘を広げて、電柱の陰に立った。ここでずっと張り込みになるのか――動きがないまま時間が過ぎるのを待つだけ、と考えると焦る。できればこちらからアクションを起こしたいところだが、焦りは禁物だ。

それにしても、車はどこだろう。美沙は、白井がどんな車に乗っているかは知らないと言っていたが、ナンバーを交換した車――犯行に使われた車がこの近くにあるのは間違いない。このマンションには駐車場がないから、車はどこか別の場所に停めてあるはずだが……そこまで調べられるだろうか。

雨の中に立ち始めて五分、携帯が鳴った。

犯人からのメッセージだ。落ちつけ、と自分に言い聞かせ、内容を確認した。

一千万では頭金にもならない。ちゃんと払ってもらうために、次のネタを送る。

新たな脅しの材料が気になる。三山に電話してみたが、何も聞いていないという。社長に確認して折り返し連絡するというので、しばらくその場で待つことにした。メールは来ない……焦《じ》らせて、こちらに精神的なダメージを与えるつもりだろうか。すぐに、新たな動きがあった。マンションの出入り口から正俊が出て来たのだ。ごく普通の、目立たないグレーのスーツ姿。十数時間前、多摩センターで見た時もこの格好だっただろうか……雨に打たれて首をすくめ、半透明のビニール傘を広げた。大柄な正俊には小さ過ぎ、歩き出すと早くも肩が濡れてきたが、本人は気にする様子もない。

俺は反射的に正俊の後を追い始めた。駅の方へ向かっている……ここは一つ、大きなポイントだ。俺は正俊の携帯の番号は知っているが、どこに住んでいるかは分からない。家が割れれば、今後の作戦に使えるのではないか。

正俊はこの辺りの道路をよく知っているようで、細く込みいった道を迷わず歩いて行く。やがて駅前の大通りに出た。左へ折れれば駅——予想通りに駅へ向かう。雨と傘のせいもあるのか、まだ俺の存在には気づいていないようだ。このまま地下鉄に乗れば、正俊は俺を自宅まで案内してくれるだろう。尾行などしたこともないが、何とか神経を研ぎ澄ませて——しかし正俊は、地下鉄の出入り口の手前で手を上げ、タクシーを停めた。俺は見られないよう、慌ててビルとビルの間の細い路地に身を隠した。タクシーがすぐに走り去る。俺は路地から歩道に飛び出して、追跡するために自分もタクシーを摑《つか》まえようとしたのだが、雨が降る夕方、空車はなかなか見つからない。

クソ、ここでアウトか。

まあ、いい。正俊のことは後で何とかできるだろう。今大事なのは、新たな脅迫の材料を知ることだ。

三山から電話が入った。社長は今夜は会食中で、すぐに摑まえるのは難しいという。仕方なく俺は会社へ戻ったが、自席についた途端に、自分宛のメールにメッセージが入っているのに気づいた。

スキャンダルだ。

これまで以上の衝撃だ。

俺は一瞬、目《め》眩《まい》で視界を失った。居残っていた三山が、「どうした」と深刻な調子で声をかけてきたぐらいだから、椅子からずり落ちそうになっていたのかもしれない。きつく目を閉じ、何とか目眩から抜け出すと、俺はノートパソコンの向きを変え、立ち上がった三山に画面を示した。

「マジか……」メールを確認した三山の声は消え入るようだった。

「どう……なんでしょう」俺も声が嗄《しゃが》れるのを意識した。「この話、知ってました？」

「いや、完全に初耳だ。マジでやばいぞ、これは」

「本当なんでしょうか」

「まずそれを確認しないといけない……本当だという前提で動くべきだろうな。今までの情報も、全部当たっていたし」

白井たちは、いったいどこまで竹内の秘密を握っているのだろう。竹内にすれば簡単には明かせないだろうが、俺はにわかに不安になった。竹内は、俺たちが知らない事実をどこまで隠しているのか。白井が次々と新しいカードを切り、最終的に大金を払わなければならないことを想像すると、俺はまたも目眩を感じた。絶対に白井たちを切らなければ。切らないと、脅迫は永遠に続く。金銭的に破滅するか、あるいは竹内のスキャンダルが露呈して竹内個人が破滅するか――どっちにしろ、会社はおしまいだ。

「いや、ちょっと待てよ。この話、やっぱり本当だとは思えない」三山が自分を納得させるように言った。

「分かりませんけど……嘘だとも思えません。この前の件もありますからね」

妊娠させた相手が自殺――俺たちが知らないだけで、竹内は女性関係にはルーズなのかもしれない。女性がいるような店に行っても、そういう素振りはまったく見せないのだが。

「とにかく、社長に直接確認しよう」

「警察には……」

「駄目だ」三山が表情を強張らせた。「警察は当然事実を掴んでいるだろうが、相談すればこっちの事情がばれる」

「密かに接触して、情報を収集するのはどうですか？」

「そういうチャンネルは俺たちにはない。ＴＣＲに相談しても無駄だろう。向こうは警察に通報するように言ってきたんだから」

　チャンネルはある——豊平。定年になったとはいえ、警察を辞めたばかりだから、まだ伝手《つて》があるのではないだろうか。彼に相談して——いや、それも難しい。豊平経由で、警察にこちらの事情が漏れてしまう恐れもあるのだから。

　手詰まりだ。

「とにかく、社長に直接確認しよう」三山が腕時計を見た。「今夜の会食は八時半までの予定だ。外で待っていれば会える」

「場所は？」

「赤坂《あかさか》」

　俺はスピードマスターを見た。七時半。

「急ぎましょう。もう出た方がいい。会食が早く終わる可能性もあります」

「そうだな」

三山の顔色はよくない。俺も似たり寄ったりだろう。

真っ青な顔をした部下が二人、料亭の外で待ち構えていたら、竹内はどんな表情を浮かべるだろうか。


午後八時から、俺たちは赤坂にある料亭の外で待ち続けた。ビルの一階と地下一階に入っている店なのだが、いかにも敷居が高そうな……「つき合い」となると、やはりこういう店になるのだろう。今日は経団連の関係者との会食だという。

雨が降る中、傘一本だけを頼りに待ち続けるのはなかなか辛《つら》い。社長車があれば中で待たせてもらってもいいのだが、見当たらなかった。この辺には長時間停めておけないから、どこかで待っているのだろう。

「もうすぐ五月とは思えないな」三山が腕を交差させ、両の二の腕を盛んに擦《さす》った。夏のスーツなので、今日の気温ではなかなか辛いだろう。

「そうですね」ぼんやりと答えながら、俺も二の腕を擦った。薄くてもいいからコートが欲しいぐらいの陽気だ。

八時十五分、社長車がやってきた。すぐにもう一台、黒塗りの車がきて、社長車の後ろに停まる。こちらが会食相手の車だろう。

三山が社長車に駆け寄り、運転手と二言三言話した。ドアを開けて乗りこむように手招きしたが、俺は首を横に振って断った。主人《あるじ》がいない車に勝手に乗りこんで待つのは、やはり失礼だろう。車内の快適な環境を想像すると残念だったが……三山も俺の真意を察したのか、嫌そうな表情を浮かべて車から離れた。

長くは待たなかった。

八時半ちょうどに店の引き戸が開き、竹内が出て来る。後から出て来た会食相手に何度も頭を下げ、自ら傘を広げてさしかけてから、車に乗りこませた。ややこしい——少なくとも緊張する話題が出ていたのは間違いないようで、相手の車が走り去ると、露骨にほっとした表情を浮かべる。しかしそれも、俺たちの顔を見るまでだった。即座に表情を引き締め、うなずきかけてくる。

同席していた社長室の秘書に向かって、一言二言話しかける。中年の男性秘書はうなずき、傘を開いてその場から立ち去った。竹内はすぐに社長車の後部座席に乗りこむ。俺はその横に、三山は助手席に滑りこんだ。車内にはいつものように、竹内の好みのピアノジャズが低い音量で流れている。

「どうした」

「これをご覧下さい」

俺は、持って来たノートパソコンを示した。目が上から下へ動く——すぐにその表情が険しくなった。

「いつのメールだ？」

ヘッダを見れば受信時刻はすぐに分かるはずなのに、竹内は訊ねた。

「午後七時過ぎです」

「会食中には、スマホを確認するわけにもいかないからな」竹内が背広のポケットからスマートフォンを取り出し、指を一、二度滑らせた。小さな画面で同じ内容を確認すると、眉間《みけん》の皺《しわ》がさらに深くなる。

「社長……これは事実なんですか？」俺は低い声で訊ねた。

「事実だ」竹内があっさり認める。

「いったいどういう——」

「会社へ回ってくれ」竹内が運転手に声をかけた。運転手ももちろん社長室のスタッフなのだが、それでも聞かれたくないということか。

俺も三山も、車内では無言を貫いた。会社までは十分程度。俺は、人生で最高に居心地の悪い、十分間の沈黙を味わっていた。何か他の話題で埋めることもできたのだが、竹内は「話しかけるな」というオーラを出している。

会社に戻り、地下駐車場からエレベーターに乗った瞬間には、ほっとして全身の力が抜けてしまいそうだった。竹内は何も喋ろうとせず、ようやく口を開いたのは応接室に入った時だった。

「事実だ」ともう一度認めると、リカーキャビネットからウィスキーを取り出して乱暴にグラスに注ぐ。生のまま長く一口呑《の》む……既にかなり酒が入っているのだと俺は気づいた。竹内は酒が強い方だが、これからまともに話ができるだろうかと心配になる。

乱暴にソファに腰を下ろし、俺たちに向かって顎《あご》をしゃくる。珍しく荒れている……今夜は何が起きるか分からないぞ、と俺は覚悟を決めた。竹内は煙草に火を点《つ》け、空いた左手で顔を擦った。顔は少しだけ赤らみ、目も充血している。

「俺が三十五歳の時だった」

今から二十五年前……計算は合う。竹内は正直に告白するつもりだ、と俺は覚悟した。事実関係を知らないと対策の立てようがないが、知るのは怖くもある。今目の前にいるのは、俺が知る竹内とは別人だ。

「外に子どもを作った。認知した。生活の面倒も見てきた……しかしその子は、十代半ばになると生活が荒れ始めたんだ」

竹内が俺を凝視した。途端に居心地が悪くなる。まるで正俊のことを言われたようではないか。竹内はすぐに俺から視線を外し、あらぬ方を向いて話し続ける。

「俺は、二十歳まではきちんと面倒を見た——金銭的に、という意味だが。しかし結局、どこかでねじ曲がってしまったんだろうな。中学生の頃からトラブルを起こしては警察の厄介になって……母親との約束があったから、俺が直接出て行くことはなかったが、正直、いつも気は揉《も》んでいた。それが一週間前、車の中に覚せい剤を隠し持っていた容疑で逮捕されたんだ。尿検査で使用も証明されたらしい。まだ警察に勾留《こうりゅう》されている」

俺は思わず唾《つば》を呑んだ。逮捕されても、実際には逃亡や証拠隠滅の可能性がなければ、すぐに釈放されるはずだ。ずっと身柄を拘束されているのは、何か事情があるからに違いない。売人の名前を知っているとか、それこそ本人が売人だとか。

「こういう情報は、完全に隠しておくわけにはいかないだろう。警察から漏れることもあるはずだ……ということは、お前の判断は正しかった」

竹内が指摘した。俺は思わず「どういうことですか？」と確認した。

「TCRのアドバイス通りに警察に届けていたら、今頃情報が全て漏れていたかもしれない。そうなったら、うちのダメージはどれぐらい大きくなっていたか……今のところ、はした金を捨てたぐらいで、大したダメージはない」

「社長、この息子さん……息子さんでよろしいんですよね？」三山が遠慮がちに訊ねる。

「認知はしている」竹内が微妙な表現を使った。

「金銭的な援助はされていた、ということですが、会われていたんですか？」

「いや」

「よく分かりませんが……第二の家族、ということですか？」

三山の突っこみにも、竹内の表情は崩れなかった。俺はさすがにひやひやしていたが……見ると、三山の顔つきがいつもと違う。容疑者を取り調べる刑事は、こういう表情を浮かべるのではないだろうか。

「可能性もあったが、そういうことにはならなかった」

「意味が分かりませんが」三山が首を捻《ひね》る。

「そこまで説明するつもりはない」

「しかし――」三山が食い下がる。

「その男は今、渋谷中央署に勾留されているはずだ。道玄坂《どうげんざか》で車を運転していて職質され、言動がおかしかったので調べたら、尿から覚せい剤の反応が出た、と聞いている。車内からは覚せい剤以外に吸引用の道具も発見されたそうだ。逃れようがないだろうな」

「社長としては、どうなさるおつもりですか」

「どうにもできない。成人した人間だからな」

「世間は、そうは見ないかもしれません」

「室長――」

俺は思わず割りこんだ。三山の発言は、竹内を追いこむものでしかない。三山は俺の言葉の意味を読んだはずだが、不満げに首を横に振るだけだった。

「この件は、ニュースで流れているんでしょうか」

「いや」竹内が即座に否定した。「全てのメディアをチェックしたが、ニュースにはなっていない。覚せい剤の事件は、珍しくもないからな。よほどの大物売人が捕まったか、有名人が逮捕されたのでない限り、ニュースにもならないんだろう」

「しかし、情報が漏れる可能性もあります」

「それは、我々にはどうにもできない。警察からの情報漏れを抑えることはできないからな」

「手詰まりじゃないですか！」乱暴に吐き捨て、三山がソファに背中を預けた。普段、社長の前では絶対に取らない態度である。

「手詰まりかもしれないな」竹内も認めた。今まで一度も聞いたことのない、弱気な台詞である。

「どうするんですか？　犯人グループがどうのこうのというより、はるかに大きな問題ですよ。脇が……」

三山が言葉を呑んだ。「脇が甘い」と言おうとしたのだろうが、それはあまりにも酷だと思ったのだろう。子どもが生まれたのは二十五年も前である。成人するまで金銭的な面倒を見て、最近まったく会っていないとしたら、竹内の責任は問えまい。関係者による犯罪とはいえ、竹内の立場からすると、事故に近いと言えるかもしれない。

「とにかく、対策を考えます」俺は言った。「警察から情報が漏れてしまうのは止められませんが、犯人グループは……メンバーの名前を掴みましたから、こちらから反撃に出ます」

「どうやって」竹内が面倒臭そうに訊ねる。

「犯罪者は、自分の正体を知られるのを怖がります。こちらが『分かっている』ことを教えれば、少なくとも拮抗《きっこう》状態に持ちこめるのではないかと」

「それは……どうかな」竹内は消極的だった。

「向こうを動けなくして、徐々に沈静化させて行く方法が、現段階ではベストだと思いますが」俺は自分の案を押した。

「そうか……分かった」納得した様子ではなかったが、竹内がうなずいた。「この件はお前に任せた。お前がそう判断するなら、俺はそれに乗る」

こちらを全面的に信用している感じではなく、何だか全てを諦《あきら》めてしまったような感じだった。初めて見る竹内の弱気は、俺にも即座に伝染した。

三山と二人で特別企画室に戻った。俺は完全にエネルギーを使い果たしてしまい、椅子に座るとそのままずり落ちそうになった。引き出しから目薬を取り出し、差す。すっきりした感覚は広がったものの、半ば麻痺《まひ》してしまった意識までは鮮明にならない。

「もう持たないかもしれないな」三山がぽつりと言った。

「社長が、ですか？」俺はかすかな憤りを感じながら訊ねた。

「女の問題がこんなにいろいろ出てくるとはな。社長は、こんな人じゃないと思ったけど……普段も、特に女好きな感じはしないだろう？」

「ええ」

「でも、二件とも事実だったわけだ。俺たちが知らない一面もあるんだな」

「それはそうだと思いますよ。社長にもプライバシーはあるわけだし」

「社長もだいぶダメージを受けてたな。こういう件、いつの間にか噂が広がるんだよな……社内でも後ろ指をさされるようになったらまずいぜ」

「今、この事実を知っているのは俺たち二人だけですよ。俺たちが喋らなければ、情報は漏れないでしょう」

「いや、こういうのはどこから漏れるか分からない」三山はすっかり悲観的——あるいはそれを通り越して皮肉っぽくなっていた。「そもそも今回の情報だって、どこから漏れたと思う？　俺もお前も知らないだけで、社内の誰かが知っていたかもしれない——そいつが裏切ったんじゃないか」

俺は唇を嚙《か》んだ。三山が俺に冷ややかな視線を向けてくる。

「本気で犯人と交渉するつもりか？」

「もちろんです」

「火傷《やけど》しないように気をつけるんだな。引き際を間違えるな」

「俺たちが引いたら社長は——この会社は破滅ですよ」

「会社を破滅させない手はある」

「何ですか？」

「そんなこと、俺の口からは言えないな」三山が力なく首を横に振った。

三山が何を考えているのか、さっぱり分からなくなった。態度が急変したのは、社長を見限ったからかもしれない。しかしそれは、あまりにも冷酷過ぎないだろうか。三山だって竹内から目をかけられ、若くして責任ある立場に就いたのに。この人は「恩」についてどう考えているのだろう。

「お前もよく考えておけよ。どんなに恩のある人でも、破滅するまでつき合う必要はないんだからな。昔の殉死とは違うんだ。たとえ社長がいなくなっても、この会社は守っていかなくちゃいけない。それが俺たちの仕事だろう」

スマートフォンが鳴った。メッセージの着信。取り出して確認すると、竹内だった。「下の駐車場で待つ」。俺はゆっくりと立ち上がり、三山に向かって一礼した。

「俺は、社長から受けた恩を返しきれていません」

「おいおい、そういうの、流行《はや》らないぜ」

「流行る流行らないの問題じゃないと思います……今日は失礼します」

三山はそれ以上何も言わなかった。呆《あき》れているのかもしれない。俺にすれば、三山の態度こそ許せないものだったが。

急いで地下に降りると、エレベーターの前で社長車が待機していた。すぐに竹内が車から降りてくる。車の中で話すのかと思ったが、やはり運転手にも聞かれたくないようだ。竹内はエレベーターの前にあるベンチに腰かけた。煙草を取り出したが、ここは禁煙だとすぐに気づいたのか、背広のポケットに落としこむ。

「これで本当に詰みだと思うか？　正直に答えてくれ」

「まだやれることがあります。そう簡単には終わらせません」

「分かった……しかし俺に何かあったら、後のことはお前に任せるからな」

「どういう意味ですか？」俺は目を細めた。

「会社の面倒を見て欲しい、ということだ。お前ならできる」

「待って下さい」俺は慌てて言った。「私はそういう立場じゃありません」

「『ＡＺフーズ』では、仕事ができる人間が上に行く。それが俺が決めた方針だ。そしてお前なら、間違いなく近い将来に会社を任せられる」

冗談じゃない、いくら社長でも、これは滅茶苦茶だ……俺は、社内の給与制度の中では「Ｃ２」レベルで、普通の会社で言えば課長レベルである。とても会社を背負える立場ではない。

「これから俺に何ができるか分からないが、お前を必要なポジションに据えるぐらいはできる」

「しかし……」

「俺がどうしてお前に目をかけて、ずっと育ててきたか分かるか？　お前ならこの会社を将来的に任せられると思ったからだ。お前は、普通の人間にはできないことをした。崩壊した人生を、子どもながらにきちんと立て直してきたんだから」

「支えてくれる人がいたからです。それこそ、社長とか」

「俺はちょっと手を貸しただけだ。お前は自分の資質と努力で、自分を引っ張り上げたんだ。お前を選んだことは、俺の人生で最大の成功だよ――お前は俺にとって家族なんだ。本当の家族よりも信頼できる家族なんだ」

「しかし……」

「本当は、家族も信頼できない。俺は時々、敵だらけの中で、ボロボロになった刀を振り回して戦っているような気分になるんだよ」

竹内の言葉を噛み締めながら、俺は自宅へ戻った。夕食を摂《と》り損ねたが、食べる気にもなれない。こんなことじゃ駄目なんだ。食べることは全ての基本——気を奮い立たせて、冷凍庫にあった厚切りの食パンにピザソースを塗り、チーズを載せてオーブンに入れる。ピザトーストもどき……これとカップ入りのスープで簡単な夕食にする。栄養的にも量的にもひどい食事だが、何も食べないよりはましだ。

トマトジュースも飲むことにした。スープもトーストも熱いのに、どこか冷え冷えとした食事……一人暮らしだから仕方ないが、どうにも気持ちが荒《すさ》む。

そそくさと夕食を終え、犯人との連絡用の携帯電話を充電した。気づかないうちに着信は——ない。この電話には、しばらく悩まされることになりそうだ。

手早くシャワーを浴び、まだ髪が濡れているのを無視してベッドに横になる。ほぼ徹夜した後に、さらに必死に動き回っていたから、目を閉じればすぐにでも寝てしまいそうだった。しかし今の俺には考えることがある——どうやって社長をこの窮地から救うか、だ。

三山の態度の変化が気になってきた。まるで竹内の退陣を期待するような感じではないか……確かに犯人は、竹内に対する個人的な攻撃を主にして脅迫を実行した。竹内が会社の経営から身を引けば、犯人も攻め手をなくすかもしれない。

いや、そんな簡単なことではあるまい。犯人は、今度は会社ではなく竹内個人をターゲットにしてくる可能性もある。竹内も、会社を離れてしまえば防御力が弱まるはずで、自分で自分の身を守るのは難しいかもしれない。

自分が考えた「恐怖の均衡」作戦も、上手《うま》く機能する保証はない。図々しい犯人なら、さらに新しい手を考えてこちらを脅してくる可能性がある。まるで軍拡競争時代の米ソだ……相手よりも多くの核弾頭、ミサイルを持ち、恐怖で怯《ひる》ませようとする。

そうならないためには、全面戦争で相手を確実に叩き潰《つぶ》す必要がある。例えば……あのグループのリーダーは誰なのだろう。もしも白井という男がリーダーなら、こちらも個人攻撃に出る方が効果的かもしれない。弱みを握って脅迫する——いや、こんな卑劣な犯罪を考える人間は、普通の人なら弱みだと思うことを、何とも思わないかもしれない。

犯人を潰す——退場してもらう。

まさか。一瞬浮かんだ考えに、俺は恐怖を抱いた。

殺してしまえばいい。リーダーが死ねば、向こうもこちらは本気だと知ることになるだろう。そしてリーダーが消えれば指示を出す人間はいなくなり、グループは空中分解するのではないか。どうせ、それほどしっかりした組織ではないはずだ。

しかし俺が自ら白井を殺すことなどできない。

その時ふと、もう一つの手を思いついた。自らの手を汚さず、白井を抹殺する。そんなことができるかどうかは分からないが……俺にも悪の血が流れているのか？

翌日は土曜日。実質的に大型連休に入る日で、「AZフーズ」も暦通りに休みになる。

ただし、今年の大型連休は休日の並びが悪く、長期間の休みは取れない。

そもそも俺としては、まったく休む気にはなれなかったが。やるべきこと、考えることが山積みだ。

昨夜もほとんど眠れなかった。携帯が鳴らないか、メールがこないか、気になって頻繁に目が覚めてしまい、朝七時にベッドから抜け出した時には、寝る前よりも疲れた感じだった。十時間ぶっ続けに眠れるなら、何でも差し出すつもりにさえなっていた。

とにかくコーヒーを淹《い》れ、たっぷり二杯飲んで何とか眠気を追い出す。さらにゆっくりとシャワーを浴び、最後は冷水で体を引き締めて、何とか生き返ったような気分になった。

昨夜思いついた最悪のアイディアを本気で検討する前に、やることがある。

正俊を捕捉《ほそく》する。

本当は、家を直接訪ねて摑まえたかったが、どこに住んでいるか分からないのでどうしようもない。無視されるのは覚悟の上で、携帯に電話をかけてみた。どうせこんな時間には出ないだろう……その予感は外れ、正俊の声が耳に飛びこんできた。

「何だよ、こんな時間に」寝ていた様子ではなかった。

「会えないか」

「へえ」正俊が馬鹿にしたように言った。「あんたから電話がかかってきたのも、あんたに『会いたい』って言われたのも初めてだな」

「会いたいわけじゃない。会わなくちゃいけないんだ」

「何でまた」

「理由は後で話す」

「じゃあ、うちの近くへ来てよ。そっちに出てくのも面倒臭いし」

そっちに出てく？　この言葉を聞いた限り、正俊は都内には住んでいない感じがする。家を割り出すヒントになるかもしれないと思ったが、これは「ひっかけ」の可能性もある。正俊が素直に話すはずがない。

「下丸子《しもまるこ》にファミレスがある」

俺は頭の中で大田区内の地図を広げた。同時に、嫌な予感に襲われる。下丸子……俺が十歳まで住んでいた矢口渡《やぐちのわたし》からは二駅しか離れていない。あの事件が起きて以来、ほとんど足を踏み入れていなかった街の近くだと考えると、やはり緊張してしまう。正俊は今でもあの近くに住んでいるのだろうかと考えると不思議な気分になった。事件があった実家の近くに住む神経は、どんなものだろう。

「下丸子の駅から五分ぐらいだ。区民プラザのすぐ裏……環八《かんぱち》から一本入ったところ」

「ずいぶん詳しいな」

「俺もあちこち動き回ってるんでね。そこで一時間半後だ」電話はいきなり切れた。

俺の自宅がある門前仲町から下丸子へは、非常に行きにくい。車ならともかく、電車だと何回か乗り継がねばならず、どうしても一時間はかかるだろう。そしてその途中では、蒲田や矢口渡――幼い頃の思い出が詰まった街を通過しなくてはならない。あの頃とは、だいぶ街の光景も変わっているのではないだろうか。

何でもないんだ、と自分に言い聞かせる。もう、あれから二十年も経っている。記憶が一気に蘇《よみがえ》って、苦悩のあまり倒れることなどないはずだ。竹内が言っていたように、俺は自分の人生を再構築したはずではないか。再構築とはすなわち、過去を忘れることに他ならない。

とにかく、余計なことを考えている暇はない。俺はすぐに家を出た。

約束の時間の十五分前に、俺は店に到着した。店員に待ち合わせだと告げて、店内をぐるりと見て回る。正俊はまだ来ていなかった。すっぽかされるのではないかと思ったが、今からそんなことを心配しても仕方がない。

土曜の朝のファミレスというのは、意外に混んでいるものだ。都心部ではそんなこともないのだが、郊外では近所の高齢者が好んで利用する。時間潰しなのか、あるいは週末ぐらいは朝食を作りたくないのかもしれない。こういう店が一種の社交場になっているのも間違いなく、一人で座っている人はほとんどいなかった。

俺は窓際の席に陣取った。正俊がどこから来るかは分からないが、何となく店に入って来るのを監視しておきたかった。

起きてからコーヒー二杯しか飲んでいないし、昨夜はピザトーストまがいの夕食だったので、腹は減っている。ここで朝食を済ませておくことにした。このチェーンの店に入るのは久しぶりだったが、いつの間にか様々な料理を組み合わせて、自分なりのモーニングセットを作れるようになっていた。バリエーションは相当広い……実地調査不足だな、と反省した。

とはいえ、あまり奇をてらった物を食べる気にもなれず、スクランブルエッグにトーストを組み合わせてコーヒーをつけることにした。ファミレスでの、極々普通のモーニングセット。

正俊が来る気配がないので、俺はさっさと食べ始めた。味は、まあこんなもの……全国どこで食べても、がっかりすることはないというだけだ。あと二百円値上げすれば、一点を豪華にして売りにできるだろうが、モーニングで八百円近い価格は許されないだろう。

トーストを一枚食べ終えたところで、窓の外に目をやる。一台のバイク――マットな黒に塗装されたオフロードタイプだった――が走ってきて、駐車場に入る。あれが正俊だ、と何故かピンときた。フルフェイスのヘルメットを被《かぶ》っていても、何となく雰囲気で分かる。忌々しいことに、同じ血が流れていることを、どうしても意識せざるを得なかった。

食べているところを見られるのが嫌で、素早く店員を呼んで皿を下げてもらった。コーヒーだけお代わりをもらう。また中途半端な朝食になってしまったが、仕方ない。

三分後、ヘルメットを小脇に抱えた正俊が入って来た。うなずきもせず、表情も変えずに俺のテーブルに向かって来る。ヘルメットを投げ出すようにソファに置くと、音を立てて腰を下ろした。

「何の用だよ」

「お前、この辺に住んでるのか」

「さあね」

「住めないだろうな。あんなことがあった街のすぐ近くなんだし」

「あんたはデリケートだね」正俊が馬鹿にするように言った。「東京じゃ、住む場所なんか自由に選べない」

「東京にいるのか」

「ノーコメントだ」

ウェイトレスがお代わりのコーヒーを注ぎに来たタイミングで、正俊もコーヒーを頼んだ。正俊のコーヒーが来るまで、互いに無言を貫く。正俊がコーヒーを一口飲んだタイミングを狙い、俺は切り出した。

「昨日の午前一時半、どこにいた」

「一時半、ねえ」正俊が無感情に切り出した。「寝てたんじゃないかな」

「はっきり言えないのか」

「覚えてないね」

「昨日の話だぞ？」俺はテーブルの上に身を乗り出した。「それを覚えてないっていうのはどういうことだ」

「何もない、普通の一日だったからね」

「夕方は？　どこにいた」

「仕事だよ」

「お前の仕事って、何なんだ」

「別に言う必要ないだろう。あんたには関係ない」

「いや、関係あるんだ」

「へえ」つまらなそうに言って、正俊がコーヒーに砂糖とミルクを加える。一口飲んで顔をしかめた。「こういう店のコーヒーは、何でこんなに不味《まず》いのかね」

「お前にコーヒーの味が分かるのか」

「美味《うま》いか不味いかぐらいは分かる。ここは最低だな」

「お前が働いている会社のコーヒーは美味いのか？　白金台っていうのは、会社があるにしては珍しい場所だな」

　この揺さぶりが多少は効果を発揮するかと思ったが、正俊はカップ越しに一瞬俺を見ただけだった。すぐに目を逸《そ》らし、カップを下ろす。

「あんた、何が言いたいんだ？」

「お前の方こそ、何をしてるのか教えてくれよ。どうせまともなことはやってないだろう」

「偏見だ」正俊が鼻を鳴らす。「あんたは、自分だけは抜け出したと思ってるんだろうな。世間の偏見から……」

「そうだ、俺は抜け出したよ。それの何が悪い？」

「別に俺は何も言ってないぜ」正俊がまたコーヒーを飲んだ。「俺は、抜け出せてない。でも、その世界でも生きていける。どんなにひどい世界でも、慣れれば自分の居場所を見つけることができるんだ」

「それは、自分もひどい人間になったという証拠だよ」

「朝からお説教かよ……あんたは恵まれてたんだ」

「俺は自分で努力した。お前はどうなんだ？　上手くいかないのを周りのせいにして、這《は》い上がる努力をしなかっただけじゃないのか」

「そうだよ」正俊があっさり認めた。「四歳の子どもに何ができる？　知った顔が一人もいない施設にぶちこまれて、小学校ではずっと、人殺しの子どもって言われて。そんな状況で真っ直ぐ育つ人間がいたら、お目にかかりたいね」

毎度の罵《ののし》り合い。今日はこんなことをしに来たんじゃない——俺は気持ちを入れ替えた。

「白井泰久という人間を知ってるか」

「知らないな」

即座に否定した——それが早過ぎた。俺が言葉を発し終える前に、もう否定していた。それにかすかな違和感を覚え、同時にこの線を突いていけば落とせる、と感じた。

「お前が昨日出て来た、白金台のマンション——そこに住んでいる男だ」

「へえ」

「俺は、お前がマンションから出て来るのをこの目で見ている」

「自分が見たものが、全部正しいとは限らないだろう」正俊が、馬鹿にしたような口調で言った。

「だったら、昨日の午前一時半に、お前が多摩センターにいるのを見たのはどうだ？それも正しくないのか？」

「何のことやら」正俊が耳を擦った。

「証拠もある。写真を撮ってるからな」

「だから何なんだ？」

「俺は……お前にチャンスをやってるんだぞ」

「チャンス？」正俊が白々しく首を傾げた。

「お前は、何かでかい仕事をやってるつもりかもしれない。だけどそれは、実際には仕事じゃなくて犯罪だ。今のうちに白状すれば、お前の名前は出さないでおく」

正俊が短く声を上げて笑った。馬鹿にしたように目を細めて俺を見ると、手探りでコーヒーカップを取り上げる。

「脅しにしてもレベルが低いな」

「脅しじゃない。今ならまだ、手遅れにならないんじゃないか？　黙って逃げれば、俺は追いかけない」そんな暇もない、という言葉を呑みこむ。必要以上に刺激したくなかった。

「馬鹿言ってないで、ちゃんと仕事をした方がいいんじゃない？　俺はしっかり儲《もう》けてるぜ」

「どうやって」

「俺の仕事なんか、あんたには理解できないだろうな」

そう、理解できない。その仕事とは犯罪であり、俺はごく真っ当なサラリーマンで犯罪には縁がないからだ。今回のような脅迫事件も、どんな風に計画され、準備が進められてきたのか、はっきりしたことはまったく分からない。

「クソみたいな連中に囲まれてると、もっとひどくなるぞ」

「ああ。下には下がいるからな」

「お前が目指してるのは下なのか？　白井というのは――」

「白井さんは関係ない」

微妙な言い回しの変化に、俺は言葉を切った。先ほどは「知らない」、今回は「関係ない」。間違いなく、正俊は白井を知っている。そして今回、一緒に動いている。

「俺はでかい仕事をするんだ。あんたとは違う。あんたみたいにせこせこ働くだけで、一生のうちにいくら稼げるかが読めちまうような人生はごめんだね」

「違法な仕事だったら働く意味はない。人生の大部分を無駄にすることになるんだぞ。今度は少年院じゃなくて刑務所だぞ」

「俺はそういうヘマはしないよ。いろいろ学んだからね——街という学校で。あんたみたいに、大学を出た人間には理解できないことだって、よく知ってる」

「人を脅迫する方法とか？」

正俊が黙りこみ、俺を凝視した。どういうわけか正俊は、妙な自信を持っている。いくら疑われても、絶対にすり抜けられると信じているような……根拠はない。この世には「絶対」などないのだから。

「あんたは、金持ちに拾われてよかったじゃないか。一生安泰か？」

「何の話だ？」

「本当は、金もなかったはずだよな。それがどういうわけかいい大学に行って、いい会社に入ってる。上手くコネを作ったんだな」

「そうだよ」開き直って俺は認めた。「俺は運がよかったんだ」

「その人を尊敬してるわけだ」

「もちろん」

「自分の命を賭《か》けられるほどに？」

「ああ」

「ずいぶん安い命だな」

「俺の命なんかどうでもいい。恩人を守るためには何でもする」

「はいはい」呆れたように正俊が言った。「ま、その感じは俺にも分からないじゃないけどな。俺にもそういう人がいるから」

「そいつがお前を泥沼に引きずりこんでるんじゃないのか？　ろくでもない人間との縁はさっさと切れ」

「あんたは、恩人との縁を切れるか？　切れないだろう。人間関係なんてそんなもんだ……もういいかな。俺も忙しいんで」

「人を脅すことにか？」

　正俊が黙って立ち上がった。コーヒーはほとんど減っていない。俺は、尊大な表情を浮かべる正俊に矢を放った。

「伝えろ――こっちは、お前たちの正体が分かってる。いつでも警察に届け出られるんだ」

「何の話かな」

「黙って伝えろ」

　正俊がまた座った。妙に自信たっぷり……まだ全てのカードを切ったわけではない感じがする。俺は不安を覚えた。

「仮に——あんたの会社が何らかの被害に遭っていて、俺が犯人だったらどうする？　実の弟が……あんたは会社に居辛くなるんじゃないか？　どうやって説明する？」正俊がテーブルの上に身を乗り出し、声を潜める。「犯罪者の子も犯罪者だからしょうがない？　そんな理屈は言えないだろう。そんなことをしたら——あくまで仮の話だぜ？　とにかくあんたが俺たちを警察に突き出したら、それが終わりの始まりなんだ。あんたは、今まで必死に積み上げてきたものを、一瞬でなくすのさ」

「そんなことにはならない」

「へえ」惚《ほう》けたような表情で正俊が言った。「どんな凄《すご》い手があるのか知らないけど、あるなら見てみたいね。いいか？　親父がクソみたいなことをやってから二十年で、俺が学んだことを教えてやろうか。この世で、これだけは真理なんだ」

「聞かせてもらおうか」

「正義は常に悪に負ける」

「何だって？」

「弱い正義は悪に勝てない。悪に勝てるのはもっと強い悪だけなんだ」

　土曜日の残りを、俺は無為に過ごした。頭の中では、正俊の言葉「悪に勝てるのはもっと強い悪だけ」がぐるぐると回っている。正俊は自分を「悪」と認めた。それを打ち倒すだけの「悪」は俺の中にもある。ある意味、正俊よりもずっとずる賢く、卑怯《ひきょう》な悪。もはやそれを否定できなかった。

夕方になると、何もしないでただ犯人からの連絡を待っているのが馬鹿らしくなり、白井の自宅——アジトと言うべきだろうか——を訪ねてみることにした。

玄関ホールでインタフォンを鳴らそうか、とも考えた。しかしこのインタフォンは、部屋にいる人がこちらの顔を見られる仕組みになっている。向こうはとうに俺の顔を割り出しているかもしれないが、それでもこの段階では顔を晒《さら》したくなかった。

白井がいるかいないかも分からない。結局単なる無駄足になるかもしれないと、不安が募るだけだった。

午後七時——引き上げることにした。俺は、勝手に悩んで勝手に暴走しているだけではないか……白井のマンションを離れて歩き出した瞬間、スマートフォンが鳴る。三山だった。

「動きは？」

「今、白井の家を見てきましたが……今日は何もないですね」咄嗟《とっさ》に嘘をついた。本当は朝から、犯人グループの一人に会ってきたのだが。

「分かった。白井には気づかれてないだろうな？」

「おそらく」

「何か作戦を思いつくまで、こちらからはアクションを起こさない方がいいぞ。下手に動いて気づかれると、後々まずいことになるだろう」

「分かりました。何もなければ、週明けにまた――この週末のうちに、作戦を考えておきます。社長はどうですか？」

「今日は話していない。何かあれば連絡があるはずだが……何もないんだろう」

白井たちも、週末は休むのだろうか……奴らは既に、一千万円を奪っている。この週末を利用して、山分けの相談でもしているのかもしれない。

白金台の駅へ向かう途中、何度も後ろを振り返った。監視しているつもりで、逆にこちらが監視、あるいは尾行されている可能性もある。犯人グループは何人いるのだろう。今のところ、顔と名前が合致しているのは正俊だけである。白井は名前が分かっているだけで顔は割れていない……他にも何人かいると考えるべきで、名前も顔も分からない連中に尾行されたら、どうしようもない。

しばらく有希子に会えないな、と思った。この騒動に有希子を巻きこむわけにはいかないのだから……しかし、こちらがそういう風に用心していても、避けられないこともある。

駅に入ろうとした瞬間、またスマートフォンが鳴る。有希子からだった。一瞬、無視しようかとも考えた。一段落するまでは、連絡を取らない方がいいのではないか。

しかしどうしても、有希子を無視はできなかった。結局、留守番電話に切り替わる直前に出てしまう。さすがに白井たちも、電話の盗聴まではしていないだろう、と自分を納得させた。

「ごめん、仕事？」有希子が遠慮がちに言った。

「半分仕事」

「どういうこと？」

「待機中、みたいな感じで」我ながら下手な言い訳だ。これで彼女は納得するだろうか……たぶん、しない。今まで「待機中」などとは一度も言ったことがないと思う。

「じゃあ、動けない？」

「そういうわけじゃないけど」

「ご飯は食べた？」

「いや……まだ」

「せっかくだから、一緒に食べない？」

先日、夜中に押しかけたせいで、彼女は気を遣ってくれているのだ。それだけに、何も打ち明けられないのは胸が苦しい。

「うちへ来る？」

「そうだな……」今は、互いの家では会いたくない。正俊は俺の家は割り出しているが、有希子の存在まで知っているかどうか……俺が彼女とつき合っていることが割れたら、決定的なアキレス腱《けん》になってしまう。「どこか外で食べようか。最近、美味い店は見つけた？」

「最近はないけど……今、どこにいるの？」

「白金台」

「その辺なら美味《おい》しいお店がたくさんあるけど――」

「駄目だ」俺は小声で、しかし鋭く有希子の言葉を遮った。「この辺だと、仕事関係の人に会うかもしれないんだよ」

「別にいいじゃない。悪いことしてるわけじゃないし」有希子が控え目に抗議した。

「いろいろやりにくいんだ――君みたいな美人と一緒にいるところを見られると」

「変なお世辞はやめてよ」

「いや、本当に。美女と野獣ってよく言われてるし」本当は俺も、「野獣」と呼ばれるほど迫力のある風貌《ふうぼう》ではないのだが。「いつも通り、表参道でいいかな。そこで七時半……もうちょっと遅くなるかもしれないけど、とにかくそれぐらいの時間で」

「いいわよ。代わり映えしないけどね」有希子が短く溜息《ためいき》をついた。

「代わり映えしないのがいいんじゃないかな。日常って、そんなものだろう」非日常に放りこまれた俺には、何もない日常が懐かしくてならなかった。

　青山通り沿いのスパイラル前で待ち合わせた。途中で有希子の姿が見えたので、走って近づく。息を切らして彼女の前に立つと、思い切り笑われた。

「そんなに焦らなくていいのに」

「いや……遅れたからさ」

今日の彼女は、白いブラウスに花柄が散ったピンク色の長いスカート、それにデニムジャケットを合わせていた。長い髪は、高い位置で一本に縛っている。

「何にしようか」

「ハンバーガーでも食べる？」

「いいよ」この辺りには、ハンバーガーショップが点在している。値段も様々……ただ、何軒か食べ歩くうちに、俺たちが行く店は定まった。

店は、青山通りを挟んで、今いるスパイラルと反対側にあるが、この辺りには交差点が少ない。仕方なく、地下鉄の構内を通って反対側に出ることにしたのだが、俺はその時点で結構疲れていた。睡眠不足、緊張、肉体的な疲労……俺の体には、確実にダメージが刻みこまれている。

青山通りの西側は、まったく区画整理がされていないごちゃごちゃとした一角である。大きな建物と言えばAo《アオ》ビルぐらいで、青山通りから一本裏に入ると、小さな建物が建ち並んでいる。通りも細く、歩きにくい。特に連休が始まった今日は人出も多く、夜八時近いこの時間になっても、自分のペースで歩けないほどだった。

途中、有希子が腕を絡ませてきたが、彼女の体温を感じても安心できなかった。

目当てのハンバーガーショップは小さな二階建てで、濃緑色で塗られた渋い外観である。一階部分が厨房《ちゅうぼう》、二階が客席という造りで、ドアの前には待つ人のために小さなべンチが置いてある。いつも行列覚悟なのだが、幸い今夜はすんなり入れた。

メニューは豊富なのだが、ここへ来ると俺たちが頼むのはいつも、一番シンプルなハンバーガーと決まっている。肉の味を活かした味つけなので、これが一番美味さが分かる。それとジンジャーエール。表参道で夕食を摂ろうとしたら、一番安上がりの部類に入る店だ。しかし、有希子のハンバーガーランキングでは「都内で一番」だという。厨房が狭いのか、料理が出てくるまでに時間がかかるのが唯一の弱点だ。

　二階は、俺たちが座った時点で満席になった。さすが人気店……話はし辛いが、そもそもややこしい話をする気はなかった。

「土曜日なのに仕事だったの？」

　俺は会社の携帯を取り出し、顔の前で振って見せた。

「こいつの連絡待ちなんだ」

「そんなに急ぎの仕事なの？」

「たまにはそういうこともあるよ」

「あんまり無理しないでね」

「これぐらい、何でもないさ」

　ハンバーガーが運ばれてきて、俺たちは早速食事に取りかかった。粗く叩いた肉を分厚いパテにまとめ、シンプルに塩と胡椒《こしょう》だけの味つけで食べさせる。単純故に肉の味がはっきり分かるし、意外に飽きない。つけ合わせの中では、生っぽく炒めた玉ねぎが効果的だ。もっと荒々しい味つけでもいいのだが、とにかく美味いのは間違いない。つけ合わせのフレンチフライは分厚く――ジャガイモを「切った」のではなく「割った」感じだ――炭酸飲料には最高に合う。ビールが呑めたら文句なしだろう。

俺から三分遅れで、有希子がハンバーガー本体を食べ終えた。余ったフレンチフライを手にしてしばらく眺めていたが、やがて皿に戻す。

「食べないのか？」

「ハンバーガーって、栄養的には完全食なのよ」

「確かに」炭水化物、タンパク質、脂質、それにこういうグルメバーガーの店では野菜もたっぷり入っている。

「問題はフレンチフライなの。これで油を摂り過ぎるから」

「いつも食べるものには気を遣ってるんだから、たまにはいいじゃないか」

「そうよね。そんな、禁欲的な生活をしていても……」有希子がフレンチフライを一つつまんで口に運び、すぐに顔を綻《ほころ》ばせる。「ハンバーガーが美味しいお店って、フレンチフライも絶対に美味しいわよね」

「ああ。それに日本のハンバーガーは、アメリカよりも全然美味いよ」

「確かに」

ニューヨーク出張の時に、俺は地元で「美味い」と評判のハンバーガーを何度も食べた。しかしどこも、日本で食べるものより味は雑だった。

　今俺は、何でも好きな物を食べられる。仕事のためでもあるのだが……そして、俺にはもったいない恋人もいる。

　そういう全てを捨てる覚悟はあるのか？　竹内一人のために？　いや、そもそも竹内がいなければ、こういう生活は送れていなかったわけで、恩を無視するわけにはいかない。今回の危機的な状況が、最高の恩返しの機会かもしれない。

「うちの社長のこと、どう思う？」

「どうって……」有希子が渋い表情を浮かべた。「あなたから聞いた話の印象しかないわよ。あなたにとっては父親代わり、でしょう」

「ああ」

「だったら大事にしないとね」

「そうなんだよ」俺は思わず深くうなずいた。「だけど、どうやって大事にするか……これまでの恩をどうやって返したらいいのか、よく分からないんだ」

「いつも恩返しすることなんて考えてるの？」有希子が紙ナプキンで指先を拭った。

「考えてる」

「大袈裟《おおげさ》じゃない？」有希子が目を細める。

「一生かけて恩返しするっていうこともあるだろうけど……それはかなり大変だな」

「だったら、すぐに返す方法を考えたら？　何かあるでしょう」

　隣の席の、大学生らしいカップルが席を立った。これで多少、話しやすくなる。

「社長は、俺を引き上げたいみたいなんだ」

「引き上げたいって……どういう意味？」有希子の表情が険しくなる。状況が把握できていない。

「近い将来に経営陣に迎える、ということだと思う。具体的にどういうポジションになるかという話は出てないけど」

「すごいじゃない」有希子は素直に驚き、喜んだようだった。「三十歳で役員なんて、あり得ないでしょう」

「それはまだ――将来の経営陣含み、ということだと思う」

「それでもすごいわよ」

「でも、うちは年功序列じゃないから」答えながら俺は苦笑してしまった。「四十代前半の役員も何人もいるからね。でも、三十代となったら、結構ざわつくかもしれない」

「役員になっても独身だったら、世間体がよくないんじゃない？」

またこの話か……俺にはどうしても理解できない。有希子は何故、俺とこんなに結婚したがるのだろう。俺みたいな男と結婚しても、何もいいことはない――少なくとも、子どもは作らない。何度も「子どもは嫌いだ」と言っているのだが、有希子は気にする様子もなかった。彼女自身は、子どもが好きなはずなのだが。

「まあ、実際に役員になれるかどうかは分からないけどね」

「その話、受けなくちゃ駄目よ」有希子がアドバイスした。

「どうして」

「竹内社長の引きなんでしょう？」

「ああ」

「だったら、その期待に応《こた》えないと。それが一番の恩返しになるんじゃないかしら」

「ああ……それはそうなんだけど」

しかしそれは、竹内が「無事で」いたらの話だ。俺が役員になって、将来的に会社を支えることになっても、その時に竹内がいなかったら何の意味もない。俺はできるだけ長く竹内と一緒に仕事をしたいのだ。

しかし今、それを阻害する要因がある。

排除、という言葉が脳裏に浮かんだ。抹殺、消去……とにかく、こちらに絶対に脅威を与えないような方策を取る。

殺す。

そう、全員殺してしまえば一番確実だ。いや、全員殺す必要はない。一人でいい。そうすることで、残りのメンバーはビビって引くはずだ。被害者として警察に駆けこめば、自分たちの犯行もばれてしまう。これで「恐怖の均衡」において、俺たちの方が優位に立てるはずだ。

殺す。

俺が？

「健人？」

有希子に声をかけられ、俺は慌てて顔を上げた。

「また考えこんでる」有希子が不満そうに頬を膨らませた。「最近、いろいろ考え過ぎなんじゃない？」

「そうなんだよ。そうなんだけど……考えないとどうしようもないこともある」

「相談に乗るけど……」

「君を巻きこむわけにはいかないよ」

「巻きこむって……」有希子が顔をしかめる。「何だか物騒な感じなんだけど」

「物騒じゃないけど、うちの会社の中のことだからね」俺は無理に笑顔を作った。「それぐらい、自分で何とかしないと」

「一人で抱えこまなくてもいいのに。話ぐらい、聞かせて」

「なあ……俺は、君といるとほっとする。君は、一緒にいて一番楽で、一番大事な人だ。でも君はどうなんだ？　俺みたいな人間と一緒にいても面白くないだろうし、そのうち迷惑をかけるかもしれない」

「自分のことを悪く言うの、法律で禁止すればいいのに」有希子が頬を膨らませた。

「私が何を言っても、あなたの自虐的な性格は変わらないでしょう？　でも、法律で禁止されていれば……あなたは決まりを守る人だから」

「そういうわけじゃないよ」実際今、俺はあらゆる決まりと社会の約束事を違《たが》えている。

会社と竹内を守るために、グレーな領域に一歩を踏み出してしまったのだ。

「あなたは、決めたことは守る人だから……私はそれが好きなんだけど、時々面倒臭くなるわよね」

「だったらどうして、俺の傍にいてくれるんだ？」

「そんなの、理屈で説明できるわけがないでしょう」有希子がようやく笑みを浮かべた。「一緒にいる理由……そんなことが理屈で分かったら面白くないし。でもね、これだけは覚えておいて。あなたには何かがあるのよ」

「何かって？」

「それも分からない。将来、ものすごい大物になるかもしれないし、私、お金の匂いを嗅《か》ぎつけてるのかも」

「まさか」

「お金のことはともかく……あなたには硬い芯《しん》があるのよ。絶対に揺るがない強い気持ちが。それが頼もしいのかもしれない。ふらふら揺れ動くような人って、信用できないでしょう？」

決意はある。たった一つの決意――会社と竹内を守る、だ。

しかし、頭に浮かんだ解決策が正しいのかどうかが分からない。これを実行すれば、俺は確実に破滅するだろう……いや、方法はある。破滅を回避できるかもしれない方法が。

天啓というべきだろうか。いや、こんなことに「天啓」という言葉は使いたくない。

こんな発想が出てくるのは、俺が人殺しの子どもだからだろうか。

月曜日は定例の役員会の日……俺は役員会に出席するよう、竹内から直接要請された。たぶん、これまでの経過を役員たちに説明させるつもりなのだろう。気が重い。何しろ今のところは失敗続きなのだから。それに事態が複雑に動いているので、説明もかなり難しい。かといって、レポートにして回すわけにもいかない。この件では、絶対に証拠が残ってはいけないのだ。

午前中、俺は事件の概要を自分なりにまとめることに専念した。特別企画室の他のスタッフは忙しく働いている——うどんチェーン店と料理教室の買収、それに「ＡＺコーヒー」空白地帯である九州地区への進出が本格的に決まり、その下準備が進められているのだ。そんな中、俺は犯罪者と対峙《たいじ》することに集中している。後ろめたいような情けないような、不思議な気持ちだった。

役員会の前半は、通常の議題で進む。俺はその間、秘書室で待機するよう命じられた。顔見知りのスタッフもいるのだが、軽口を叩く気にもなれない。しかし、それほど長くは待たされなかった。わずか十五分ほど……それだけ今日は、俺の報告が重要だ、ということなのだろう。

会議室に入る瞬間、俺は一瞬立ち止まって大きく息を吸い、胸を張った。ゆっくり息を吐きながら一礼し、壁際に置かれた椅子に真っ直ぐ向かう。

「浅野、こっちに座ってくれ」

竹内に呼びかけられ、俺はぎょっとした。竹内が指示した席は、自分の横である。今回の報告は確かに重要な仕事だが……。

それでも俺は、気合いを入れて竹内の隣に向かった。一礼すると、竹内が「今回の一連の事件の経過について、浅野から報告させる」と告げた。「座れ」という指示はあったが、俺は立ったまま、午前中にまとめた手書きのメモに時々視線を落としながら喋り始めた。このメモは、報告が終わったら破り捨てるつもりである。

第二の脅迫、それに応じて一千万円を用意して犯人に渡したこと、逃げられてしまったが犯人の名前は何とか割り出したこと、そしてさらなる脅迫——最後の、竹内個人に対する脅迫については、俺は内容を明かさなかった。

「——以上の状況を鑑《かんが》み、今後犯人グループと慎重に接触して、圧力をかけていこうと思います」俺は話をまとめた。

「それで上手くいくのか？」報告が終わった瞬間に、早田が疑義を呈する。

「やってみないと分かりません」立ったまま、俺は素直に答えた。

「社長」早田が竹内に顔を向ける。彼は序列では会社のナンバー5ぐらいなので、それなりに竹内に近い位置に座っているのだが、二人の間にはかなりの距離が空いているように感じられた。「今からでも遅くありません。警察に届けた方がよくないでしょうか？　実際にこちらは、金銭的な損害も被っています。犯人の名前が割れているなら、捜査にも時間はかからないでしょう」

「駄目だ」竹内が即座に却下した。「これは俺の問題だ。俺の問題で会社に迷惑をかけるわけにはいかない。それにプライベートなことだと言っても、世間は俺とこの会社を一体に見る」

「もちろん、『ＡＺフーズ』は社長の会社です」早田も引かなかった。「しかし、時間が解決しますよ。一時的には騒がれるかもしれませんが、世間はすぐに忘れます。これは重大な危機かもしれませんが、決定的な危機ではありません」

「しばらくこのまま、浅野に任せる。今日はそれを了承してもらうために、役員会で報告してもらった」

「……分かりました」

早田があっさり引いた。結局この男は、竹内には絶対に頭が上がらないのだ。

「では、今回はこれで。万が一失敗した時は……その時は私にも考えがある」

その場がさっと緊迫した。空気に冷たい色がついたようだ……竹内はもう覚悟を固めている。それがいいことだとはどうしても思えなかった。

役員会が終わって一度自席に戻った瞬間、俺は社長から呼び出された。社長室に入ったものの、竹内は「座れ」とも言わなかった。自分はデスクについたまま。俺は彼の前で軽く足を広げて、「休め」の姿勢を取った。竹内が窓の方に視線を向けたまま、突然「お前だけは頭に入れておいてくれ」と言った。

「はい」やばい話がくるぞ、と俺は緊張した。

「辞めた方がいいかもしれんな、俺は」

「社長――」俺は慌てて言ったが、竹内に一睨みされて口をつぐんでしまった。

「考えてみろ。これは俺に対する個人攻撃のようなものだ。つまり、俺が辞めれば会社に対する攻撃は終わる可能性が高い」

「みすみす負けを認めるんですか？」

「負けだと？」竹内が俺をまた睨んだ。

「犯人の脅しに屈したら、それは負けです。もしかしたら犯人の本当の狙いは、社長を退陣させることかもしれません」

「俺が負けたと思わなければ、向こうの勝ちにはならないんじゃないか？」竹内が皮肉っぽく言った。

「どういうことですか？」

「俺も六十を過ぎた」竹内がゆっくりと椅子を回して、正面から俺と向き合った。デスクに肘《ひじ》をついて両手を組み合わせ、そこに顎を載せる。「若い頃に可愛がってもらった経営者から言われたことがあるよ。六十を何歳か過ぎると、あらゆる欲がなくなる――食欲も性欲も金銭欲も……会社を経営して儲けよう、社会貢献しようという向上心みたいなものも消える。その辺が、経営者としては引き際なんだと」

「社長にはまだ、野心も目標もあると思いますが」

「今は、な。ただ、一年、二年先のことは分からない。正直俺は、十分過ぎるほどの金を稼いだ。このまま引退して、海外へ移住しようかと考えることもある。悪くないだろう？」

「駄目です。まだまだ社長には頑張っていただかないと……『ＡＺフーズ』の将来は社長にかかっているんです」

「気持ち一つだな。いい形で後進に会社を譲渡して、綺麗に引き際を作る——それができたら、俺は負けたとは思わない。いつまでも会社に居座って、老醜を晒している方がみっともないだろう」

「それは——今回の一件から逃げるための言い訳です」

俺が指摘すると、竹内の視線が一瞬鋭く尖《とが》った。しかし俺は引かなかった。こんなことで竹内を引退させるわけにはいかない。俺は竹内を守るんだ——。

「犯人側は、まんまと目的を達成したと思って満足するかもしれません。でも、脅迫はこれだけでは終わらない可能性が高いですよ。犯人グループは、この会社の内情に深く食いこんでいる……」そう言って、俺ははっとした。俺でさえ知らなかった会社と竹内個人の問題——そんなことを知っている人間は多くはない。やはり内部の人間が、犯人側と通じている可能性があるのではないか？

その可能性を口にしようとしたが、竹内が先に口を開いた。

「引退への布石として、お前を役員にする。これはもう決めたことだからな」

「待って下さい」俺は慌てて言った。「それでは、三段階ぐらい人事の階段を飛ばすことになります」

「そんなことは、うちの会社ではよくある話だ。いいか？　同じことを繰り返しているだけでは、すぐに会社は傾く。社会の変化やトレンドを読み、柔軟に変化していかないと、業績は間違いなく悪化する。そのためには、若い人に頑張ってもらうしかないんだ」

「しかし――」

「これは命令だ」竹内が笑みを浮かべる。奇妙に、邪気のない笑みだった。「俺の最後の命令かもしれないが」


一刻も早い解決を――俺は、犯人グループの中で正俊以外に名前が割れている白井を攻めることにした。白井がリーダーかどうかは分からないが、取り敢《あ》えず捕捉できれば、今後のとっかかりにはなる。

大人数で動くわけにはいかず、俺は花山と石田だけに援軍を頼んだ。白井も、ずっと白金台のあのマンションに籠《こ》もっているわけにはいくまい。部屋を直接訪ねるとまずいことになりそうだったので、とにかく外で待ち伏せする計画を立てた。

とはいえ、そういうことがしにくい場所ではある。道路は狭く、車を使って張り込むのはまず不可能。立っていても目立つ。だいたい俺たちは、警察官ではないのだ。二十四時間の監視など、不可能だろう。

「思い切ってドアをノックしたらどうですかね」白金台駅で集合し、近くの喫茶店で打ち合わせを始めた時に、石田が切り出した。「考えてみれば、向こうの顔も分かっていないんです。出て来るのを待っていると言っても、白井が来るかどうかも分からないじゃないですか」

「それはそうなんだが……部屋の前まで行って、直接声をかけるのは危険だと思う」俺は一歩引いていた。二人が絡んでいる以上、危険は冒せない。

「玄関で会うだけなら、大したことにはならないでしょう。こっちが三人で行けば大丈夫じゃないですか？」

それも一理ある。俺はうなずき、すばやく作戦を立て直した。大事なのは、「恐怖の均衡」状態を作り上げることだ。そのためには、こちらが向こうの正体を知っている、お前らをいつでも警察に突き出せると教えることだ。だから直接対峙することこそがポイントになる。

「分かった。行こう」スピードマスターを見る。午後五時。あそこが白井の家なのか会社なのかは分からないが、摑まえられる可能性が高い時間帯ではないだろうか。

マンションへ向かって歩き出しながら、俺は一つだけ不安を抱えこんだ。正俊がいたらどうしよう。俺の立場は一気に悪化する。しかし余計なことを考えても何にもならない。万が一正俊が出て来た時は、二人にだけは事情を話そう。そこから話が広まってしまう可能性もあるが、それは仕方がない。

まず、オートロックを解除しなければならない。そのための作戦は――ない。素直にぶつかるしかないということで、俺たちの意見は一致した。

部屋番号を入力して「通話」ボタンを押す。すぐに、張りのある低い声で返事があった。

「はい」

「白井さんでいらっしゃいますか？」

「白井です」

あっさり認めたので、俺は拍子抜けした。これではあまりにも、用心が足りないのではないだろうか。

「『ＡＺフーズ』の浅野と言います。少しお話しさせていただけますか」

「どなたですって？」

「『ＡＺフーズ』の浅野です」俺は繰り返した。

「ちょっと待って下さい」

通話が切れた。振り返ると、花山も石田も不安げな表情を浮かべている。「どうするつもりですかね」とつぶやく石田の声はかすれている。

待った――何の反応もないので、もう一度呼び出そうかと思ったが、その瞬間、オートロックのドアが開いた。ロビーに出て来た男は、長身で痩《や》せ型――百八十センチほどで、体重は六十五キロぐらいではないかと俺は見て取った。ジーンズに濃紺のボタンダウンシャツという格好で、いかにも家でくつろいでいる感じだった。三十五歳ぐらいだろうか。すっきりした顔つきで、耳が隠れるほどの長さの髪は緩く後ろに流している。一見したところでは、会社を恐喝するような人間には見えなかった。

怪訝《けげん》そうな表情を浮かべてから、白井が振り返る。

「ええと……何の話か分かりませんが、立ったままでも何ですから——そこで話しましょうか」白井の言う「そこ」は、ホールにあるソファだった。一人がけが二脚、二人がけが一脚。

「いいですか？」

「いきなり来た人を部屋に上げるつもりはないので」

「構いませんよ」

ホールに入ると、当然ながらオートロックのドアが閉まる。俺はそれで、相手の罠《わな》に陥ってしまったような気分になった。白井が、一人がけのソファに腰を下ろす。俺と石田は二人がけのソファに並んで腰かけたが、花山は立ったまま。見ると、両手を腰のところで組み、胸を膨らませるようにしている。体格的には白井をはるかに上回るだけに、己の体を利用して圧力をかけようとしているのだろう。あまり利口なやり方とは言えないが、ここは花山の心意気を買おう。ただし、白井の目に花山の姿は映っていないようだった。

「いきなりですが、弊社を脅迫するのをやめてもらえませんか」

「いきなり何ですか」白井は本当に驚いているようだった。

「あなたがうちの会社を脅迫した——その証拠があります」

「何のことか……『AZフーズ』が脅迫されているんですか？　そんなニュース、まったく見てませんよ」

「表沙汰《おもてざた》になっていませんからね」

「すみませんが、せめて名刺をもらえませんか？　いきなりそんなことを言われても、信用できません」

　渡した名刺を悪用されるのでは……しかし、渡さない限り話してもらえそうにない。俺たちは、それぞれの名刺を低いテーブルに並べた。白井は一瞥《いちべつ》しただけで、手に取ろうとはしない。

「それで、どういうことですか？」

「我々が説明するまでもないでしょう。そちらは分かっているはずだ」

「意味が分かりませんね」白井が首を横に振った。「脅迫なんて、穏やかな話じゃないですね」

「我々は、金を払いました。その時に犯人グループが乗っていた車——そのナンバーが、あなたに関係あることが分かっています」

「車……車のナンバーがどうしたんですか？」

「他人の車のナンバーにつけ替えましたね？　それを犯行に利用した」

「あり得ない」白井が両手を広げた。「いきなりそんなことを言われても、何が何だか分かりませんね」

「他のメンバーの名前も摑んでいますよ。これ以上脅迫を続ける気なら……こちらにも対策があります」

「ちょっと、あなた、大丈夫ですか？」白井が目を細め、俺を睨んだ。「マジでそんなこと言ってるんですか？」

「これまで積み重ねてきた証拠があります」

「証拠って……事件なら、警察に行けばいいじゃないですか」呆れたように白井が言った。

「行けないような罠を、あなたたちは仕かけた。だからこちらとしても、対策は取らせてもらいます」

「意味が分からない」白井が力なく首を横に振った。「あのですね、あなた、頭は大丈夫ですか？　いきなり人の家に来て、訳の分からない因縁をつけて……何を言ってるのか、分かってるんですか」

「十分分かっています。ここで引けば――脅迫をやめれば、今までのことはなかったことにしてもいい」

「何を言ってるのか、まったく分かりませんね」

「白を切るつもりですか？」

「白を切るも何も、何のことやら……誰かと勘違いされてるんじゃないですか？　本当に脅迫されているなら同情しますが、私には何もできませんよ」

「あくまでとぼけるんですね？」

「とぼけるって言われても」

　白井は肩をすくめるだけだったが、こういう反応はある程度は予想していた。「お前がやったのか」と言われて、素直に認める人間がいるはずもない。

「とにかく、言いがかりはよして下さい」白井の顔が強張った。「うちは——私は普通に仕事をしているだけですよ。こんな訳の分からないことを言われたら、営業妨害だ」

「分かりました」俺は立ち上がって念押しした。「忠告はしましたからね。今後もこのようなことが続けば、こちらも次のステージに移ります。これでやめるつもりでいたら、連絡して下さい」

「会社へですか？」

「この名刺には書いていない携帯の方へ、です。その番号は当然、ご存じですよね？」

　白井が力なく首を横に振る。依然として意味が分からない様子だったが、俺はそこに演技臭を感じ取っていた。

　ホールを出る。扉が閉まる瞬間、俺は振り返った。白井はまだソファのところにいて、こちらを見ている。その表情は……怒っていない。どこか、こちらを馬鹿にしたような感じ。お前らには何もできない、これから俺たちに食い尽くされるのを待つだけだ——

馬鹿はそっちだ。そんな顔をしなければ、あくまでいきなり嫌疑をかけられた被害者面していられたのに。自分は関係ある、と認めたも同然ではないか。

マンションを出ると、花山が息を吐いた。「認めませんでしたね」と石田が暗い声で言った。

「いや、あいつが犯人だ」俺は低い声で断言した。

「どうしてそう思います？」石田が訊ねる。

「顔だよ、顔。俺たちが出た後、悪い顔をしていた。あれは絶対に犯人の顔だ」

「それじゃ証拠にならないでしょう」花山が反論した。

俺は何も言わなかったが、確信は揺るがなかった。そしてそれを裏づけるような、犯人からのメールが届いた。

残りの二億九千万円をもらう。詳細はすぐに連絡する。

このタイミングでのメール……明らかに白井が送ってきたものだ。

事件は新たなステージに入った。そして俺の作戦も新たな段階に入る。ここまで来たらもう引き返せない――俺は二人を先に会社へ帰した。

ここから先は俺一人でやる。二人に迷惑をかけるわけにはいかない。自分一人の戦いが始まるのだ。

今、東京を離れるにはかなりの勇気が必要だった。しかし、やらねばならない。結局三山にだけ、詳しい事情は明かさずに報告することにした。日帰りで出張するので、何か新しい動きがあったらすぐに教えて欲しい――。

「それは構わないけど、何で出張なんだ？　東京を離れていたら、何かあっても対応できないだろう」三山が怪訝そうに訊ねる。

「どうしても必要な出張なんです。電話やメールでは済みません」

「一日だな？」

「十分日帰りできます」

「どこなんだ？」

「それはちょっと……」俺は言い淀んだ。三山にも行動の詳細は知られたくない。

「お前、秘密が多くないか？」三山が非難するように言った。

「室長にも迷惑はかけたくないんです」これは本音だった。「俺が一人で動いていれば――何かあっても、俺が責任を負えばいいだけでしょう」

「おい――」三山が渋い表情を浮かべる。「お前が必死になるのは分かるけど、それを快く思っていない人間もいるんだぞ」

「どういう意味ですか？」

「今回、社長は全面的にお前を頼りきってるだろう。どうしてお前ばかりが重要な仕事を任されるのか――そんなことを陰で言ってる人間もいるんだぞ」

「これは重要な仕事じゃなくて、汚い仕事ですよ」頭に血が上る。文句を言うなら自分でやってみろ。

「そうは思わない人間もいる……それに、社長はお前を役員に抜擢《ばってき》しようとしているようだな」

俺は黙りこんだ。二人の間だけでの話だと思っていたのに、あっという間に広がってしまう……会社の中では、基本的に秘密などないも同然なのだろう。もしかしたら三山は、社長室にまで録音機材をしこんでいるのかもしれない。

「ま、うちの会社の人事は社長の一存で決まるから仕方ないけど……あまり調子に乗らない方がいいぜ」三山が警告した。

「乗ってませんよ」俺は思わず反論した。

「それならいいけど――いろいろなことを言う人間がいるからな」

それはあんたじゃないのか、と俺は思ったが口には出さなかった。余計なことを言えば、それも批判の対象になるだろう。

翌朝、俺は朝一番の飛行機で長崎に飛んだ。大型連休の最中なのでチケットなど取れまいと思っていたのだが、奇跡的に何とかなった。俺はこれを、ある象徴ではないかと考えた。大いなる意志によって背中を押された――行くしかないのだ。

認めたくないが、長崎は俺の遺伝子の何パーセントかを形作る街だ。父の出身地であり、ほんの小さい頃に何度か来たことがある。「来た」という事実だけが頭に残っていて、景色や食べ物などはまったく覚えていなかったが。

二度と来ることはないと思っていた。実際、出張の話があっても巧みに避けてきた。

昨夜調べて、長崎市というのは非常に行き辛い場所だと改めて意識した。東京からだと選択肢は飛行機のみ。しかし空港は、長崎市からはかなり遠い大村《おおむら》市にある。しかも海上空港で、公共交通機関によるアクセスもよくない。結局レンタカーを借りることにした。この方が自由に動き回れるし、父の実家は長崎駅の近くではなく、もっとずっと南の方――ＪＲも路面電車も走っていない場所だから、車で動くしかないのだ。

一番小さな車を選んで、まず長崎自動車道に乗る。終点の長崎まで行って、そこから県道五一号線で西へ向かうのが一番速いルートのようだった。

長崎自動車道は、基本的に山間地を行くルートで、見所はあまりない。そもそも、周囲の光景に目を配っている気持ちの余裕もなかった。昨夜はほとんど眠れず、二時間ほどのフライトの間も、緊張で眠気はまったく訪れなかった。車の少ない高速道路に入って、初めて眠気を感じる。念のためにと買っておいたガムがここで役にたった。きつい刺激が口の中に広がり、一瞬で目が覚める。

朝食も摂っていないので、途中どこかのパーキングエリアに立ち寄って腹ごしらえすることも考えたが、その時間すら惜しい。単調な光景が続く中、何とか眠気に耐えきって長崎インターチェンジで降りた時には、午前十時近くになっていた。高速道路も渋滞していなかったのは奇跡だと思う。大型連休中は、日本中の道路が車で埋まっている感じがするのだが。

長崎自動車道を終点の長崎インターで降りて、そのまま国道三二四号線に入る。信号もないバイパスのような道路は、途中から県道五一号線になる。ナビの指示通りにしばらく走って、県道二三七号線へと左折する。この辺りからはぐっと街らしくなってくるが、一切記憶にはなかった。子どもの頃に来た時とは、景色も変わっているのだろう。いずれにせよ、空は高く、広々とした光景が広がって、ドライブするには快適な環境である。

ただし、百メートル進むごとに気が滅入《めい》ってきたが。

途中で街道を外れ、本格的な住宅街に入っていく。どうやらニュータウンのようで、戸建ての住宅が整然と並んでいた。ナビがなかったら、間違いなく迷うだろう。

右左折を繰り返し、ようやく伯父《おじ》の家にたどり着く。周囲は比較的新しい分譲住宅ばかりなのだが、伯父の家は昔ながらの瓦《かわら》屋根の大きな平屋建てだった。伯父、つまり父の実家は元々この辺の大地主で、家業として長年酒屋を営んでいた。家は伯父が継ぎ、父は高校卒業後に地元の造船所に二年ほど勤めた後で東京へ出て、後に自分が経営することになる自動車部品の工場に就職した。ここで先代——子どもがいなかった——に見こまれた父は、仕事の技術と工場経営のノウハウの両方を徹底して叩きこまれ、同じ工場で事務をしていた母と結婚した。今考えれば不運なことに、先代はまだ五十五歳で急逝し、父は三十五歳で早々と後を継ぐことになった。自分より年長の職人たちとの関係は上手くいっていたようだが、金のことは……職人としての腕は確かだったものの、経営者としては失格だったのだろう。事件の後、祖父の体調が悪化して介護が必要になったので、俺たちは長崎の家には引き取られなかった。

　少し離れた路上に車を停め、歩いて家に近づく。こんな家だっただろうか……かすかに残っている記憶では、もっとぼろぼろというか、かなり古い家だったはずだ。そもそも店舗一体型の住居だったのに、今は店はない。いつの間にか商売を止め、家を建て替えたのだろうか。

　奇妙な感じがする。そもそもあれだけの事件を起こしたのだから、この街でも後ろめたい思いをしていたのではないか？　あるいは騒ぎがこちらにまで及んでいなかったか、それとも大地主の権威で噂話や批判も抑えこんでしまったのか。

門――今時、二十三区内には門のある家は少ない。俺は一度門をパスし、家の周りをぐるりと回ってみた。俺が訪ねて行っても、伯父が認識してくれるかどうか……しかし伯父に会わなければ父とも会えないだろう。

　伯父にすれば、父を見放したいはずだ。兄弟仲が悪かったと聞いたことはないが、地元の名家の名前を汚した人間として、絶縁してもおかしくない。二十年の歳月が伯父の怒りを鎮めたのか、あるいは最初から父に対してある程度の理解を示していたのか。

角にある家なので、二方が塀で囲まれている。残る二方は他の家……いつまでもうろついていると不審者扱いされる恐れがあるので、思い切って門をくぐることにした。引き返した瞬間、塀の向こうにいた男と目が合う。父だった。屈んでいたのが、いきなり立ち上がったようだった。

予想もしていなかった再会に、俺は一瞬凍りついた。脳天から爪先《つまさき》まで電流が流れたような衝撃。こんなタイミングで会うとは思ってもいなかった。

「……どうした」父がかすれた声で言った。俺がここに現れた衝撃は大きいはずだ。何しろ俺は、「失《う》せろ」と怒鳴って追い返したのだから。

「話がある」

「話？」父は明らかに戸惑っていた。あの怒りが簡単に消えるわけがないと思っているのだろう。

「話があるんだ」俺は語気を強くして繰り返した。

「そうか……家に入るか？」父が遠慮がちに切り出した。

「いや……そこへ車を停めてある」

俺はついているのかもしれない。伯父との久しぶりの対面は厄介なことになると覚悟していたのだが、その段階を飛ばせれば話は早い。

父は躊躇《ためら》っていた。どうやら庭の草むしりでもしていたようで、麦わら帽を被り、首にはタオルをかけている。そう言えば、東京に比べてだいぶ日差しが強い……。

父が家から出て来たので、俺は車の方へ向かって歩き出した。先に運転席に座り、助手席に放り出してあったバッグを膝《ひざ》の上に抱える。父が慎重にドアを開け、助手席に座った。改めてごく近くで一緒になると、ずいぶん小さくなったな、と痛感する。いや、六十歳ではまだ身長が縮むわけもなく、俺が大きくなっただけだろうが。

前回、二十年ぶりに会った時よりは、冷静に振る舞えた。これからとんでもない頼みごとをしようとしているのに、それほど緊張もしていない。どうやら俺は……俺の中にはどうしようもないほど冷静で冷酷な部分があるようだ。

この冷酷さが竹内を助け、俺を滅ぼすだろう。万が一上手くいけば、俺もすり抜けることはできるかもしれない。ただし壊れた心は二度と元に戻らず、俺はずっとそれとつき合って生きていかねばならないのだ。

そんな人生に、有希子がいてはいけない。

人生の再構築。二度目の。

「この前会った時、『お前のためなら何でもする』と言ったよな」俺は一言一句を正確に覚えていた。『命令でも何でも聞く。死ねと言われれば死ぬ』とも言った」

「俺に死ねというのか？」

ちらりと横を見ると、父の喉仏が大きく上下していた。表情は険しい。「死ぬ」と言った割に、その覚悟はなかったのだろうか。

「違う。頼みがあるんだ」

「頼み？」

俺は、何度も考えて細部まで詰めた計画——そこにおける父の役目を話した。黙って聞いていた父は、俺が話し終えると静かに吐息を漏らした。

「そうすれば——お前は助かるのか？」

「俺はどうでもいい。大変な恩のある人を助けたいんだ」

「そうか……」

「その人は、あんたが滅茶苦茶にした俺の人生を救ってくれた。俺にとっては、本当の父親も同然の人なんだ。だから、何とか恩を返したい」

父が黙りこんだ。それはそうだろう。こんな頼みに即答できる人間がいたら、明らかにおかしい。そう簡単には説得できないだろうと覚悟はしていた。しかし……俺は焦った。

「時間がないんだ。いつ、次の動きがあるか分からない」

俺はバッグを漁《あさ》り、中から現金の入った封筒とプリペイド式の携帯電話を取り出して父に押しつけた。その際、体が触れないように気をつける。肉体的な接触は、とても我慢できそうになかった。

父が、封筒と携帯を恐る恐る受け取る。

「携帯は使えるか？」俺は訊ねた。

「それぐらいは分かる……二十年前もあったからな」

「携帯、持ってたのか？」俺はまったく記憶になかった。

「いや――だが、周りには持っている人もいたから」

「だったら使い方を説明する必要はないな」

父が無言で、携帯の画面をすっと撫でた。確かに二十年前にも携帯電話はあったはずだが、その頃はまだそれほど一般的ではなかったのではないだろうか。せいぜい、常に外回りをしている営業マンたちが使っていたぐらい、というイメージがある。

「これはプリペイド式――かけられる金額が予《あらかじ》め決まっているから、かかってくるのを待つだけにしてくれ。いざという時に使えないと困る」

「分かった……これで俺は、許してもらえるのか？」

父の問いかけに、俺はしばらく答えられなかった。自分の冷酷さ――俺にとって父は、もはや肉親ではない。この時点ではもう「道具」である。目的を果たすために必要なもの。そして……万に一つ、極めて運がよければ、俺は過去を完全に断ち切れる。

　父の疑問には答えず、あくまで事務的に話を進めることにした。

「金は取り敢えず二十万円用意してきた。それで東京へ来て、しばらくどこかで待機してくれ。足りなくなったらすぐに追加で渡すから」

「こういうのは……」父が封筒を持ち上げた。「会社から出るのか？」

「俺のポケットマネーだ」

「そこまでして社長を守りたいのか」

「ああ」

「俺は社員を守ってやれなかったな」父がぽつりと言った。「安《やす》さんも、貴男《たかお》も、秀《ひで》さんも、あの後ずいぶん苦労したようだ。駄目な社長だったな」

懐かしい名前だった。小さな町工場では、社員は家族も同然。俺も暇な時間に、彼らにずいぶん遊んでもらった。父はある意味、彼らのためにあんな事件を起こしたのだろう。一家が死んで保険金が出れば、誰かが工場を立て直せるかもしれない——できなかった。後で調べたところでは、事情が事情だけに母にかかった保険金は出ず、工場はすぐに倒産してしまった。従業員はばらばらになり、俺はその後一度も彼らには会っていない。

父は完全に失敗したのだ。

家族を犠牲にしてまで工場を救おうとしたものの、結局は全てを失うことになった。残された俺と正俊がどれだけ苦労したことか……その時俺は初めて、父に対する激しい憎しみを意識した。

たぶん今まで、俺は憎悪の気持ちを封印してきたのだ。父を憎む暇があったら、自分の人生を立て直すように努力すべし——十歳の頃、意識せずともそう決めたのは、今では理解できる。どうせ父は、手が届かない、会えない場所にいるのだから、あれこれ考えても仕方がないし、考えて不快になるのももったいない。

しかし、心の底ではずっと不安だった。

いつか父が刑務所から出て来る、と意識するようになったのはいつ頃だっただろう。再会した時、自分は猛《たけ》り狂って父を殴り殺してしまうのではないだろうか——実際にはそんなことにはならなかったが、父の存在が、黒い雲のように俺の心を覆い尽くしたのは間違いない。

決着。

全てに決着をつける。

その後で俺が生き残れる確率はあるだろうか。生き残れる、などと考えていいのだろうか。

特に旅の用意は必要ないという父は、十分で家から出て来た。

「伯父さんは？」

「今日はいない。書き置きを残してきた。……お前も車を運転できるような年齢なんだな」

「当たり前だ。もう三十歳なんだから」

「そうか……そうだな」

感慨深げに父が言ったが、俺はむしろ心が冷えてくるのを感じた。こんなところで、家族の絆《きずな》を感じてもらっても困る。俺が黙って運転に専念していると、父も口を閉ざしたままになった。それでいい。息子の運転で楽しいドライブ、ではないのだ。

長崎空港まで一時間。空港で確認すると、十四時発の羽田《はねだ》行きで空席が二つ取れた。

搭乗までには一時間の余裕があったので、急いで昼飯を済ませておくことにする。

空港での食事となると……調べてみると中華料理屋があったので、そこで済ませることにした。たぶんここなら、長崎名物のちゃんぽんや皿うどんが食べられるだろう。出張中の食事は、仕事であると同時に楽しみなのだが、今日は味など分かりそうにない。

父は、自分には選択肢などないとでも言うように、黙って俺について来た。二人ともちゃんぽんを頼む。注文が終わって一段落すると、俺は携帯を確認した。犯人からの電話もメールもなし。会社の業務連絡のメールが何通か入っていたが、すぐに処理する必要はないものばかりだった。

取り敢えず、午前中は何も動きがなかったわけだ。それでほっとして、ちゃんぽんに箸《はし》をつける。

——こんな感じの麺《めん》だっただろうか？　俺のルーツの半分は長崎にあるのだが、これまでちゃんぽんを食べた記憶がない。あるいは、無意識のうちに避けてきたのかもしれない。父と少しでも関係あるものは、一切無視してきた。

「お前はちゃんぽんが好きだったな」父が唐突に言った。

「まさか」俺は反論した。「食べたこともない」

「こっちへ来た時……六歳の時だったかな？　気に入って、三泊して三回ちゃんぽんを食べた。あの頃は食が細かったのに、ちゃんぽんだけは残さず食べたな」

本当に？　食べ進めても、舌の記憶は蘇らなかった。麺は太くてもちもち、野菜がたっぷりで全体には甘みの強い味だった。不味くはないが、六歳の俺がこんなものを夢中になって食べたのだろうか。まったく覚えていない。父が話をでっちあげていても、検証しようがないのだし。

　昔話はしたくない——父と自分の過去をつなげたくない——俺は大慌てでちゃんぽんを食べた。たぶんこれから一生、食べることはないだろう。料理は、味だけが問題ではない。「どこで」「どうやって」「誰と」食べたか、すなわちシチュエーションが大事なのだ。父と一緒というこの状況は、ちゃんぽんに対する俺の印象を決定的に悪くするだろう。

　余計な話はせず、さっさと食事を終える。父が食べるのを見るのも苦痛だった。昔はよく食べ、よく呑んでいた——見上げるような大男だった気がするのに、今や体は萎《しぼ》んでしまい、一杯のちゃんぽんを平らげるのにも苦労している。刑務所での二十年近い生活は、体を根本から変えてしまったのだろう。

　搭乗口まで行って父をベンチに座らせた後、少し離れてスマートフォンを取り出す。三山には簡単に報告しておかないとまずい。

「夕方には社に上がります」

「今、どこにいるんだ？」

「それはちょっと……室長は知らない方がいいと思います」

「お前、何かやばいことでもしてるんじゃないだろうな？」三山が声を潜める。

「いえ」即座に否定した。否定以外に何もできなかった。

「だったらいいが……結果的に会社に不利益が出たら困る」

俺に対する三山の態度は露骨に変わっていた。突然、距離が開いてしまったような……仕方がない。こんな危機的状況に際して、必ず互いの気持ちが一致するわけではないのだ。

「何かあったら連絡して下さい」

「ああ」素っ気なく言って三山が電話を切った。

「何か」は、俺と父が東京行きの飛行機に乗っている最中に起きた。無事に着陸し、電子機器が使えるようになった瞬間、スマートフォンの機内モードを解除し、会社の携帯電話の電源を入れる。画面を確認した瞬間、犯人からメールが入っているのが分かった。


明日午前二時、多摩境《たまさかい》駅近くの小山内裏《おやまだいり》公園内、水辺の広場へ残りの金を持って来い。


これは、俺にとっては大きなマイナスだ。作戦は立てたものの、もう少し時間の猶予がないと――逆に言えば、さっさと片づけて楽になれるかもしれないが。

メールを確認した直後、三山から電話がかかってきた。

「犯人から社長宛にまた脅迫メールが届いた」声が緊張している。

「こちらにも来ました」

「どうする？ 現金は用意できないぞ」三山の声はさすがに切羽詰まっていた。

「計画は立てました。俺に任せて下さい」

「大丈夫なのか？ また花山たちを使うのか？」

「いえ」

電話の向こうで三山が一瞬沈黙した。俺の作戦は、想像もできないだろう。こちらも説明するつもりはなかった。誰にも知られずに決着をつける——それが竹内を守る唯一の方法なのだ。

「今回は、俺一人で何とかします」

「危険じゃないか？」

「承知の上です」

「何かあったらどうする」

「気にしないで下さい。俺が死ねば——役員にしないで済みますよ。社内の不満の声も鎮まるでしょう」

「おい——」

追いかけてくる三山の声を無視して電話を切った。この男と遣《や》り合っている時間はない。計画の細部を詰めていかないと。

しかし、そもそも小山内裏公園とはどこだろう。飛行機を降りて歩きながら、スマートフォンで検索を試みる。京王線の多摩境駅近くに広がる、かなり大きな公園だと分かった。またも多摩ニュータウン。白井は白金台に、正俊はおそらく大田区か川崎市に本拠を持っているはずだが、どうして現金の受け渡しに限っては多摩地区なのだろう。夜中になれば人は少なく、目立たない場所ではあるが……。

多摩境駅方面へ行くことを考えると、京王線沿いのどこかの街にいた方がいい。取り敢えず、父を閉じこめておくホテルを見つけないと……多摩センター駅近くにもホテルがあるが、ここだと現場に近過ぎる気がする。考えた末、府中《ふちゅう》のホテルを予約することにした。あそこなら交通の便もいい。

飛行機に一緒に閉じこめられていた時間もきつかったが、電車で移動するのも苦痛だった。要するに、閉鎖空間に父と一緒にいたくない。電車だから父を座らせ、俺は離れて立ったのだが、監視しなければならないから、それほど距離は置けない。

父はどこかそわそわしている。電車に不安でも感じているのだろうか……いや、そもそも父は電車になど縁のない人だったはずだ。東京へ出て来てからはずっと、大田区内で職住接近。仕事で出張するようなこともほとんどなかったはずだから、居心地が悪くなるのも何となく分かる。

府中駅前のホテルにチェックインし、父を部屋へ案内するとようやく一息ついた。これで安心なわけではない。計画はまだ走り出してもいないのだが、何とか上手くいくだろうという前向きな見通しもかすかにあった。父という、重要だが使い捨てられるパーツが手に入ったからだろう。父が俺の無茶な要望に応じたのは、罪滅ぼしのつもりかもしれないが……もしかすると二十年近く、刑務所の中でずっと考えていたのかもしれない。出所したら六十歳。その年齢から何ができるわけもなく、考えるのは人生の終わりをどうやって締めくくるかだけだったのではないだろうか。

十一時に迎えに来るので、その前に必要な準備をしておいて欲しい、ときちんと指示した。父はうなずきながら黙って聞いていた。大丈夫だろうと判断し、ホテルを出る。

午後六時に本社に戻り、犯人のメールに返信した。

午前二時、了解した。

すぐに返信が来る。

黒いバッグに現金を入れて持って来い。現場で直接受け渡しする。

それに対して「黒いバッグ、了解した」と再度返信した。これでもう、引き返せない。今晩中に絶対に決着をつけなければ。

犯人とのやり取りを終えてから、会社で待機していた三山に会った。三山は心配そうにしていたものの、やはりどこか素っ気ない。今晩の行動、それに作戦に関して、どう判断していいのか分からないようだった。

「社長にも報告しておきたいんですが」

「社長は名古屋《なごや》へ出張中だ。今日中には帰る予定だが」

「そうですか……」直接会ってきちんと話しておきたかったが、仕方がない。「社長は、この件はご存じなんですか？」

「メールを確認しているはずだから、分かっていると思う」

「一応、室長からも連絡しておいて下さい」

「分かった」

「では」

　俺はさっと一礼したが、三山はまだ納得していない様子だった。何か言いたげに薄く唇を開いたものの、結局何も言わずに黙りこんでしまう。

「室長、今夜の一件は知らなかったことにしておいて下さい。俺の胸の中にだけ留《とど》めておきます」俺は念押しした。

「お前、何をするつもりなんだ」三山の眼鏡の奥の目が細くなった。

「だから、知らないでいて下さい」

「俺は——俺は、お前が役員になっても気にしない。俺だって、役員間近なんだからな。ただ、怪我したら全部水の泡だぞ」

「気をつけます」

「それにお前がやったことが、逆に会社に迷惑をかけるかもしれない」

「そうならないようにします」

俺は一礼して、三山と別れた。父と落ち合う午後十一時までには、まだ時間がある。それまでに準備をすっかり整え——いや、俺は何か準備をするわけではない。一度家に戻って風呂《ふろ》に入り、着替え、何か美味いものをたっぷり食べて現場へ向かうだけだ。心構えは——必要ない。何故か妙に冷静だった。

しかし家へ着いた瞬間、奇妙な不安に襲われる。ここへ帰って来られるのだろうか……今晩、俺の身に何が起きるか、自分でもまったく想像できない。何があっても覚悟ができている——わけではない。それでも、予想していたより落ち着いているのは、俺が半分「投げて」しまっているからかもしれない。今夜を機に、父との関係を永久に切れるかもしれないが、俺自身の人生が終わる可能性もある。それを避けようという気持ちは何故かなかった。

有希子に電話しようか、と思った。あるいは「最後の晩餐《ばんさん》」で彼女と食事をするか。しかし今夜は、どう振る舞っても有希子を不安にさせてしまうだろう。

やはり俺は、女性とつき合うべきではなかったのだ。有希子は、俺に欠けた部分を補ってくれる貴重な存在だと思うが、そう考えるのは俺の単なる我儘《わがまま》だ。結婚して子どもも欲しがっている彼女の期待にも、応える気はない——応えられない。彼女はまだ若いのだし、ここで俺と別れて新しい人生をやり直す選択肢もあるだろう。

しかし今夜、それを告げなくてもいい。これから大事《おおごと》が待っているのに、その前にややこしい話をしなくても……だいたい彼女は、この一件を新聞で読むことになるかもしれない。大変なショックを受けるだろうが、その方が踏ん切りがつくのではないか。

よし、行こう。

美味いものを食べる、という考えは頭から消えかけていた。

午後十一時、ホテルの部屋に父を訪ねる。父はいかにも元気がなかった。これから自分が何をするか、やっと実感できるようになったのかもしれない。父は人殺し――しかし、妻と娘を殺したからといって、殺人に慣れるわけでもあるまい。

しかし今回は、きちんとやってもらうしかない。竹内が生き延びる方法は、もはやそれしかないのだ。

府中から多摩境は距離的には近いのだが、タクシーは使わないことにした。車も借りない。俺がこの辺で動き回っていた証拠を残したくなかったのだ。なるべく痕跡を残さないために切符を買い、乗り継いで多摩境へ向かう。

十二時になると、車内もぐっと空いてくる。父は何も言わなかった。俺も何も言わなかった。ただ電車に揺られているだけなのに、緊張感が高まってくる。

多摩境駅の下りの終電は、午前一時ちょうど。電車から降りた人は十人ほどで、駅から出ると、ほとんど人気はなかった。駅前から周囲を見た限り、団地やマンションが並ぶだけの典型的なニュータウンである。下見している暇がなかったのが痛いが、今日はそういうことは気にしなくていいのだ、と思い至った。犯人を追うことも、自ら逃げることもないだろう。この場で決着をつける——だから、この辺の道路事情に詳しくなっても無意味だ。

前方——南大沢《みなみおおさわ》駅方向を見ると、暗闇の中にうっすらと黒い山の影が浮かび上がっている。どうやらあの辺りが、小山内裏公園らしい。

それにしても暗い……街灯の光も弱く、団地の灯《あか》りだけが頼りだった。約束の時間までにはまだ一時間ある。しかし今回は、早めに着いて相手を待つつもりだった。それに、指示された水辺の広場付近の様子も調べておきたい。父と一緒にいる場面を見られるわけにいかないのだから……父には、どこかに隠れていてもらう必要がある。

信号のある交差点を渡ると、公園への行き方を矢印で示す看板が見えた。方向は間違いない……緩い坂をしばらく登って行くと、右側がもう公園になっているのに気づいた。ほどなくたどり着いた入り口は「南広場」。ベンチや水飲み場があるだけだった。頼りない灯りの下、案内看板を見つけて水辺の広場の場所を確認する。どうやらことは反対側——相当歩かなければならないようだ。そもそもこの公園自体が、かなり広い。

実際には、公園というよりも小高い丘のようである。中を歩くのは相当面倒臭そうだ……俺は振り返り、父がついてきているかどうかを確認した。やはり体力的にも弱っているのか、いつの間にか遅れ始めている。立ち止まって待った。「大丈夫か」と声をかけようと思ったが、言葉を呑みこむ。同情するような台詞は一言も言いたくない。

園内は基本的に、丘の地形をそのまま活かした造りだった。傾斜のきつい坂を登って、平坦《へいたん》な遊歩道に出る。足に結構疲れがあった。父はなかなか追いついてこない。

　そこから今度は階段を降りて、公園の北側へ向かう。予想よりも時間がかかる……階段を降り切り、木立の中を抜けてたどり着いたのは、管理棟のある場所だった。ここが一応、公園の正面入り口になるようだ。もう一度案内板を確認し、左へ折れてようやく水辺の広場に出る。大きな池の北側に、板張りの遊歩道が縫うように設置されている。昼間ならなかなかいい景色……しかしこの時間は真っ暗で、かすかに水の匂いがするだけだった。ずっとここで、一人立ち尽くしていたら、不安でどうしようもなくなるだろう。

　一応現場を確認してから、俺は周囲を調べた。犯人とどこで会うことになるかは分からないし、父をどうやって待機させておくか迷ったが、そのうち何とか適当な場所を見つけ出した。水辺の広場へ下って行く細い道の端に、トイレなどが設けられたちょっとしたスペースがあったのだ。トイレの中に隠れておいて、誰かが前を通ったら父に尾行してもらうのがいいだろう。俺は、水辺の広場で待機する。

　そこまで決めて、午前一時半。あと三十分しかないと思うとぞっとした。わずか三十分で俺と、そして「ＡＺフーズ」の将来が決まってしまう。

　父をトイレの傍へ残し、俺はなおも周囲を探索してみた。階段を上がると、公園の外の道路に出る……もはや車も見かけない時間帯になっていたが、犯人はこの辺りに車を停めるのではないだろうか。公園内にも駐車場はあるのだが、この時間はもう閉まっている。路上に車を停め、さっさと取り引きを終わらせて引き上げる――そのためには、ここに車を停めるのが一番効率的だ。

一台の車が近づいてきてスピードを落とす。まさか、もう犯人が来たのか？　俺は慌てて道路を渡り、向かい側の歩道に移った。見られたかもしれないが、確認しようがない。ベンツの白いセダンだった。駐車場の手前に停まる……ここの路上に車を停めておいて大丈夫か、と計算でもしているようだった。

ほどなく、車から二人が降りて来る。まず、黒いジーンズに黒いパーカー姿の正俊。そして白井。車はエンジンをかけたまま――ということは、もう一人、運転手役の人間が乗っている。犯人グループは、最低でも三人はいるわけだ。

予定していなかった動き――犯人の後を追うことになるが、約束の時間までにはまだ間がある。俺はベンツとできるだけ距離を置き、道路を横断した。

ふと、嫌な感じがする。いや、この状況とまったく関係ない何かが頭に流れこんできた。俺はガードレールを飛び越して歩道に入ると、スマートフォンを取り出してカメラを起動した。ズームして、車のナンバーを確認する。これは……見覚えのあるナンバーだ。

数字部分が「２１３」。これは最新型のメルセデスＥクラスのコードナンバーだ。車を持っていない俺が何でこんなことを知っているかというと、わざわざ教えてくれた人がいたからだ。こういうこと――すなわち車そのものに関連した数字をナンバーにする趣味もあるという。一番有名なのは、ポルシェ９１１のナンバーを「９１１」にするものだ。それはあまりにも露骨だけどな、と俺にその話をしてくれた相手は苦笑しながら言ったものだ。

「２１３」ナンバーの持ち主の顔を思い出す。その瞬間、全て合点がいった。「ＡＺフーズ」は、最初から火種を抱えていたわけだ。

この件は後回しにしよう。だいたい、どう使えるかも分からない。そもそもあの車に乗っているのが、俺が疑念を抱いている相手だとは限らない。車を貸しただけとか、あるいは盗まれたとか……いや、そんな偶然はあり得ない。

事態が急に動き出した。

しかしまだ、一番重要な部分が動いていない。

1年前

会社で仕事をしていると正俊から電話がかかってきた。突然会いに来るのが常で、電話で連絡してくることなどほとんどなかったのだが……それだけ不安になる。

「何だ」

「相変わらず無愛想だな」

「お前に対して愛想良くはできない」

俺は特別企画室の自席を離れ、廊下に出た。たぶん眉間《みけん》に皺《しわ》が刻まれているだろうし、乱暴な口調は周りのスタッフに不安を与えるだろう。廊下に出て、壁に背中を預け、眉間の皺がさらに深くなるのを感じながら話した。

「何の用だ」

「ちょっと聞きたいんだけど」

「何だ」

「あんた、年にいくら稼いでる？」

俺は頰が引き攣《つ》るのを感じた。こいつはいきなり何を言い出すんだ？　黙っていると、正俊が畳みかけてきた。

「給料の話だよ。今のサラリーマンの平均年収って、四百万円ぐらいか？　さすがにそれよりはもらってるんだろう？　いい会社なんだから」

「お前に言う必要はない」

「その年収を稼ぐのに、どれぐらい仕事してるんだ？　あんたのところのクソまずいラーメン何杯分なんだ？」

「失礼だぞ」

低い声でたしなめたが、正俊の罵詈《ばり》雑言は止まる気配もない。いったい何があった？　このところ連絡もなかったし、金をたかってくることもなかったから、この展開――妙にテンションが高いのが意外だった。何か上手《うま》い金儲《もう》けの話でも摑《つか》んだのだろうか。どうせろくでもない話だろうが。

「あんたの年収分以上を俺が稼いだら、どう思う？」

「どうって、何が」

「俺もちゃんと人生を再構築できたことになるんじゃないかね。少年院に行った人間だって、ちゃんとやり直せる証拠になる」

「まともな仕事で儲けた金なら、な」

正俊が軽く声をあげて笑ったが、その笑いはすぐに引っこんだ。

「金に色はついてないんだよ」

「だから？」

「金は金だ。もう少ししたら、どっちが金を儲けたか、比べてみてもいいんじゃないか？」

現在

一年前の正俊の言葉の意味が、今になってはっきり分かった。正俊は一年も前から、「ＡＺフーズ」を脅迫しようと準備していたのだろう。かなり入念に計画を立てた――いや、あの時点では「ＡＺフーズ」を、あるいは俺を貶《おとし》めようと決めただけで、その具体的な方法までは思いついていなかったのかもしれない。

俺はトイレに立ち寄り、父に状況を説明した。どうやら向こうは先に到着していて、現場で待つつもりらしい。俺が向かったら、すぐに動き始めてくれ——。

父は緊張しきり、トイレの照明が弱いことを差し引いても顔色は悪いと分かった。それは当然だろう。緊張するのは仕方ないにしても、弱気にはなって欲しくなかった。少しでも躊躇《ためら》ったら、俺の計画は単なる茶番劇になる。

歩き始めてふと思いつき、竹内にメールを送った。断定はせず、あくまで推測。竹内は明日にならないとこのメールを読まないかもしれないが、後で気づいてくれても構わない。事態を収拾するための、決定的な一打になる可能性もある。

だったら俺は、何もしない方がいいのではないか？犯人グループの致命的な弱点を摑《つか》んだのだから、ここは引いて作戦変更……いや、竹内は俺に「ノー」を突きつけるかもしれない。彼が何より大事にしているのは家族なのだから。

スマートフォンの電源を切り、ナイロン製のフライトジャケットの内ポケットに落としこんで、上から軽く叩《たた》いた。

池に向かってゆっくりと降りて行く。鼓動が高鳴り、かすかな頭痛と吐き気を覚えた。今なら引き返せるのではないか？　何か別の手を考えて、犯人の抑えこみに入るべきではないか？　だがそれでは、抜本的な解決にはならないだろう。やるしかない。もう決めたことなのだ。

俺には悪の血が流れている。しかも、単純な人殺しよりも性質《たち》が悪い。自分の手は汚さずに決着をつけようとしているのだから。非常時の対策でもあり復讐《ふくしゅう》でもあり……不思議と良心の痛みはない。

静かだった。人の気配も感じられない。一歩踏み出すごとに鼓動が少しずつ早まるようだったが、まだ大丈夫だ。ゆっくりいこう……約束の時間まではまだ間がある。

水の気配がした。ひんやりした空気が肌を撫《な》でていく。懐中電灯を点《つ》けようとも思ったが、躊躇《ちゅうちょ》してしまう。目は闇に慣れつつあり、何とか池の様子も見えるようになっていたので、このまま行こうと決めた。

水辺の遊歩道にたどり着いた。板張りの橋のようなもので、一歩歩く度にぎしぎしと音がする。三回板が鳴った後で、正面に二人がいるのに気づいた。前に正俊、後ろに白井が控えている。

「やっぱりあんただったか」俺はつぶやくように言った。

後ろにいる白井が、闇の中で皮肉な笑みを浮かべたように見えた。

「あの時、どうして認めなかった？」

「認めるわけがないだろう。そんな馬鹿はいない」白井が馬鹿にしたように言った。

「そうか」

俺は黒いバッグを胸の高さに掲げて見せた。今回も「ＡＺコーヒー」のノベルティのバッグ。中には雑誌をまとめて入れているだけだった。札束の形に紙を切って揃えようかとも思ったが、そこまでの時間はなかったし、そんなものをわざわざ用意しても時間稼ぎにもならないだろう。

「持って来た」

「置け」

俺はゆっくり前に進んだ。五歩歩いたところで、白井が鋭く「止まれ！」と叫ぶ。俺は六歩目を踏み出していたが、空中で足を止め、後ろに引いた。バッグを慎重に足元に置く。

「下がれ」

白井が命令する。俺はその場に止まった。

「下がれよ。金から離れろ」白井の口調に、わずかに焦りが混じった。

「約束してもらおうか」俺はフライトジャケットのポケットからＩＣレコーダーを取り出した。よく見えるように、顔の高さに掲げて見せる。

「何を」白井が笑いながら言った。

「これでもう、うちの会社には手出しはしないと」

「心配なら、警察に届ければいいじゃないか」白井の唇が皮肉に歪《ゆが》む。

「それができないような手を使ったんだろう？」

白井は何も言わなかったが、皮肉な表情はゆっくりと笑みに変わっていった。

「約束はできないな」

「そうか」俺はわざとらしくぐるりと周囲を見回した。「その辺を調べた方がいいんじゃないか？　隠しカメラをしこんであるかもしれない」

「いや、そんなことはやってないだろう」白井が自信たっぷりに言った。「俺は、場所を細かく指定しなかった。場所が分からないのに、カメラをしかけられるはずがない」

「そう思うなら勝手にしろ。お前らの顔はしっかり写る。証拠が残って、悪さもこれまでだ」

白井が乾いた笑い声を上げた。嫌な予感がする……俺は表情を崩さないようにするだけで必死だった。

「俺たちはあんたらの弱みを指摘して、あんたは俺たちの正体を知った。それで均衡したと思ってるのか？ 違うんだよ。俺たちはまだ『AZフーズ』に関するネタを持っている。金のためじゃないぜ……お前らを破滅させるためだ。あれだけでかい会社を倒すなんて、なかなか経験できないだろうな」

「単なるブラフだな？」会社にそんなにスキャンダルがあるはずがない。

「ブラフかどうかはそのうち分かる」白井の表情は自信に溢《あふ》れていた。

「どうして『AZフーズ』にそんなに恨みを持つ？ あんたは何も関係ないだろう」

「俺にはない。ところが……」白井が前に向かって顎《あご》をしゃくった。「こっちにいるあんたの弟が、どうしても『AZフーズ』を潰《つぶ》したいんだとさ。俺としては、大事な仲間の願いは叶《かな》えてやりたいんでね。義侠《ぎきょう》心ってやつかな」

「馬鹿馬鹿しい。そんなことして何になるんだ？」

「おい、説明してやれよ」白井が正俊をそそのかした。

正俊が俺を睨《にら》みつけ、口を開こうとした瞬間に、俺は怒鳴った。

「甘えるな！」

正俊が口をつぐみ、さらに厳しい視線を俺に向けた。俺は引かず、一歩を踏み出した。バッグを蹴飛《けと》ばしてしまうが、気にもならない。

「スタート地点は同じなんだよ。俺もお前も、一人きりになった。家族が殺し殺されて、家庭は崩壊してばらばらになって……でも俺は、自分一人で何とかしてきた。お前は、立ち直るチャンスが何度もあったのに甘えていただけだ」

「あんたは……」低い声で正俊が語り始める。「あんたの理屈はそうだろう。だけど、四歳の子どもに何ができると思う？　いや、俺は、そういうことを言うのはやめた。無駄だと思ったからな。でも今、もう一回言わせてもらうよ。あんたはひどい人間なんだ。いや、人間じゃない。人間の心が欠けた生き物なんだ」

俺は否定しなかった。今は自分でも分かっている。俺はまともな人間ではない。単純な人殺しよりもひどい人間なのだ。すなわち——他人に人殺しを命じる、押しつけることができる人間。

「だから何だ？」

「あんたは上手《うま》くやったんだろう。だけど人間なんて、そんなにしっかりした場所には立ってない。立場なんて不安定で、ちょっとしたことですぐに崩れる。俺は、あんたを破滅させることにしたんだよ。会社ごと、あんたをぶっ潰してやる」

「死んでもか？」

「ああ？」

「誰かが死んでも続けられるか？」

それが引き金になった。白井の背後から、父が音もなく姿を現す。正俊たちはまったく気づいていない。父は静かに近づいて来た。右手にナイフ……それほど刃渡りは長くはないが、急所を突けば必ず殺せる。

父ならできる。人を殺した経験があるのだから。

「何言ってるんだ」正俊がにわかに不安そうな表情を浮かべた。

「バッグを拾え」

言って、俺はゆっくりと下がった。正俊が俺の顔を見たまま前に進み、視線を据えたまま膝《ひざ》を曲げ、バッグを拾い上げた。その場でバッグを乱暴に開けた瞬間、目に見えて顔から血の気が引く。

「騙《だま》したな……」

「お前らに払う金はない」

「やられた——」

正俊がバッグを逆さにする。雑誌が数冊、音を立てて落ちた。その瞬間、正俊が「危ない！」と叫ぶ。釣られて白井が後ろを向き、突進して来る父に気づいた。ナイフを腰だめに構え、どたどたと足音を立てて……白井は素早く反応した。この道は狭く、どうしても正面からナイフを受け止めることになる。それが分かって、手すりに手をかけると、自ら池に身を投げたのだ。そのタイミングに合わせたように、正俊が懐から何かを取り出した。

まずい……顔から血が引き、貧血のような感覚に襲われた。止めないと。止めなければ全てが終わる。俺の計画は、まったく正反対の結果を生んでしまう。

しかし声が出ない。

正俊が前に出た。バランスを崩して倒れそうになる父に正俊が一気に近づき、下から右手を一気に突き上げるようにした。短い悲鳴。正俊は父の体重を全身で受け止めていたが、それほど苦労はしていないようだった。正俊は、左手で父の体を押して立たせると、さらに前蹴りを見舞った。父が仰向《あおむ》けに、くたくたと倒れる。

「親父！」

俺は反射的に叫んだ。正俊がはっと身を震わせ、振り返る。俺は正俊を無視して駆け出した。途中、正俊を突き飛ばして、父のところへ駆け寄った。

こんなはずじゃなかった。

父に、犯人グループの誰かを刺し殺させる。それで向こうに恐怖心を抱かせて手を引かせる——まるで反対の結果になってしまった。

「親父！」俺は叫んで、父の肩に手をかけた。腹からの出血が激しい。動かしたらまずい……腹から流れる血がシャツを濡《ぬ》らし、木の床に垂れる。父は目を閉じ、顔面は蒼白《そうはく》になっていた。「親父！」ともう一度呼びかけても反応はない。急いで左手首を取って脈を確認したが、まったく感じられなかった。刺されると、人間はこんなに簡単に死んでしまうものか……母も妹も、こんな風にすぐに息絶えたのだろうか。

「おい……」震える声が背後から聞こえた。今まで一度も聞いたことのない、正俊の呻《うめ》き声。

俺は親父の手首を握ったまま、振り返った。正俊は右手にナイフを握ったまま、呆然《ぼうぜん》と立ち尽くしていた。

「それは……その人は……」

「親父だよ。覚えてないか」

「分からない」正俊の口調は震えていた。「覚えてない……」

「会いに行かなかったのか」

「行ってない」

正俊は、まるで子どもに戻ってしまったようだった。自分が何をしたか、まったく事態を把握できていない様子でもある。

「お前は親父を刺した。親父はたぶん、死ぬ」

「死ぬ……」

「どんな気分だ？」

正俊が突然、声を上げて笑い始めた。俺は思わず一歩引いた。状況が分からずに笑っている感じではない。父を殺したことを誇っているような……。

「そうか、こいつが親父か」

「ああ」

「俺の人生を滅茶苦茶にした男か。これでやっと……切れるな」

正俊がその場に崩れ落ちた。遊歩道に落ちたナイフがかつんと硬い音をたてる。前方で、白井がようやく池から上がって来た。遊歩道、手すりの順番に手をかけ、ずぶ濡れの体を引っ張り上げる。

顔を両手で拭《ぬぐ》うと、ようやく状況を把握したようで、低い声で唸《うな》った。

「お前……」誰に向けて言った「お前」かは分からない。

「失《う》せろ」俺は低い声で命じた。「お前たちは人殺しになった。もう逃げられない。これ以上俺たちに手を出すな」

「俺は何もしてないぞ」白井が反論した。

「何とでも言え。俺はいつでもお前たちを破滅させられる。忘れるな」

白井が一瞬目を見開いた後、慌てて駆け出した。こいつが全体像を企図したのだろうが、計画の「エンジン」ではない。計画を推進したのは、正俊の邪念だったはずだ。白井はたぶんそれに——金儲《もう》けの部分に乗っかっただけ。

残されたのは親子三人だけ……だが、三人の関係はもうとうに崩壊している。

「どんな気分だ？」俺は正俊に訊《たず》ねた。残酷な質問だということは分かっていたが、何故か後ろめたい快感を覚える——いや、何故かは分かっている。俺は人殺しの息子なのだ。まともな精神状態の持ち主であるはずがない。

正俊がいきなり立ち上がる。俺を睨みつけると、ナイフをその場に残したまま、踵《きびす》を返して駆け出した。そう、お前はずっとこういう人生を送ってきたんだろう。苦しいことがあると逃げ出すか、人のせいにして、悪さをやっている感覚を麻痺《まひ》させてきたのだろう。しかしその悪さは中途半端なもので、本当に人を傷つけて平然としていられるまでの覚悟はできていなかったに違いない。

二人きりになり、もう一度手首で父の脈を確認する。鼓動は感じられない。もう手遅れだろう。

その瞬間、突然混乱が頂点に達した。どうすればいい？　遺体を放置したまま立ち去ったらどうなるのだろう。

答えが出ないまま、俺は立ち上がった。行く場所は見つからず、どうしたらいいか分からない。

「浅野」

声をかけられ、俺はのろのろと顔を上げた。

竹内が立っていた。

竹内の顔を見た瞬間、俺の判断は固まった。その場を立ち去る。ここに警察が来たら、状況を説明しなくてはならない。だがそれをやったら、結局は「ＡＺフーズ」あるいは竹内個人のスキャンダルが明るみに出てしまうだろう。避けねばならないことは、今も変わっていなかった。

　事態はまったく前進していない。

「離れて下さい」

「その人は……」

「いいから、離れて下さい！」俺は低く、しかし強く言った。

　この男が何者なのか、竹内に知られたくない。

　竹内は俺の過去を全て知っているが、だからといって、クズのように生きてクズのように死んだ俺の父親の死体を見せたくはなかった。

　竹内が踵を返して木製の階段を上がり始めた。普段はキビキビしているのだが、今日はひどくゆっくりしている。疲れ切り、あるいは年老いて、一歩前へ進むことさえ面倒な様子だった。俺はすぐに追いつき、竹内の背中を押して歩く速度を速めさせた。

　先ほどまで父が姿を隠していたトイレのあるスペースに出る。他に誰もいなかった。全員がさっさと逃げてしまったのか……だったら俺たちも、やることは一つだ。

「社長、こちらにはどうやって……名古屋に出張だったんじゃないんですか」

「お前のメールを受け取った。戻ってから、自分で車を運転してきたんだ」

「どうして来たんですか！」俺は怒りを——本物の怒りを滲《にじ》ませながら言った。

「何がどうなるか見届ける義務があると思っただけだ」竹内の声は冷静だった。

「無謀です。何かあったらどうするんですか？　俺が今まで社長をお守りしてきたのが、全て無駄になるかもしれないんですよ」

「……考えが浅かった」

竹内がぼそりと言った台詞《せりふ》が、俺を動転させた。

「とにかくここを離れましょう」

「いいのか？　人が……死んでいるんじゃないのか」

「それについては後で何とかします。事件の背景が分かりましたから、それについてお話ししたいんです」

「……早田だったのか？」

「安全なところで話しましょう」俺はまた平手で竹内の背中を押した。「まだ近くに誰かいるかもしれません」

掌《てのひら》が触れた竹内の背中が、硬く強張《こわば》るのが分かった。足取りものろのろしている。こんなに動揺した竹内を見るのは初めてだった。

竹内は、先ほどベンツが停まっていた近くに、自分の愛車、ベントレーを停めていた。鯨のように巨大なのに、ドアが二枚しかない贅沢《ぜいたく》なクーペ。以前家に行った時にガレージで見て、驚いたことがある。竹内曰《いわ》く、「俺の道楽は車だけだからね」。

車内に入ると、派手過ぎる内装に度肝を抜かれる。ほとんどの部分が革張りで、しかも赤をベースにしている。その所々に白をあしらい、とても車のインテリアとは思えなかった。どうにも落ち着かないが、竹内は何も言わずに車を出した。アクセルを床まで踏めば、気絶するぐらいの勢いで加速するだろうが、竹内は安全運転を心がけていた。

「メールは見ていただけたんですね？」俺は念押しした。

「ああ」

「ここに車が停まっていたんですが……」

「それは見なかったな」

仲間を置いてさっさと逃げ出したのだろうか……もちろん俺は、運転席の人間を見てはいないが。

「実は、ナンバーが２１３でした」

「何だと」竹内の声が上ずる。「それはつまり……」

「早田さんの車が、偶然ここにあったとは思えません。敵は身内に——一番近くにいたんです」

「まさか……しかし、これで話が全てつながるな」竹内がポツリと言った。言葉に力がない。

「ええ……これまで連中が握っていた情報は、全て内部から出たとしか思えないものでした。そういう情報を摑んでいるのは誰か——もう少しきちんと調べておくべきでした。ネタ元が分かれば、対処しようがありました」

「そうだな。しかし、身内に裏切られるとはな……俺が大事にしていた家族は、何だったんだろう」竹内の声には力がなかった。

無理もない。おそらく後継候補として家族に迎えた早田が、犯人グループと組んでいたとは。飼い犬に手を噛《か》まれるとはまさにこのことだ。

「実は、俺の娘は実の娘ではない」

「え？」予想もしていなかった告白に、声が裏返ってしまった。

「俺たち夫婦には、子どもができなかったんだ。女房の方に原因があったんだが、俺は自分が育て上げた会社を、信頼できる人間に託したかった。それで、弟の娘――三女だった――を養子にした。娘が会社を継いでもまったく問題ないと思っていたんだが……そういうことには向いていないのが、子どものうちから分かってしまった」

「もしかしたら、認知した子どもというのは……」胸がざわつく。

「外に子どもを作ってでも、本当の後継者が欲しいと思った。しかしこれは……さすがに無理があったな。女房は激怒した」

当たり前だ。戦前のように、妾《めかけ》を持ってでも家を残す必要があった時代とは違う。だが、竹内の苦悩も俺には理解できた。竹内はまだ二十代の時に「ＡＺフーズ」を興し、あっという間に日本有数の外食産業に育て上げた。そして竹内は、何かと心配性な人間である。自分に何かあった時に、信頼できる人間に会社を託したいと考えるのは、いかにも彼らしい考えだ。

「自分の子どもとして、会社を継がせることを考えていたんですか？」

「その件について、女房ときちんと話し合っておけばよかったよ。人生は、ちょっとしたすれ違いで大きくずれてしまうものだな」

その子どもは覚せい剤を使って逮捕され……正式な後継者にしなかったのが正解だったかどうかは分からない。もしも自分の手元に置き、「ＡＺフーズ」で帝王学を学ばせていたら、どうなっていただろう。今のところ、この件は表には出ていないが、会社に壊滅的なダメージを与えていた可能性もある。

「亡くなった秘書の女性の件は……」

「あれは、まったく違う。行き違い——いや、俺の完全なミスだ」

口調が乱暴だった。言いたくないのだろうと察し、俺は口をつぐんだ。

車は多摩ニュータウン通りに出て、都心を目指して走っていた。ガラガラで、高速道路並みに飛ばしても平気そうだが、竹内は制限速度の六十キロをきちんと守っている。ベントレーの実力からすると、欠伸《あくび》が出そうなスピードだろう。

「早田さんは、全て知っていたんですか？」

「そうだと思う。俺が直接話したわけではないが、一緒に住んでいたら隠せるものでもあるまい。今考えてみると、脅迫材料は全て、早田の耳には入っていたはずだ。もっと早く気づくべきだったな」

それは俺も同じだ。会議で一瞬だけ見せた、竹内に対する反抗的な態度。多摩センターでの金の受け渡しについて打ち合わせしていた時の、金は渡してしまえばいいという投げやりな態度……今考えてみると不自然だった。

「早田さんは……どうするんですか？　社長の後継候補なんですよね」

「今、それを言うな」竹内が弱気に言った。「――知ってるか？　俺は母子家庭で育ったんだ」

「以前、伺いました」

「父親が早くに死んで、母親は必死で仕事をかけ持ちして、俺たち三人兄弟を育ててくれた。必死だったが……それなりに楽しかったんだ」

俺は思わず唾《つば》を呑んだ。一人だけでも親がいれば、何とかなるものではないだろうか。それも間違いなく「家族」だ。俺とは違う。

「家族で団結して、必死に暮らしてきた。そんな中で、食事だけはちゃんとしようというのが母親の方針で……母親が夜の仕事でいない時は、よく俺が料理を作ったよ」

「それが、外食産業を始めるきっかけだったんですよね」

「料理人になろうと思っていた時期もある。これでも包丁さばきには自信があるんだぞ」

　ちらりと横を見ると、竹内は微笑んでいた。この話は前にも聞いたことがあるし、実際に竹内の家で、彼が作った料理を食べさせてもらったこともある。単なる自慢話でないことは分かっていた。

「しかし、料理人になっても、自分の料理をそれほど多くの人に食べてもらうことはできない。むしろ、安く美味《うま》く食べられる店をたくさん作る方がいいんじゃないかと考えた」

「分かります」

「それでこうなった——会社を始めてから四十年近い歴史を簡単にまとめるとこうなる。一つだけ、俺はずっと家族にこだわってきた。だから俺が作った店は、全部家族向けだ。『AZコーヒー』だって、若者しか来ないようなスカした店じゃない」

「それは承知しています」一部の高級路線の店は、あくまで「実験」なのだ。

「俺はずっと、ちゃんとした家族を追い求めていたのかもしれない。会社を継がせることも含めて……あるいは本当の家族が欲しかったのかもしれないな」

「いいご家族じゃないですか」

「早田のような人間がいる家族がいい家族か？」竹内が皮肉を吐いた。「俺に見る目がなかったのか、奴が変わってしまったのか……これから家に帰る気にはなれん」

「ええ……」

「それより、さっきあそこで倒れていた人は誰だ」

「社長がお知りになる必要はないことです」一言喋《しゃべ》るだけで喉《のど》が痛くなる。

「俺は見たんだぞ？　あの人は、死んでいたんじゃないか？」

「おそらく。私は医者ではありませんから、確定はできませんが」

「何ということだ……何が起きたんだ？」

「それも、社長のお耳には入れたくありません。何も知らなかった、ここへは来なかったことにして下さい。責任は全て、私が負います。それが……」あなたに対する恩返しです。その台詞が脳裏を去来したが、口に出す気にはなれなかった。あまりにも安っぽい感じがする。

「そうはいかない」竹内の口調が強張った。「君一人に任せるわけにはいかないんだから」

「この件は、私に全面的に任せて下さるんじゃないんですか？」

「責任を負えとは言っていない。君はあそこで何をしたんだ？　何が起こったんだ？」

「犯人グループは、もううちには手を出せないはずです。均衡は破れました。今は向こうが圧倒的に不利です。ただ……」

「ただ？」

「私は結局、失敗したんだと思います。会社にはご迷惑をおかけすることになるでしょう。今まであいつらが脅しの材料に使っていた情報も、警察の耳に入るかもしれません。普通に考えれば、あいつらは逮捕されるはずですから、取り調べの中で喋るでしょう」

「そうか……」

ちらりと横を見ると、竹内は右手でハンドルを操りながら、拳《こぶし》に握った左手で口を押さえていた。

「我々は、最初に判断を間違ったのかもしれないな」

「間違ったのは私です」

「ゴーサインを出したのは俺だ」

無為な庇《かば》い合い……虚《むな》しさが胸に満ちてくる。俺は気を取り直して言った。

「とにかく、何とか後始末します」

「無理だろう」竹内が諦《あきら》めたように言った。「警察が乗り出してくるとなると、我々の手には負えない。明日の朝、ＴＣＲに相談してくれ」

長須は俺を責めるようなことはしないはずだ。表情も変えずに、最善の方法を提示してくれるに違いない。しかし内心では呆《あき》れかえるだろう。俺としてはひたすら頭を下げ、許してもらうしかない。

「朝一番で連絡します」

「ああ」

「社長、今夜は本当にどうするんですか？」

「家には帰れないな……もう帰らない方がいいかもしれない。今まで手にしてきたものを手放す時期かもしれん。いっそ、全部放り出して海外へでも移住してしまうか」

「社長がそう望まれるなら」

「無責任だとは思わないのか？」竹内が意外そうに言った。

「いえ……社長の安全を確保するには、それがベストかもしれません」

「会社のことはお前に任せていいだろう」

「それは無理です」俺は即座に言った。「私は、会社から離れようと思います」

「どうして」

「その理由は、社長はお知りにならない方がいいと思います」俺は繰り返した。知れば責任を問われるかもしれないし。俺はあくまで——状況がこんなにぐちゃぐちゃになってしまっても——竹内を守らねばならない。

「ここで食い止めます」俺は宣言した。「何とか食い止めて、一段落したら会社を離れます」

「離れてどうする」

「それは……何も決めていません。でも、何とかなると思います。私は一度、何とかしましたから。十歳で一人になって、それでも何とか生きて人生を再構築しました」

「それは再構築ではない」竹内がぼそりと言った。「十歳の少年には、人生などないんだ。ただ混沌《こんとん》とした状態にあるだけだろう。だから再構築ではなく、ゼロから作ったというのが正しい」

「そうかもしれませんが、どうでもいいことです。全て失っても、私はやり直せます。どこか別の場所、別の仕事で……」

「私もそうするべきかもしれないな。海外への移住は、冗談でも洒落《しゃれ》でもないぞ。いくつか物件も持っているし、これからは女房孝行をしながら生きていくのもいいだろう」

「まだまだ引退するお歳ではないと思います」

「会社はお前に任せる。一番信頼できる家族にな」

「私は家族ではありません」言ってしまうと、妙に悲しくなる。十代で出会ってから、竹内は一番父親に近い存在だった。竹内に引っ張り上げられ、まともな人生を歩き出すことができたのも間違いない。向こうも俺を家族と思ってくれていた。

疑似家族——偽物に過ぎない。

本当の家族は、二十年前に崩壊してしまった。俺はその後ずっと、自分なりの家族を作ろうと足掻《あが》いていただけだと思う。上手くいっていたつもりだった。竹内と出会い、今は有希子が傍にいて……しかし俺は、急速に全てを失いつつある。三十歳というと、まさに人生はこれからなのだが、もう一度家族を再構築する自信がない。

「お前が何と言おうと、俺はお前を家族だと思っている」静かな声で竹内が宣した。

「身に余るようなお話です。でも家族だと思っているなら尚更、今後のことは私に任せて、社長は手を出さないで下さい」

「どうするつもりなんだ？」

「それは私の胸に秘めておきます」

「駄目だ」きつい調子で竹内が言うと、車のスピードがぐんと上がった。声に力が入り、そのついでにアクセルを思い切り踏みこんでしまったのだろう。

ベントレーは、多摩都市モノレールの高架下を通り過ぎた。多摩センター駅の近く……あと十数分走ると、多摩ニュータウンを抜ける。

「これはリスク管理でもある。何が起きたか、後で誰か別の人間から知らされてショックを受けるのはごめんだ。状況が全部分かっていないと、いざという時に対応できない。リスク管理は、その場任せではできないんだ」

竹内の言うことにも一理ある。もしも警察が、「ＡＺフーズ」に対する捜査でも始めたら……会社としての終わりの始まりだ。

「三山さんに話しておこうと思います」

「駄目だ」

「三山さんは信用できます」

言ってしまってから、嘘だと自分で気づいた。三山の最優先事項は、自分の出世である。その邪魔になりそうなもの――余計なトラブルなどは迷わず排除するだろう。自分の地位を脅かしそうな人間に対しては敵意をむき出しにするし、社内工作にも余念がない。竹内が俺を買ってくれ、役員に抜擢《ばってき》しようとしているのはありがたい限りだが、おかげで三山とは微妙な関係になってしまった。

「三山が信用できると思うか？」

「私は……できます」

「お前はまだまだ甘いな」竹内が苦笑した。「三山と早田――二人はツーカーの仲じゃないか。三山は入社以来、先輩の早田とずっとつるんでいた。早田にすれば三山は、使いやすい有能な部下だったし、三山は早田にくっついて出世の足がかりにした」

「まさか――」俺は言葉を呑んだ。言いたいのに言えない。言ってしまったら本当になってしまうかもしれない。

「お前が想像していること――可能性はあるな」

「三山さんもこの件に噛んでいたというんですか？」俺はとうとう言ってしまった。

「早田一人でこんなことができたかどうか……社内の誰が絡んでいたのか、調べることはできるだろうが、調べるべきかどうかは分からん。だから俺は、引退して海外移住ということも考えたんだ。不満分子を全部見つけ出して馘《くび》にした後で、会社を立て直すだけの力が今の俺にあるかどうか、分からない。お前がやってくれるなら何とかなりそうだが」

　俺は口をつぐんだ。

　犯人グループが何人いたか分からないが、「ＡＺフーズ」側で早田が中心人物だったのは間違いない。早田を徹底的に叩けば――圧力には弱い人だ――社内で協力していた人間を割り出すことはできるだろう。ただ、その人数があまりにも多かったら……あぶり出し、処理し、新しい人材を迎え入れる――それだけでも大変なパワーが必要で、通常業務にさし障るに違いない。競争の激しい外食産業の業界で、本業以外に無駄な力を入れていたら、あっという間に業績は傾く。

「その辺は後で考えよう。とにかく大事なのはリスクヘッジだ。いったい何があったのか、俺は全部知っておく必要がある」

俺は頬杖《ほおづえ》をつき、外を眺めた。社長の運転する車に乗っている時に取っていい態度ではないが、仕方がない。少しだけ、緊張を解《ほぐ》してやる必要があった。肉体的にも精神的にもくたくたで、長い物語を頭の中でまとめるのは難しい……しかし外を見ても、まったく緊張は解れなかった。暗い街を見るだけで、かえって気持ちが沈みこむ。

俺はきちんと座り直し――ベントレーのシートは体を包みこむような造りで、体を斜めに倒していると座りにくいのだ――背筋を伸ばし、前方に続く広い道路を見ていると、このまま自分がどこかへ消えてしまうのではないかと思った。多摩ニュータウン通りが、遥《はる》か彼方《かなた》へのゲートウェイになっている……馬鹿馬鹿しい。俺の前には凍えたような現実が待っているだけだ。

「あれは父です」

「何だと？」竹内が低い声で言うと同時に、ブレーキを踏みこんだ。タイヤが悲鳴を上げ、体が前に放り出されそうになる。シートベルトが胸に食いこみ、俺は一瞬息が詰まった。

竹内がゆっくりと車を路肩に寄せ、パーキングランプのスウィッチを押した。見ると、肩を上下させて、必死で呼吸を整えている。

「どういうことだ？　意味が分からん」

「あれは父です。実は先月、二十年ぶりに出所したんです」

「冗談じゃない。引き返すぞ」

竹内がウィンカーを出したが、俺は彼の左腕に手をかけて止めた。

「どうして止める？」

「もう死んでいると思います」

「それでも、だ！」竹内が声を張り上げる。竹内のこんな声は初めて聞いた。

「やめましょう。いずれ誰かに発見されるはずです」

「それでいいのか？　自分の父親じゃないか」

「あんな人間は父親じゃない……私がずっとそう考えていたことは、社長もご存じでしょう」

「そういう話も聞いたな」

「俺はあの男を、道具として利用しました。結果的には失敗しましたが」

俺は事情を話した。どうにも話がまとまらず、竹内からは何度も聞き返されたが、それでも何とか話し終えた。竹内はハンドルを両手できつく握り締めたままだった。

「お前の弟――弟さんは、実の父親を殺したことを分かっているのか」

「ええ」

「そうか……正直俺は、この件をどう考えていいか、分からない」

「私は、警察へ行くべきだと思います。私が手を下したわけではありませんが、事件を引き起こしてしまったのは私です」

やめろ、と言われるかと俺は想像していた。お前が責任を取る必要はない、最善の策を一緒に考えよう——だが、竹内の口から出てきたのは意外な言葉だった。

「分かった。お前の判断を支持する」

「……そうですか。すみません、会社のことではお役に立てません」

「自分で何とかするのが俺の責任だろう」

これで終わりにする。全て俺が被《かぶ》って、竹内には絶対に被害が出ないようにする——実際にできるかどうかは分からないが、今の俺に決められるのはそれぐらいだ。

竹内は、今日は家に帰らずに会社にいる、と言い残した。といっても、朝までわずか三時間ほど……俺は会社の前でベントレーから降ろしてもらって、竹内と別れた。数時間後にまた会社に来るべきかどうかは分からない。

家に帰って、午前四時。タクシーから降りた瞬間にどっと疲れを覚えた。何もせず、とにかくいいから眠りたい。しかしこれから数時間で、自分が何をするか、決めねばならないだろう。

ホールの中に正俊が立っていた。先ほどと同じ、黒いジーンズに黒いパーカー姿。げっそり疲れた様子で、目は充血している。ジーンズのポケットに両手を突っこんだまま、俺に向かってうなずきかけた。

「外へ出よう」

「部屋の中は聖域か？」

「お前を入れたくない」

正俊は肩をすくめた。しかし特に反論もせず、踵を返してエレベーターの方へ向かって行く。狭いエレベーターの中で二人きりになるのが耐えられず、俺は「先に行け」と声をかけた。振り向いた正俊が素直にうなずく。反発もせず、皮肉も言わない正俊に会ったのはいつ以来だろう。

エレベーターの扉が閉まる音がした。俺は一つ深呼吸して、階段を三階分降りてロビーに出た。小さなソファが二つ置いてあるので、そこに腰かけて話すことにする。こんな時間なら、ロビーを通る住人もいないだろう。

正俊はソファに浅く腰かけると、足を組んだ。俺は向かいのソファに座り、前屈《まえかが》みになって膝の上に両肘《りょうひじ》を乗せた。

「あれが親父だったのか」

「ああ」

「死んだか」

「おそらく」

「そうか」正俊が肩をすくめた。「あっさりしたもんだな」

「お前、今まで人を殺したことはあるか？」

正俊がまた肩をすくめる。否定も肯定もしないこの態度をどう判断していいか、俺にはさっぱり分からなかった。そこで追及を諦める。

「何で親父があそこにいたんだ？」

「俺が呼んだ」

「何のために——いや、言わなくてもいい。分かるよ」

「確認しなくていいのか」

「どうせ、俺たちの誰かを殺そうとしたんだろう？　正確には殺させようとした、か……誰か死ねば、俺たちがビビって手を引くと思ったんだろう」

「お前、一年以上前から準備してたんだな？」正俊の問いを無視して俺は逆に訊ねた。

「それぐらいかな」正俊がさらりとした口調で認める。

「うちの会社の人間を何人か取りこんだ？」

「ああ」

「早田だな？　営業担当の役員だ」

「分かってるなら聞くなよ」

「確認だ」俺はうなずいた。「どうしてあの人と知り合った？」

「あの人、会社に対して——社長に対して不満がたくさんあるようだな。後継者としてあの家に入ったのに、今は社長と上手くいってないみたいじゃないか」

「接点は何なんだ？」

「白井さんは昔、新宿《しんじゅく》の鳥美でバイトしてたんだ。十五年ぐらい前かな……その時に、早田と知り合ったそうだ。バイトと本社の人間だけど、何だか気が合って、その後もっき合いがあったらしい。早田が結婚した後も……最近の、社長との微妙な関係も全部聞いていた」

　ある意味俺と同じようなものではないか。俺も鳥美のバイト中に、竹内と知り合ったのだから。

「それで、早田をそそのかして仲間に引き入れたのか？」

「どうやったか、俺は知らないけど……そういうことじゃないかね」

「早田は、社内で処分しなければいけないかもしれない」

「あんたも大変だな」正俊が薄い笑みを浮かべた。

「この計画は杜《ず》撰《さん》だった。お前、多摩センターで金を奪う時に使った車を借りた時に、自分の名前を出したな。どうしてだ？」

　正俊の顔が一瞬引き攣《つ》る。しかしすぐに、平常の表情に戻った。

「迂《う》闊《かつ》にね……そこまで調べる人間がいるとは思えなかったし」

「要するにヘマしたんだろう？」俺はチクチクと攻めた。

「ま、そういうことだろうな」正俊が肩をすくめる。俺の攻撃はまったく効いていないようだった。

「お前はこれからどうするんだ。逃げるつもりか？」

「いや」

「自首するのか？」

「そうだな。逃げきれるかどうかぐらいは分かってるし。無駄な努力はしたくない」

「他の連中は？」

「解散」正俊がうなずく。「所詮《しょせん》はろくでもない連中だ。仲間意識もクソもないよ。だけど、俺は逃げられない……ナイフ、現場に置いてきたんだよな」

「そうだな」

「俺の指紋はすぐ割れるよ。警察の仕事を楽にしてやってもいい。まあ……刑務所には行かずに済むかもしれない」

「人を殺してるんだぞ」俺は目を剥《む》いた。「そんなわけにはいかないだろう」

「正当防衛だよ。親父も刃物を持ってたじゃないか？　襲いかかって来たから返り討ちにした――自分の身を自分で守っただけだ」

沈黙。正俊の考えはあまりにも浅く、警察がその説明を簡単に受け入れるとは思えない。それに、前後の状況はどう説明するつもりだ？　あんな時間に何故あんな場所にいたのか、脅迫の事実を棚上げにしたまま、警察を納得させられるとは思えない。

俺は破滅を覚悟した。自分も警察に呼ばれ、詳細な事情を説明しなければならないだろう。場合によっては刑務所行き――実刑判決を受ける可能性は高いだろう。実の父を差し向け、人を殺させようとしたのだから、殺人の教唆は成立するはずだ。

何年か刑務所で過ごした後、俺の人生はどう変わるだろう。

たぶん俺は全てを失う。これまで積み上げてきた経験、つながりのあった人、全てが俺の前から消える。ゼロになり、完全リセットされた状態で、人生をやり直す――自分の前に、暗く大きな穴が開いているような気分になった。その穴は深く、どこまで続いているのか分からない。

「お前、何でこんな事件を計画したんだ？」

「あんたを破滅させるために決まってるじゃないか」正俊があっさり言った。「あんたはあの社長に拾われて上手くやってた。家族みたいなものだろう？　俺はそれをぶち壊してやりたかった。あんたを直接攻撃するんじゃなくて、社長を脅した方が、ダメージがでかいはずだしな。あんたは社長の家族――いや、犬みたいなものだし」

「だったら、上手くいったな」

「まだ分からないぜ。こんなことになっちまったら、後がどうなるか……まったく読めなくなった」

「いずれにせよ破滅だよ……そこまで俺を恨んでるのか？」

「今さらその話は蒸し返したくないけど、まあ、そういうことだ。誰のせいでもないけどな。しかし、考えてみれば俺は、こういう状況の原因になった男を排除したんだぜ？　それはそれでよかったんじゃないかな」

「実の父親を殺して、何とも思わないのか？」

「いや、思ってるよ」正俊が不思議そうな表情を浮かべた。「すっきりしたな、と思ってる。ずっと刺さっていた馬鹿でかい棘《とげ》が抜けたみたいな感じだ」

「そこまで言うか……」正俊は完全に壊れている。強がりでも弁明でもなく、自らの手で父親を殺したことを、心底正しく、喜ばしいと思っているようだった。

俺は……俺は逃げてきただけだと思う。本当はもっと正面からぶつかり、説教し、必要なら殴ってでも、正俊を真っ当な人生に引き戻す努力をすべきだった。しかし俺は、自分のことを考えるだけで、正俊には金を渡しておけば兄としての役目を果たしていると、自分に思いこませていた。

自分が受け取った運を、少しでも正俊に渡していたら。しかし俺は、自分の運を完全に自分一人で抱えこんだ。崩れた人生から抜け出すために。

「俺のことをどう思ってるかは分かるぜ」正俊がにやりと笑った。「平気で人を殺す、おかしな野郎だと思ってるんだろう。ただ、親父は人じゃない。自分の女房と娘を殺した男だぞ？ そんなクソみたいな奴を人間だと思っちゃいけない。俺は、害虫を殺したようなもんだよ……でも、俺から言わせれば、あんたの方がよほどおかしい」

「どうして」

「自分では手を出さずに、親父に人を殺させようとした。高みの見物みたいなものじゃないか」

「俺もお前も、親父に貸しがあると思ってるんだろうな」

「ああ」

「俺は……親父に貸しを返してもらっただけだ」

「ま、そういう風にも考えられるかな」正俊が肩をすくめる。「とにかく、あのクソ親父がいなくなったから、俺の人生は少しだけ明るくなったよ。で、俺はこれから自首する。実際、自首した方が警察の印象もよくなるしな」

「この件を――うちの会社を脅迫したことは、警察に話すつもりか？」

「まさか」正俊が笑った。「それを話せば、単なる正当防衛じゃなくなるだろう。俺も馬鹿じゃない。自分の身は自分で守るよ」

「他の連中は大丈夫なのか？」

「奴らのことなんか、知らねえよ。間抜けな連中だ……俺にとっては使い捨ての人間だ」

「そういう考えなのか、お前は」

「まあな……あんたはあんたのことを一生懸命やればいいだろう。会社の中にいる裏切り者をあぶり出して、大掃除でもすれば」

「お前は……これでよかったのか？」

「何が」正俊がソファに座り直す。

「計画は失敗したんだぞ」

「いや、あんたにダメージを与えることができたんだから、成功なんだ。たぶんあんたは破滅する。今まで積み上げてきた物が全部崩壊する。俺はそれを、どこかでニヤニヤしながら見てるよ」

「それがお前の復讐なのか……」俺はキリキリとした胃の痛みを感じた。

「対抗心みたいなものだったのかもな。あんたがまともに暮らしているのが羨《うらや》ましかったし、何で自分だけが、といつも思っていた。でも、やり直せるわけがないからな。俺はあんたをどこかで超える――そう考えて、必死にやってきた結果がこれだよ」正俊が肩をすくめる。「クズは所詮クズなんだろうな。人殺しの子は人殺し――俺をクズにしたのは親父だ。だから……やっぱり俺は、せいせいしてるな。あと、気がかりなのはあんたのことだけだ」

「これでもまだ、十分じゃないと思ってるのか」

「俺は、親父を殺した理由や状況を適当にでっち上げるよ。でも、あんたが逃げ切れるかどうかは分からないぜ。あんたは、親父を長崎から連れて来たんだろう？　飛行機か？」

「ああ」

「だったら、記録も残ってるはずだ。あんたが親父と一緒に動いていたことを、警察はすぐに割り出すだろうな。それに俺は、いつでも事情を喋れるんだ。俺がいつ喋ってあんたが破滅するか……びくびくしながら生きていけばいいよ」正俊が膝を叩いて立ち上がった。俺を見下ろし、嬉《うれ》しそうに告げる。「あんたはあんたで頑張ったんだろう。上手くいったと思ってるかもしれない。でも俺たちは所詮人殺しの息子なんだ。いつか失敗する――人生が滅茶苦茶になることは、最初から決まってたんだよ。俺一人で破滅するか、あんたも巻きこまれるかの違いだけだ。先が読めない人生が一番辛《つら》いだろう。これが、俺の一番の復讐なんだよ」

「そうか」

「そうか？　それだけ？」正俊が目を見開く。「そんなこと言われたら、俺だったら大暴れしてるけどな」

「これが……こういう人生なんだと思う。俺はこの二十年間、必死で人生を立て直そうとして、それは成功したと思っていた。でも、こういう日が来ることは、どこかで予想していたんだと思う。親父はいつか刑務所を出て来るわけだから。そうなったら、それまでどれだけ大事にいろいろなことを積み上げても、一気に崩れると分かっていたんだ」

「俺が不安材料を消してやったわけだ」

「そうとも言える。人生で一番不安な材料が消えた——だから、これで俺の人生はトントンになるかもしれない」


　俺は午前の半ばまで何とか眠り、ベッドを抜け出すとすぐに豊平に連絡をとった。長須に電話してもよかったのだが、申し訳ないという気持ちが先に立ってしまう。彼のアドバイスを無視して、あれだけ勝手なことをやったのだから……。

　豊平に電話したのは、彼が定年で辞めたばかりで、まだ警察に通じているはずだと思ったからだ。正俊がきちんと自首したのか、あるいは逃げたのか、彼なら確認できるだろう。

俺は正直に事情を話した——背景は全て省いて、弟が父を殺した、とシンプルに。豊平は絶句したものの、「すぐに調べる」と言ってくれた。まるで今回の事件の責任が、全て自分にあるとでもいうように。

電話を切り、もう一度ベッドに寝転がる。

もう少し眠ろうとしたが、目を閉じても眠気は訪れなかった。仕方なく起き出し、シャワーを浴びる。思い切り熱くした湯に耐え続けて、やっと完全に目が覚めた。頭を拭《ふ》きながらリビングルームに戻って来た時、スマートフォンが鳴る。豊平だった。

「間違いない。正俊くんは今朝早く所轄に出頭して、身柄を確保された」

「逮捕されたんですか？」

「まだ……現場で見つかったナイフの指紋を照合している。それが合致すれば逮捕——時間の問題だろう」

「そうですか」

「君は、この件に絡んでいるのか」

「言うつもりはありません」

「おい……」

「ありがとうございました」俺は話を打ち切りにかかった。「長い間、いろいろお世話になりました」

「おい——」

電話を切り、溜息《ためいき》をつく。あとは会社の方をどうするか、だ。三山は話を聞きたがるだろうが、俺は今、あの男をまったく信用していない。しかし、そもそも彼の方から何の連絡もないのはどういうことだろう。もしかしたら、竹内が何らかの形で手を回したのかもしれない。三山を問い詰め、早速会社を追い出したとか……早田はどうなっただろう。もう竹内とは顔を合わせたのだろうか。

一つだけ、はっきりしていた。

俺はもう、あの会社に足を踏み入れられない。たとえ竹内が、社内の不満分子を燻《いぶ》り出す役目を俺に与えても、引き受けたくはなかった。会社からは引いて、かかわらない。

あまりにも自分勝手かもしれないが。

俺は夕方まで部屋に籠《こ》もった。どこからも連絡はない。警察からも……正俊は、まだ俺のことを喋っていないのだろう。

今動いても、不都合はない。そして、会いたい人間が一人だけいた。

有希子。

外ではなく、有希子の家へ行くことにした。今俺が居座ると、彼女の部屋を悪の空気で汚染してしまうかもしれないが、外で会って話ができる状況ではない。誰かに聞かれたら、と考えると怖かった。

午後八時。有希子は簡単な料理を作って待っていてくれた。何かあったことには気づいていると思うが、彼女の方からは何も言わない。妙に明るく振る舞ってくれているのが申し訳なかった。こうやって俺は、生きているだけで彼女にも負担をかけているのだ。

「ごめんね、今日の教室で作った料理なんだけど」

「ああ」

ミートボールを、酸味の利いたトマトソースで煮込んだもの……普段なら喉が鳴る。しかし今日の俺は、一口食べただけで食欲をなくしてしまった。ほぼ一日何も食べていなかったのに。料理の味自体もさっぱり分からず、舌の感覚が麻痺してしまったようだった。

それでも有希子は何も言わない。まったく意味のないことを喋り続け、俺は次々と料理を平らげる。しかし……ご飯茶碗《ぢゃわん》の飯が三分の一ほど減ったところで、箸《はし》を置いた。

「何があったのか、話してくれる？」

とても話せる内容ではない。しかしずっと胸に秘めたままでいたら……彼女に嘘をつくようなものだ。あんな事件を経験して、それでもこれまでと同じような関係を彼女と続けられるとは思えない。何より、自分一人では抱えきれないだろう。俺は弱い人間なんだ——結局俺はこの一か月ほどの間に自分の身に降りかかった出来事を全て話した。長い話になった……途中でぬるくなったお茶を飲み干し、有希子が熱いお茶を淹《い》れ直してくれた時だけ、話を中断した。有希子の表情も次第に険しくなり——しかし何とか眉間《みけん》の皺《しわ》を消そうと努力していた。そのため、泣き笑いのような奇妙な表情になってしまう。

「ごめん」俺は思わず謝った。

「うん……」有希子がうつむきながら髪をいじる。

「一つだけ――もう俺とは会わない方がいいと思うんだ」

「どうして」有希子が目を見開きながら顔を上げる。

「俺は逮捕されるかもしれない」昼間、俺が家に籠もって何をしていたかというと、刑法の条文を調べていた。父をけしかけて誰かを殺させようとした行為は、教唆、あるいは共謀共同正犯になるようだ。俺はいつ逮捕されてもおかしくない。情状酌量の余地もないだろう。

「逮捕って……」

「逮捕だよ。刑務所に入ることになるかもしれない」

「本当に逮捕されるの？」

「警察がその気になれば。あるいは俺が自首すれば」

「あなたはどうしたい――どうするべきだと考えてるの？」

「分からない」俺は首を横に振った。「どちらにしても、俺の人生はここで一度終わると思う。俺が、自分の人生を何とか立て直してきたことは、話したよね？」

有希子が無言でうなずく。

「でもそれは、立て直しじゃなかったんだ。例えば――パッチを当てるって言うだろう？」

「ソフトの不具合なんかを修正する……」

「そう、必死で穴を塞《ふさ》いでカバーして——それだけだった。根本的な解決にはなってなかったんだよ。同じことが二度できるかどうかは分からない。今度の穴は、塞ぎきれないほど大きいと思う。だいたい世の中は、そんな風に都合よくできていないだろうね。二十年前の俺は十歳だったから、それほど責められなかっただけなんだ」

「でも、学校なんかでは嫌な目に遭ったんでしょう？」

「所詮子どものやることだよ。大したことはなかった」俺は苦笑した。当時は死にたくなるほどだったが、今思えば大したことはない。「だからこそ、何とか立ち直れたんだと思う。でも今は、無理だ。世間の非難に直撃されるだろうね。そんな中で、俺は立ち直れると思うか？」

「うん……ごめん、正直に言うと、私には想像もできないよ」

「そうだよね。でも、俺には想像できる。刑務所から出て来ても、世間は俺をずっと犯罪者扱いする」

「竹内さんは？　助けてくれないの？」

「竹内さんに迷惑はかけられない。それに俺は、竹内さんを守ろうとして、結局何もできなかったんだ。正直、合わせる顔がないよ」

「そんなこと、言わないで……」有希子の声は消え入りそうだった。

「ごめん。とにかく、もう俺とは一緒にいない方がいい。君にも迷惑がかかるかもしれない――迷惑がかかるに決まっている。そういうのは嫌なんだ」

有希子が箸に触れたが、持ち上げようとはしない。やはり俺は、悪い人間なのだ。彼女に、こんな辛そうな表情をさせるとは。

「しばらく様子を見ようと思う。警察が動くのか、動かないのか。その間に、自首すべきかどうか考えるつもりだ」

「今までの話を聞くと……あなたは自分を守るために、今回の計画を立てたのよね？」

「ああ」

「向こうが――弟さんがこんな計画を立てなければ、こういうことにはならなかった」

「もちろん。親父とどんな形でかかわっていたかは分からないけど」

「二度と会わなかったんじゃないかしら。追い返されて、お父さんも辛かったはずだから……ねえ、怒らないで聞いて？」

「ああ」

「お父さんは、本当に罪滅ぼしをしようとしていたんだと思うわ。だから、あなたの無茶な要請にも応えたんでしょう？」

「……そうかもしれない」

「だったらあなたは、お父さんの願望を叶えた。それにあなたも、もうお父さんの存在に煩わされることはないのよ」

「でも、親父が死んだ――殺されたことは、一生記憶に残る。それだけで、俺の人生は崩壊したも同然じゃないかな」

「立て直せるわよ」

「簡単に言うなよ」

「言うわよ」

有希子は引かなかった。俺は溜息をついた。どうして分かってくれない？　普通の人ならとうに納得して別れているだろう。彼女はどうして俺にこだわる？　俺から離れようとしない？　ただむきになっているだけなのでは、と俺は想像した。だったらいずれ目覚めて、自然に俺から引いていくだろう。それでいい。

「あなたは、一度人生を作り直したわよね」

「いや、パッチを当てただけだ」

「それでも、大変なことだったと思うわ。十歳の子が……でも私があなたに出会ったのは、もう自分の人生を歩み始めてからだったわよね」

「そうだね」

「その人生は、あなたが一人で作ってきたものなの？　誰の助けもなしで？」

「いや……」言葉に詰まる。指摘されて初めて、俺は自分の思い上がりに気づいた。いろいろな人に何度も、「俺は人生を作り直した」と言ってきた。それは事実なのだが、正確ではない。

正確には、多くの人の助けがあった。一番肝心なところを省略してしまっている。

「伯母さんたち、バイト先の人たち、学校の先生、それに竹内さん……あなたはいろいろな人たちに助けられてきた」

「ああ」

「そういう人たちは、頼まれたからあなたを助けてくれたの？　違うでしょう。人は頼まれたり、お金を積まれたりするから何かするんだと思う？　そんなことはないはずよ。無償の気持ち……自分がそうしたいから助ける、ということはあるのよ。私もそうだから。あなたを見ると、助けたいと思う――たぶん、あなたの中にある可能性が見えているから」

「だけど、君に迷惑をかけるわけにはいかない」

「迷惑だって考えていること自体、思い上がり――自分の殻に籠もっている証拠なのよ。ちゃんと私の目を見て。ちゃんと話して」

俺はのろのろと顔を上げ、有希子の顔を正面から見た。彼女の目は潤んでいるが、辛うじて涙をこらえている。

俺はどこまで駄目な人間なのだろう。こうやって大事な人を泣かせてしまう――不幸を振りまいて歩いているようなものだ。

俺が何かすると、誰かが不幸になる――ずっとそう思って息を詰めて生きていたが、結局そういう後ろ向きの考えや生き方が、俺を駄目にしてきたのかもしれない。有希子はたった一人、俺の「殻」を破って内面に入ってきた人なのだ。ここで彼女の手を本当に握れれば、何かが変わるのではないか。

「俺が……君に何ができるかが問題じゃないかな」

「え？」有希子が目《め》尻《じり》の涙を指で拭い、俺の顔を見た。

「俺は、自分のことばかり考えていた。自分がどう生き延びるか……そればかりだった。竹内さんに仕えているのも、自分が受けた恩を返したかったから——こんな一方的な人生、ないよな」

「そうかもしれないわね」

「だから——これから本当に人生を再構築するためには、今までと違うことをした方がいいと思うんだ。自分の意思で誰かに尽くす——そうしたら、何かが変わるかもしれない。俺自身も本当に変われるかもしれない。最初は君のために……どうだろう。すぐにはできないかもしれないけど、きっかけとして、自首するつもりだ。隠しておくわけにはいかない」

「会社はどうなるの？」

「俺がいなくても……社長さえ無事なら何とかなる。結局、あの会社は竹内さんの物なんだ。社長イコール会社なんだ。これまでにも危機はあったけど、乗り越えてきたんだし、大丈夫だよ」言ってしまって、やはり自分は小さな歯車に過ぎないと悔しくなる。しかしこれは事実だ。「俺が自首したらどうなるだろう」

「待つのはそんなに辛くないわ……たぶん」

俺はうなずいた。有希子はたぶん、本音を語っていない。実際、笑顔の中に、薄く陰が見えるのだ。女性の方が現実的だから、逮捕された人間を待つリスクの大きさは考えているだろう。俺を待って一緒になっても、ろくなことにはならない。

だが今の俺は、彼女の笑顔を見られただけで十分だった。大事なのは、彼女のために何ができるかということ。これからそれを探していこう。

解説

吉《よし》田《だ》大《だい》助《すけ》

本書をタイトルに惹《ひ》かれて手に取った、という人は少なくないのではないだろうか。『砂の家』。元ネタとなった言葉は、一九六一年に刊行された松本清張の代表作『砂の器』だ。同作は、ネタバレすれすれの書き方を許してもらえるならば、父と息子の物語だ。捨ててきた過去の人生の象徴である故郷の父が、成功した息子の前に現れ死神のような存在として目に映り、息子を（結果的に）追い詰めてしまう。清張の小説の中に砂の器という単語や、それを暗喩《あんゆ》するようなシーンは登場していない。しかし、傑作と名高い一九七四年の映画版では、少年が海辺で砂の器を作るものの、海風にさらされあっという間に壊れてしまう様子が冒頭にインサートされている。砂の器の「脆《もろ》く儚《はかな》いもの」というイメージが、過去を捨て偽りの身分を手に入れて成功した男の崩壊、という「宿命」（＝映画版の準備稿段階の仮タイトル）とリンクしている。

本書『砂の家』は、タイトルだけでなく物語の面でも、『砂の器』とへその緒で繋《つな》がっている。

物語は、「21年前」のとある光景から始まる。小学三年生の「僕」は父の怒声に怯《おび》えながら、家の一階にある工場の片隅で幼い弟を庇護《ひご》している。続く「現在」の章は、東京・新橋に本社を持つ外食産業AZフーズの会社員、三〇歳の浅野健人（「俺」）が弁護士の鈴井と再会するシーンから幕を開ける。かつて父の裁判で弁護を担当した鈴井は、二〇年前に刑務所に入った父が出所し、今は長崎の実家に身を寄せていると告げる。「一番心配していたのが、残されたあなたと弟さんのことです。謝罪したい、あなたたちに対して罪を償いたいと当時も言っていましたし、今でも同じように考えていてもおかしくないですね」。

　何か大きな出来事が過去に起きている、そして今新たに起こりつつあるのだけれども、それが何かは明確にはわからない。冒頭の十数ページでサスペンスの興奮がたちまち巻き起こる物語は、ページをめくるたびに少しずつ現れる情報を読み手自身が積み上げ、読み取っていく楽しさがある。まだ本編は未読だという方に、事実関係の一部をここでまとめて提示することは忍びないのだが、少しだけ。

　過去の「僕」は、現在の「俺」だ。二〇年前に起きていたのは、父が家で母と妹を殺害し、弟も手にかけようとした事件だった。外出していた主人公だけは無傷で終わったが、心に大きな傷を負うこととなった。その傷は完治することが難しく、時間をかけて癒してもかさぶたは一瞬で剝《は》がされて痛みが復活してしまう。例えば、他者から投げつけられる「人殺しの子ども」という言葉によって。そうした経験が積み重なった結果、浅野の中には自傷的な衝動が宿っている。きっと自分は「悪の遺伝子」を受け継いでいるんだ、と。そうした衝動の元凶である父が目の前に現れたら、今自分が手にしているものはすべて、脆くも崩れ去ってしまうのではないか？　理屈ではなく感情で、主人公はそう思ってしまう。

　つまり、松本清張の小説の主人公が感じていた怯えが、本作の主人公にかたちを変えて乗り移っている。そのうえ「絶縁」したはずの弟・正俊の存在も、主人公にとっては畏怖《いふ》の対象だ。これまでも弟の側からの接近により幾度かの再会を余儀なくされてきたが、そのたびに人生を傷つけられてきたのだから。物語は過去と現在の語りをスイッチさせながら、単純計算で『砂の器』の二倍の質量（父&弟）を持つ「家族という呪い」が、ついに爆発を起こす瞬間に向けてひたひたと進んでいく。

　一方で、現在の「俺」が見舞われるもうひとつのサスペンスは、会社を揺るがすトラブルだ。ＡＺフーズを一代で築き上げたワンマン社長の竹内に宛てて、脅迫文がメールで届く。竹内は過去にうずくまっていた自分を掬《すく》い上げてくれた恩人であり、父親替わりの存在だ。竹内もまた、浅野のことを「家族」のように感じている。竹内は浅野に、脅迫状の調査と犯人サイドとのやりとりを一任する。脅迫メールは一通にとどまらず、竹内の過去のスキャンダルを糾弾するものへと変わっていくが、それでも「息子」は「父」を救おうと試みる。自分の人生の、すべてを懸けて。なぜか？　掛け替えのない「家族」だからだ。先に挙げた「家族という呪い」が、さらなる質量（父&弟&擬似的な父）を帯びていく。

著者の堂場瞬一は、現役新聞記者だった二〇〇一年のデビュー以来、警察小説の雄として精力的な執筆活動を続けてきた。が、本作の探偵役は刑事ではなく、イチ会社員だ。浅野がその任を担うことになった理由は、脅迫メールの内容が「警察に通報できない」という性質にある。その結果、彼は警察組織に頼ることなく、シロウトながら独自に推理し、独自の捜査を進める。俗に「刑事は足で捜査する」と言われるが、シロウト探偵の彼もよく歩き、関係者から話を聞いて、事件の背景を浮かび上がらせようと尽力する。その過程で、東京に限らず、日本全国のさまざまな風景が記録されることとなる。文章を追いかけながら、こちらも初めての駅に降り立って街を散策し旅する気持ちになることは、本作の魅力の一つとなっている。と同時にこの物語が、そこに記されている人間ドラマが、家族関係の絆《きずな》は弱まり隣人恐怖が常態化した「東京砂漠」だけで起こるものではないということ、どんな土地でも起こり得るものだということを伝えようとしている気がしてならない。

ここから先は、結末部まで踏み込んで本作の特質を記していきたい。

物語における主人公は、「正しい」選択を行うヒーローである必要はない。むしろ主人公が明らかに「間違った」選択をすることで、読み手に反面教師的な、学びの感情を引き起こす場合もある。本作における主人公は、そちらだ。だが……主人公が最後に辿《たど》り着いた場所にあるものは、単なる絶望だったろうか。

実は、本作のタイトル『砂の家』の元ネタとなったであろう言葉は、もうひとつある。

いわゆる「砂上の楼閣」、「砂の城」（英語の「sandcastle」）だ。この慣用表現もまた「脆く儚いもの」というイメージを意味するのだが、実のところ、砂で作った城は意外と堅牢《けんろう》だ。砂と水だけで作る彫刻芸術「サンドアート」は、城をモチーフにするケースがよく知られているが、仕上げに定着剤を振りかければ風雨もしのぐ。数年前にネットニュースでちょっと話題になったが、ブラジルのリオデジャネイロのビーチには、DIYで作った砂の城（室内は縦横三メートルの平屋なので事実上は「砂の家」）に二〇年以上住んでいる男性もいる。この言葉のイメージを、さらに拡張してみよう。城≒家が砂でできている以上は、自然環境に耐えきれずいつかは壊れる。だが、その時はまた作り直せばいい。木や石やコンクリートで建造する場合と比べると、砂ならば簡便に再構築ができる。

つまり砂の城、ひいては砂の器、砂の家を「脆く儚いもの」と捉《とら》えることは、言葉の意味の一側面に過ぎないのではないか。その一側面も保持しつつ、「意外なほど堅牢」あるいは「（脆く儚いものだけれども）再構築可能」というイメージを付け加えることによって、言葉が持つ本来の奥行きを手に入れることができるのではないだろうか。

その視点に立ったところから今一度、本作を眺め渡してみよう。本作において「家」の一語は、「家族」を意味する。主人公にとってのそれは①二〇年前の事件であっという間に崩れ去ったという意味で、「脆く儚いもの」である。とはいえ、②縁を切ったと思っていたにもかかわらず再会によりあっという間に蘇《よみがえ》ったという意味で、「意外なほど堅牢」なものである。と同時にそれは、③「（脆く儚いものだけれども）再構築可能」なものでもあるのだ。主人公はこの物語の最後で、生まれ育った家族との関係ばかりか、社長や恋人との間に構築された擬似的な家族関係をも失いつつある。彼は二重の意味で、再構築に失敗してしまった。しかし、再構築のトライアルに回数制限などないのだ。意志さえあれば、何度でもエントリーできる。本作のラスト二行には、その意志が漲《みなぎ》っている。

ぜひ冒頭から丁寧に読み進めていき、ラスト二行を噛《か》み締《し》めてみてほしい。

本書は、二〇一八年四月に小社より刊行された単行本を加筆修正のうえ、文庫化したものです。

本作はフィクションです。実在の人物・団体とは一切関係ありません。

砂《すな》の家《いえ》

堂《どう》場《ば》瞬《しゅん》一《いち》

令和３年　２月25日　初版発行

発行者●堀内大示

発行●株式会社KADOKAWA
〒102-8177　東京都千代田区富士見2-13-3
電話　0570-002-301（ナビダイヤル）

角川文庫 22539

印刷所●株式会社暁印刷
製本所●株式会社ビルディング・ブックセンター

表紙画●和田三造

●お問い合わせ
https://www.kadokawa.co.jp/（「お問い合わせ」へお進みください）
※内容によっては、お答えできない場合があります。
※サポートは日本国内のみとさせていただきます。
※Japanese text only

ISBN 978-4-04-110885-7　C0193

◇◇◇

角川文庫発刊に際して

角川源義

第二次世界大戦の敗北は、軍事力の敗北であった以上に、私たちの若い文化力の敗退であった。私たちの文化が戦争に対して如何に無力であり、単なるあだ花に過ぎなかったかを、私たちは身を以て体験し痛感した。西洋近代文化の摂取にとって、明治以後八十年の歳月は決して短かすぎたとは言えない。にもかかわらず、近代文化の伝統を確立し、自由な批判と柔軟な良識に富む文化層として自らを形成することに私たちは失敗して来た。そしてこれは、各層への文化の普及滲透を任務とする出版人の責任でもあった。

一九四五年以来、私たちは再び振出しに戻り、第一歩から踏み出すことを余儀なくされた。これは大きな不幸ではあるが、反面、これまでの混沌・未熟・歪曲の中にあった我が国の文化に秩序と確たる基礎を齎らすためには絶好の機会でもある。角川書店は、このような祖国の文化的危機にあたり、微力をも顧みず再建の礎石たるべき抱負と決意とをもって出発したが、ここに創立以来の念願を果すべく角川文庫を発刊する。これまで刊行されたあらゆる全集叢書文庫類の長所と短所とを検討し、古今東西の不朽の典籍を、良心的編集のもとに、廉価に、そして書架にふさわしい美本として、多くのひとびとに提供しようとする。しかし私たちは徒らに百科全書的な知識のジレッタントを作ることを目的とせず、あくまで祖国の文化に秩序と再建への道を示し、この文庫を角川書店の栄ある事業として、今後永久に継続発展せしめ、学芸と教養との殿堂として大成せんことを期したい。多くの読書子の愛情ある忠言と支持とによって、この希望と抱負とを完遂せしめられんことを願う。

一九四九年五月三日

歪

捜査一課・澤村慶司

堂場瞬一

捜査のためなら、何だってやる。

東京近郊の長浦市で発生した2つの殺人事件。振り込め詐欺グループのリーダー日向毅郎はトラブルからメンバーを殺害した。シングルマザーの井沢真菜は、娘を凍死させた交際中の男を刺殺していた。無関係かと思われた2つの事件に意外な接点が見つかる。ふたりの容疑者は高校の同級生で、事件直後に故郷で密会していたのだ。県警捜査一課の澤村は、ふたりを追って雪深き東北へ向かう……。大好評、警察小説シリーズ第2弾！

角川文庫

ISBN 978-4-04-101086-0

ISBN 978-4-04-106742-0

十字の記憶

堂場瞬一

著者が初めて挑んだ、青春×警察小説！

地方紙の支局長として20年ぶりに地元に戻って来た福良孝嗣は、前市長の息子が銃殺された事件を着任早々、取材することになる。一方、高校の陸上部で福良とリレーのメンバーを組んでいた県警捜査一課の芹沢拓もまた同じ事件を追っていた。記者と刑事——交わってはならない関係となった２人。だが、事件の背後を洗ううち、２人は、もう１人の同級生の重い過去によって引き寄せられていく。大人の「つらい友情」を描く警察ミステリ。

角川文庫

ISBN 978-4-04-106741-3

約束の河

堂場瞬一

友を殺したのは、自分なのか？

法律事務所を経営する北見貴秋は、薬物依存症の入院療養から戻った日、同級生の服部奈津から、幼馴染の今川出流《いずる》の死を知らされる。今川は作家としてデビューを飾り、期待されていた矢先の出来事だった。彼は本当に自殺したのか。北見は、死の真相を確かめようと行動を起こす。一方、北見の父の親友だった刑事の藤代もまた、今川の死と北見の行動に疑問を抱いていた——。衝撃の結末が最後に待ち受ける長編ミステリ。

角川文庫

ISBN 978-4-04-106743-7

角川文庫ベストセラー

クローズド・ノート　雫井脩介

自室のクローゼットで見つけたノート。それが開かれたとき、私の日常は大きく変わりはじめる――。『犯人に告ぐ』の俊英が贈る、切なく温かい、運命的なラブ・ストーリー！

望み　雫井脩介

建築家の石川一登は、家族4人で平凡な暮らしを営んでいた。ある日、高校生の息子・規士の友人が殺された。事件後も行方不明の息子の潔白を信じたいが――。家族の「望み」とは何かを真摯に問う。

冤罪犯　翔田寛

幼女の遺体が休耕地で発見された。遺体の状態が酷似する7年前の女児連続誘拐殺人事件との関連が疑われるが、当時、犯人とされた男は無実を訴えたまま拘置支所で自殺していた。偶然の一致か、それとも――。

余命二億円　周防柳

交通事故で植物状態になってしまった父親を巡り、延命治療を望む次男と、開業資金を必要とする長男で意見がぶつかり合う。やがてふたりの妻をも巻き込み、田村家は崩壊しようとしていたが……。

正義の天秤　大門剛明

スター弁護士を喪いピンチの巨大法律事務所。助っ人は、元医師で弁護士の鷹野和也。彼は事務所を「診断」し、無能な弁護士のリストラを宣言。しかも「絶対不可能な案件で、死刑求刑を回避する」と言い出し……。

角川文庫ベストセラー

警視庁SM班Ⅰ
シークレット・ミッション

富樫倫太郎

警視庁捜査一課に新設された強行犯特殊捜査班。そこは優秀だが組織に上手く馴染めない事情を持った刑事6人が集められた部署だった。彼らが最初に挑むのは女子大生の身体の一部が見つかった猟奇事件で――！

警視庁SM班Ⅱ
モンスター

富樫倫太郎

若い女性の人体パーツ販売の犯人は逮捕された。だが事件に関係した女性たちが謎の失踪を遂げ、班長の薬寺までもが消えてしまう。まだあの事件は終わっていないというのか？　個性派チームが再出動する！

龍探
特命探偵事務所ドラゴン・リサーチ

長沢　樹

元敏腕刑事の遊佐龍太が営む探偵事務所「ドラゴン・リサーチ」。美人AV監督の護衛、極左過激派の〝女神〟を狙うストーカーの調査など、今日も遊佐のもとには警察の手に余る特殊な依頼が持ち込まれ……。

脳科学捜査官　真田夏希

鳴神響一

神奈川県警初の心理職特別捜査官・真田夏希は、医師免許を持つ心理分析官。横浜のみなとみらい地区で発生した爆発事件に、編入された夏希は、そこで意外な相棒とコンビを組むことを命じられる――。

脳科学捜査官　真田夏希
イノセント・ブルー

鳴神響一

神奈川県警初の心理職特別捜査官の真田夏希は、友人から紹介された相手と江の島でのデートに向かっていた。だが、そこは、殺人事件現場となっていた。そして、夏希も捜査に駆り出されることになるが……。

角川文庫ベストセラー